JULIA ÁLVAREZ

De cómo las muchachas García perdieron el acento

punto de lectura

Julia Álvarez (República Dominicana, 1950) se mudó de niña a los Estados Unidos con su familia. Tras licenciarse en Filología con matrícula de honor en 1971, decidió iniciar una carrera literaria. Debutó en 1984 con *Homecoming*, un libro de poesía, género que no ha dejado de compaginar con el de narrativa. Ha sido en este último en el que ha cosechado mayores éxitos, destacando *¡Yo!, En el nombre de Salomé* y *En el tiempo de las mariposas*, Premio de la Asociación de Libreros Americanos y finalista del Premio Nacional de la Crítica en EE UU. Su última novela se titula *Para salvar el mundo* (Alfaguara, 2007). Colabora habitualmente en varios diarios y revistas.

JULIA ÁLVAREZ

De cómo las muchachas García perdieron el acento

Traducción de Mercedes Guhl,
revisada por Ruth Herrera

Título: De cómo las muchachas García perdieron el acento
Título original: *How the García girls lost their accent*
© 1991, Julia Álvarez
Traducción de Mercedes Guhl
© De esta edición: junio 2007, Punto de Lectura, S. L.
Torrelaguna, 60. 28043 Madrid (España)   www.puntodelectura.com

ISBN: 978-84-663-6972-5
Depósito legal: B-25.986-2007
Impreso en España – Printed in Spain

Diseño de portada: Joaquín Secall
Fotografía de portada: © Corbis
Diseño de colección: Punto de Lectura

Impreso por Litografía Rosés, S.A.

204 / 1

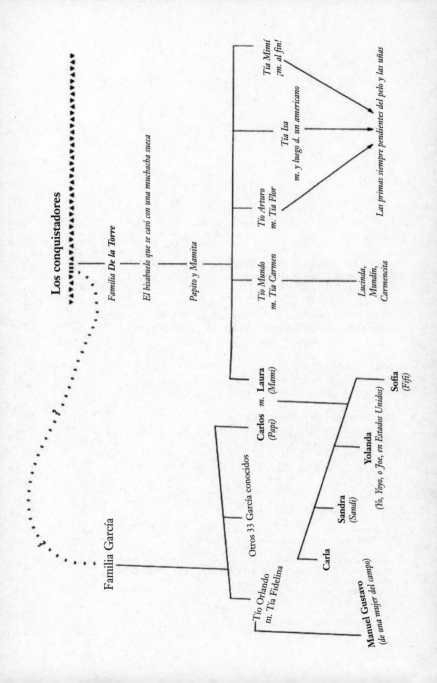

Los conquistadores

▼▼▼▼▼▼▼▼▼▼▼▼▼▼▼▼▼▼▼▼▼▼▼▼▼▼▼▼▼▼▼▼▼▼▼

Familia De la Torre

El bisabuelo que se casó con una muchacha sueca

Papito y Mamita

Tía Mimí
¡m. al fin!

Tía Isa
m. y luego d. un americano

Tío Arturo
m. Tía Flor

Tío Mundo
m. Tía Carmen

Lucinda, Mundín, Carmencita

Las primas siempre pendientes del pelo y las uñas

Carlos *m.* **Laura**
(Papi)   *(Mami)*

Familia García

Tío Orlando
m. Tía Fidelina

Otros 33 García conocidos

Manuel Gustavo
(de una mujer del campo)

Carla

Sandra
(Sandi)

Yolanda
(Yo, Yoyo, o Joe, en Estados Unidos)

Sofía
(Fifí)

A Bob Pack y, por supuesto, a las hermanas.
A Bill, mi compañero a lo largo de todas estas páginas.

PRIMERA PARTE

1989-1972

Antojos, Yolanda

Las tías mayores están sentadas en los sillones blancos de mimbre, despliegan sus abanicos con un giro de muñeca y los cierran nuevamente de un golpe. Si no fuera porque ahora alguna más viste con los grises y negros de la viudez, parecería que han cambiado poco desde hace cinco años, cuando Yolanda estuvo por última vez en la isla.

Sentadas entre las tías, en las sillas del comedor que resultan mucho más incómodas, las primas son destellos de color con trajes azul turquesa y ajustados vestidos de punto.

El bizcocho está en una mesa aparte, donde los primitos se amontonan y discuten sobre a quién le tocará cuál pedazo. Cuando el bullicio se vuelve fastidioso, sus niñeras, como una falange de uniformes blancos almidonados, los llaman desde los banquitos que ocupan al fondo del patio.

Antes de que alguien se gire para saludarla en la entrada, Yolanda se ve tal y como la verán ellos: raída, con su falda de algodón negro y la blusa de punto, las sandalias y el alborotado cabello negro recogido con un cintillo. Parece una misionera, dirán sus primas, una de esas muchachas del Cuerpo de Paz que no se arreglan y dedican sus vidas a andar por el mundo haciendo cosas supuestamente buenas.

Una sirvienta se asoma desde la despensa. Es una mujer flaca y morena, vestida con el uniforme negro de las sirvientas de la cocina. Su cabeza está cubierta de trenzas diminutas enrolladas en moñitos y sujetadas con pinchos.

—Doña Carmen —dice dirigiéndose a la anfitriona, una de las tías de Yolanda—, no hay fósforos. Justo salió a buscar algunos a casa de doña Lucinda.

—Por Dios, Iluminada —la regaña tía Carmen—. Pero si tuviste todo el día.

La sirvienta baja la mirada hacia las manos que mantiene entrelazadas ante sí, en un gesto que Yolanda recuerda haber visto en un libro ilustrado para actores del Renacimiento. Figuraba en una página de gestos clásicos. «El gesto de súplica», rezaba al pie. Si estaban sobre el pecho, al lado del corazón, eran «las manos de un amante que le suplica a su amada que se apiade de él».

La concurrencia se percata de la presencia de Yolanda. Su prima Lucinda dirige un coro desafinado de primitos que canta ¡*Aquí viene miss América*! Yolanda se lleva la mano a la frente y suelta el esperado sollozo melodramático. Al coro le cuesta gran esfuerzo concluir la primera estrofa y, cuando lo consiguen, se precipita hacia ella con abrazos, besos, y también con una imitación de patadas de kárate por parte de dos varoncitos.

—Te ves horrible —declara Lucinda—. No te lo tomes a mal, pero estás demasiado flaca y tu cabello necesita un corte.

Ésta es la prima que no tiene pelos en la lengua. Con su traje pantalón de marca y el cabello lleno de mechas rubio platino, peinado en la peluquería, Lucinda parece una modelo dominicana, un estilo que a Yolanda siempre le hace pensar en una prostituta cara.

—¡Prendan las velas, prendan las velas! —claman los primitos a coro.

Tía Carmen levanta las manos hacia el cielo, en un gesto que sin duda aprendió de alguno de sus amigos sacerdotes:

—La muchacha olvidó los fósforos.

—¡El servicio! Cada día peor —le confía tía Flor a Yolanda, mostrándole una de sus famosas sonrisas.

Las primas se refieren a tía Flor como «la Política», porque es capaz de producir esa sonrisa sin importar las circunstancias. Cuentan que una vez, durante quién sabe qué revolución, uno de los tíos menores, que era radical, apareció con su esposa en casa de tía Flor, en medio de la noche, pidiendo asilo. Ella los recibió en la puerta con una sonrisa y un «¡Encantada de que hayan venido a verme!».

—Déjame contarte lo último que pasó en mi casa —continúa tía Flor—. Ayer, el chofer me llevaba a la novena y, de repente, el carro da un brinco hacia adelante y se apaga, en plena calle. Me preocupo, pues tú sabes cómo están las cosas, un carro grande parado en medio de la zona universitaria… y digo:

»—César, ¿qué podrá ser?

»Él se rasca la cabeza.

»—No sé, Doña Flor.

»Un hombre muy amable se para a ayudarnos, revisa todo y dice:

»—Pues, su carro se quedó sin gasolina, señora.

»¡Sin gasolina! ¿Te imaginas? —Tía Flor niega con la cabeza—. ¡Un chofer que no puede mantener el carro con gasolina! ¡Bienvenida a tu islita! —Luego sonríe, abre su abanico con un giro de muñeca, y bellas aves silvestres extienden sus alas plateadas.

Tras un tirón posesivo de una de las primitas, Yolanda se deja guiar hacia la mesa del bizcocho, engalanada con un mantel de encaje blanco y servilletas festivas planchadas y almidonadas. Yolanda finge sorpresa al ver que el bizcocho tiene la forma de la isla. —Fue idea de Mami —explica la niña de Lucinda con una sonrisa resplandeciente.

—Vamos a prender velas por todas partes —añade otra de las primitas. Como si fuera un fantasma, su carita evoca a alguien de la generación de Yolanda. «Ésta tiene que ser la hija de Carmencita», piensa la prima recién llegada.

—Por todas partes no —dice uno de sus hermanos mayores, corrigiéndola—. Las velas son sólo para las ciudades grandes.

—No, ¡por todos lados! —insiste la reencarnación de Carmencita—. ¿Verdad, Mami?, de punta a punta. —Y se dirige a una mujer cuyo rostro avejentado le resulta menos familiar a Yolanda que las facciones de la niña.

—¡Carmencita! —exclama Yolanda—. No te había reconocido.

—Más vieja pero no más sabia —contesta Carmencita en un inglés producto de sus dos o tres años en un internado de Estados Unidos. Sólo los varones se quedan allá para estudiar en la universidad. Carmencita continúa en español—: ¡Pensamos darte la bienvenida con un bizcocho isleño!

—Cinco velas —cuenta Lucinda—. ¡Una por cada año que has estado fuera!

—Cinco ciudades principales —grita el primito sabelotodo.

—¡No! —lo contradice su hermana. La madre de ambos se inclina para terciar en la discusión.

Yolanda, sus primas y sus tías se sientan a esperar que lleguen los fósforos. El sol del atardecer se cuela a través de la trinitaria decidida a escalar las paredes del patio, entrenada para trepar por la pérgola y derramar sus flores rosadas y moradas. El patio de la casa de tía Carmen es el lugar de reunión en el residencial familiar. Ella es la viuda del patriarca de la familia, así que su casa es la más amplia. Donde acaba el patio y comienzan los jardines bien cuidados, hay senderos empedrados que toman rumbos diferentes. Después del bizcocho y los cafecitos, las primas se dispersarán por esos senderos hacia sus respectivos hogares, situados dentro del mismo complejo residencial, y allí supervisarán a las cocineras, en la preparación de la cena para sus maridos, quienes volverán a casa después del *happy hour* en algún bar.

Una vez, uno de los primos alardeó diciendo que ese rato de antes de la cena no debería llamarse «la hora feliz» sino «la hora de la puta», y no tuvo el menor inconveniente en explicar a Yolanda que era el momento del día en que los dominicanos de cierta clase van a visitar a su «querida» antes de llegar a casa y ver a su esposa.

—Cinco años —dice tía Carmen suspirando—. Vamos a tener que añorarla esta vez. —Y ladea la cabeza para confirmar la colaboración de las demás tías y primas—. Para que no se nos vuelva a quedar por allá tanto tiempo.

—No es bueno —dice tía Flor—. Ustedes cuatro se pierden por allá. —Y sonríe, señalando el cielo con la barbilla.

—¿Cómo están las cuatro? —pregunta Lucinda guiñando un ojo.

Durante los años de adolescencia, en las visitas que hacían en el verano, las cuatro muchachas escandalizaban a sus primas de la isla, contándoles sus aventuras en Estados Unidos.

Yolanda informa sobre sus hermanas en un español vacilante. Y cuando vuelve a hablar en inglés, un coro la corrige clamando: «¡En español!». Las tías insisten en que, mientras más practique, más rápido recuperará su lengua materna. Sí, y al regresar a Estados Unidos, en algún momento, cuando trate de dar con una palabra en inglés, se encontrará con la mente en blanco, o será como su mamá, que confunde expresiones comunes. Sólo que Yolanda no está tan segura de que vaya a regresar esta vez. Pero eso es un secreto.

—Cuéntanos con detalle qué quieres hacer mientras estés aquí —dice Gabriela, la hermosa esposa de Mundín, el príncipe de la familia. El rostro de Gabriela, con la piel muy blanca y los ojos oscuros y dramáticos de una heroína del romanticismo, a Yolanda le recuerda el gesto del amante con las manos entrelazadas sobre el pecho. No obstante, añade de forma muy directa, lo cual es un alivio—: Si no tienes planes, créeme que acabarás con una cantidad de invitaciones que no podrás rechazar.

—Y si tienes algún antojito, es mejor que nos lo digas —concuerda tía Carmen.

—¿Qué es un antojo? —pregunta Yolanda.

Claro. Sus tías tienen razón. Después de tantos años lejos, está olvidando el español.

—Bueno, no es una palabra sencilla de explicar —responde y cruza una mirada de picardía con las demás tías. ¿Cómo expresarlo?—. Un antojo es como las ganas locas de comer algo.

Gabriela infla las mejillas:

—Calorías.

—Un antojo es una palabra española muy antigua —continúa una de las tías mayores—. De mucho antes de que tus Estados Unidos estuvieran en la mente de alguien —agrega con tono ácido—. De hecho, en el campo puedes encontrar campesinos que la usan en el sentido antiguo. ¡Altagracia! —grita para llamar a una de las sirvientas que están sentadas al otro extremo del patio.

Una anciana diminuta, con el pelo peinado hacia atrás y recogido en un moño blanco apretado, se acerca. Le pide que le explique a Yolanda qué es un antojo. Ella esconde las manos morenas en los bolsillos de su uniforme.

—U'té ya sabe —responde Altagracia en voz baja.

—A ver, Altagracia —la regaña su patrona.

La criada obedece.

—En mi campo decimos que una persona tiene un antojo cuando se apodera de ella un santo que quiere algo. —Altagracia retrocede y, como no la llaman nuevamente, regresa a su banquito.

—Ya les digo lo que quiere mi santo tras estos cinco años —dice Yolanda—. Estoy impaciente por comer guayabas. Quizá pueda conseguir unas cuantas cuando vaya hacia el norte dentro de unos días.

—¿Tú sola? —pregunta tía Carmen, negando con la cabeza ante la simple idea.

—Aquí no es como en Estados Unidos —dice tía Flor con una sonrisa de sapiencia—. Una mujer no puede viajar sola por este país, y menos en estos tiempos.

—No tendrá problemas —añade Gabriela con tono de autoridad—. Mundín se va de viaje, si quieres te prestamos uno de los carros.

—¿Te has vuelto loca, Gabi? —pregunta Lucinda con expresión de incredulidad—. ¡Con un Volvo por el interior tal y como están las cosas!

Gabriela levanta las manos.

—¡Está bien! ¡Está bien! Puedes llevarte el Datsun.

—No quiero molestar a nadie —dice Yolanda, y retrocede para recostarse silenciosamente en el respaldo de la silla, con la esperanza de haber aprendido, al fin, a dejar que la poderosa ola de la tradición pase por su lado y rompa en alguna otra orilla femenina. Aspira a mantenerse a flote a pesar de las muchas negativas que puedan enfrentar sus planes. Por el rabillo del ojo ve a Iluminada que entra con una caja de fósforos en una bandeja de plata—. Pienso ir en guagua.

—¡En guagua! —El grupo entero estalla en carcajadas. Los primitos se acercan para unirse a las risas, ansiosos de participar en la diversión adulta.

—Yolanda, mi amor, de verdad que has pasado demasiado tiempo lejos —dice Lucinda en tono burlón—. ¿Os imagináis a Yoyo encaramándose a una vieja camioneta junto a los campesinos cargando con los gallos de pelea, los chivos y los puercos? —Se ríe.

Se oyen risas y hay cabezas que se sacuden incrédulas.

—Sé cuidarme —dice Yolanda con firmeza—. ¿Y cuál es ese problema del que hablan tanto?

—No les hagas caso —contesta Gabriela, agitando la mano como si tratara de espantar un mosquito molesto. Tiene los dedos largos y muy cuidados. Su argolla de compromiso y el anillo de matrimonio están soldados para formar un solo aro grueso. «Así es más fácil», le dijo una vez, y le entregó el anillo doble para que se lo probara.

—Ha habido ciertos incidentes últimamente —dice tía Carmen con un tono tranquilo que no deja lugar a que la contradigan. Al fin y al cabo, es la matriarca de la familia.

Como si quisiera confirmar lo anterior, un guardia privado pasa por el lindero del patio, con las armas tintineando, hacia los jardines de atrás. Lleva uniforme caqui, similar al que usa el ejército, y un rifle que le cuelga del hombro.

Desde que Yolanda tiene memoria, un muro muy alto ha cercado el residencial. Ella pensaba que servía para protegerlos del mar en caso de que un huracán lo

21

levantara hasta la ladera en la que se habían levantado las casas de la familia.

—Las cosas se ven muy feas —dice tía Flor con su sonrisa resplandeciente. En el libro de gestos renacentistas, esta sonrisa llevaría un pie de foto con una frase como «La dama muestra una sonrisa que no puede evitar»—. Se habla de guerrillas en las montañas, ya sabes.

Gabriela frunce la nariz.

—Mundín dice que esas habladurías son simples rumores.

Iluminada se desliza hasta el borde del círculo de mujeres para ofrecerle los fósforos a su señora. En la luz del patio, que se va desvaneciendo a cada instante, Yolanda no logra interpretar la expresión de su semblante oscuro.

Tía Carmen se acerca al bizcocho. Empieza a encender las velitas y va dejando los fósforos quemados en la bandeja que Iluminada sostiene. Una vela para Santo Domingo, otra para Santiago, otra para Puerto Plata. Los niños piden que les dejen encender las ciudades restantes, pero tía Carmen les dice que no, que ya podrán soplar las velas y, por supuesto, comer bizcocho, pero el fuego es un asunto de adultos. Una vez que las velas están todas encendidas, las primas, tías y niños se reúnen alrededor y cantan «Bienvenida a ti», cada vez más fuerte, con la melodía del *Feliz Cumpleaños*.

Yolanda contempla el bizcocho. Ante ella relumbra la ruta que ha planeado seguir, partiendo hacia el norte desde la capital, para atravesar las montañas y llegar a la costa. Cuando la canción va llegando a su fin, sus primas la animan a pedir un deseo. Se inclina hacia delante y cierra los ojos. Hay tantas cosas que añora que le cuesta pensar un solo deseo. Ha habido tantas paradas en el camino de los últimos veintinueve años, desde que su familia dejó atrás la isla. Sus hermanas y ella han llevado una vida turbulenta: varios maridos, muchas casas, distintos trabajos, y un sinfín de metidas de pata por parte de todos. Pero al mirar a sus primas, mujeres con una casa y con autoridad en la voz, pide su deseo: «Que aquí pueda tener mi hogar». Se imagina a las sirvientas en grupito callado y misterioso al fondo del patio, a Altagracia con las manos en el regazo.

Cuando abre los ojos, ya lista, media docena de soplidos sustitutos han apagado las velas. Estallan los aplausos. Luego hacen erupción pequeños altercados sobre cómo dividir las ciudades del bizcocho: los dos niños de Lucinda quieren que les toque Santiago, ya que el fin de semana pasado fueron allá a volar en planeador. La niña de Lucinda y la de Carmencita insisten en quedarse cada una con la capital, pues allí nacieron, pero una de ellas está dispuesta a cederla si le dan La Romana, donde su familia tiene una casa en la playa. Pero claro, La Romana se la pidió la ahijadita de tía Flor, que sufre de asma y por eso no se le debe llevar la contraria. Lucinda, ronca ya de tratar de poner orden en esa pequeña multitud ruidosa, le entrega el cuchillo a Yolanda.

—Es tu bizcocho, Yoyo. Tú decides.

La carretera que trepa por las montañas apenas es lo suficientemente ancha para que quepan dos carros pequeños. Por eso, en cada curva, Yolanda hace lo que le dijeron: disminuye la velocidad y toca la bocina. Al pasar una curva muy cerrada, encuentra un pequeño altar: una Virgen rodeada de tres cruces de concreto, recientemente encaladas.

Detiene el Datsun y disfruta de su primer instante de soledad desde que llegó. Todas las salidas del residencial han sido acompañadas por alguna de sus encantadoras tías, que le presentan el paisaje como si fuera un espectáculo montado especialmente para que ella lo apreciara.

A su alrededor están las montañas, de un verde oscuro profundo, y el cielo es más un resplandor que un color. La brisa sopla por entre el palmar que hay más abajo y hace crujir sus hojas de manera que parecieran voces susurrando. Aquí y allá una espiral de humo se eleva desde una ladera, donde un campesino y su familia siguen con su solitaria vida. Esto es lo que Yolanda ha echado de menos durante todos estos años, y no sabía qué era lo que necesitaba. Allí, de pie en el silencio, le parece que en Estados Unidos nunca se ha sentido como en casa, nunca.

Cuando percibe el sonido, cree que es el motor de su carro que olvidó apagar, pero el ruido va creciendo hasta convertirse en un rugido doliente, como si un motor se estuviera desgarrando. Yolanda alcanza a distinguir un fondo de voces masculinas. Rápidamente se mete en el carro, cierra la puerta y vuelve a la carretera, manteniéndose en el carril derecho.

Una guagua avanza trabajosamente por la curva y le tapa la vista. Una explosión brota del tubo de escape y el conductor da bocinazos de saludo o advertencia. Es un viejo autobús militar, cuyo letrero oficial ha sido repintado a brochazos con una pintura que no combina. Los pasajeros la ven en el último momento, y en el lado de la guagua que da hacia ella, los hombres asoman la cabeza por la ventana, gritan y lanzan piropos, enseñan botellas y la increpan. Ella acelera y los deja atrás gracias al silencioso Datsun, cuyo motor bien lubricado sigue subiendo sin problemas por la serpenteante carretera.

En la radio sólo se oye la estática, como el sonido del metal de un carro en un choque. Y la distante y apagada voz que se escucha en las ondas podría ser la suya, atrapada en un accidente y pidiendo ayuda. «¿Está en inglés o español?», se pregunta.

El poeta que conoció en la fiesta de Lucinda la noche anterior decía que no importaba cuánto hubiera perdido uno de su lengua materna, en el momento de una emoción profunda, volvería a ella. Había hecho que Yolanda se imaginara en toda una serie de circunstancias: «¿En qué idioma haces el amor?», le había preguntado, mirándola fijamente a los ojos.

Las lomas empiezan a achatarse para llegar a una meseta y la carretera se ensancha. A izquierda y derecha van apareciendo puestos de venta. Yolanda los examina en busca de guayabas. Apiladas en mesas de madera hay frutas que ella no ha visto desde hace años: mangos de un amarillo rosáceo, vainas de tamarindo que destilan su rico jugo, los cajuiles atados a cuerdas para evitar que se magullen entre sí. En otros puestos cuelgan tiras de carne de las ventanas, y las moscas revolotean alrededor. Es difícil creer en la pobreza tan comentada en la radio.

Parece que hubiera más que suficiente alimento, de todo menos guayabas.

Tras dejar atrás los puestos de fruta, Yolanda se acerca a un complejo que se parece mucho al de su familia en la capital. Un alto muro de concreto se extiende a lo largo de casi medio kilómetro. Hay un guardián en su puesto, tras un portón de hierro forjado. A través de los barrotes floridos, parece un hombre encerrado en una prisión extrañamente hermosa. Más atrás, siguiendo el camino sombreado, se ve una casa campestre de tres pisos con una amplia galería rodeándola completamente. Estacionado frente a la puerta hay un Mercedes color chocolate. A lo mejor los dueños se refugiaron en su casa de campo para huir de los problemas de la capital. Probablemente hasta son parientes suyos. La docena de familias ricas de la isla se han casado tantas veces entre sí que los árboles genealógicos son un nudo de ramas y raíces. De hecho, sus tías le dieron una lista de nombres de tíos, tías y primos a los que podría visitar por el camino. Junto a cada nombre hay una descripción muy breve de lo que Yolanda puede recordar de cada pariente: «la que tiene una piscina en forma de riñón», «el gordo», «el que fue embajador».

Antes de partir del residencial en la capital, Yolanda metió la lista en la guantera. Se las arreglaría por su propia cuenta.

Delante de ella se extiende un caserío. «Altamira», dicen las letras ondulantes pintadas en el techo de zinc de la primera casa. Altamira, una sucesión de casas a ambos lados de la carretera, es el lugar adecuado para estirar las piernas antes de iniciar el descenso hacia la costa, empinado y levemente peligroso —sus tías le advirtieron que era *muy* peligroso—. Yolanda se detiene en una cantina con techo de caña sostenido por varios postes, piso de cemento y, en pleno centro, una solitaria mesa de picnic sobre la que revolotea una nube de moscas.

En una de las columnas centrales hay un amarillento cartel de jabón Palmolive pegado con grapas. Una mujer rubia, de piel satinada, disfruta una ducha refrescante con la cabeza inclinada hacia atrás en un gesto de éxtasis y la boca entreabierta en un grito sin palabras.

—¡Buenas! —saluda Yolanda.

Una mujer añosa sale de una choza que hay tras la cantina abotonándose una desgarrada bata de casa. La sigue de cerca un niño, que se esconde tras la anciana cada vez que Yolanda le sonríe. Al preguntarle cómo se llama, se interna más entre los pliegues de la falda de la vieja.

—Tendrá que disculparlo, doña, pero es que no está acostumbrado a andar entre la gente —se excusa la mujer.

Al decir gente, se refiere a las personas de dinero que pasan por Altamira camino a los hoteles de playa en la costa norte.

—Que cómo te llamas —repite la vieja, como si Yolanda no hubiera hecho la pregunta en español.

El niñito murmura algo mirando al piso.

—Habla alto, muchacho —lo regaña la anciana, y su voz denota algo de orgullo cuando habla por el niño—. Este muchachito que no sabe nada de nada se llama José Duarte Sánchez y Mella.

Yolanda se ríe. Tremendo nombre para un niño tan chiquito: los nombres de los tres padres de la patria.

—¿Qué le puedo servir, doña? —pregunta la vieja—. ¿Un refresco? ¿Una Coca Cola?

Por el orgullo que percibe en la voz, Yolanda se da cuenta de que la anciana quiere complacerla con lo mejor de su menú.

—Le voy a decir qué es lo que me gustaría. —Echa un vistazo a la hilera de árboles que hay detrás del rancho de la mujer—. ¿Hay guayabas por aquí?

El rostro de la anciana se contorsiona.

—¿Guayabas? —murmura, y piensa un instante—. Pues claro, crecen por todas partes, doña. Pero no he visto últimamente.

—Con su permiso...

José Duarte se ha unido a un grupo de niñitos que aparecieron de la nada y dan vueltas alrededor del carro, presumiendo sobre el número de éstos en el que se han montado. Al oír que Yolanda menciona las guayabas, se adelanta y apunta al otro lado de la carretera, hacia la cima de las lomas que se ven al occidente.

—Sé dónde hay un guayabal con fruta madura.

Detrás de él, sus compañeritos asienten.

—Ve, entonces. —Su abuela da un pisotón como si tratara de espantar a un animal—. Ve y le traes unas cuantas a la doña.

Algunos niños cruzan corriendo al otro lado del camino y desaparecen por un sendero empinado en la ladera. Antes de que José pueda seguirlos, Yolanda lo llama. Ella también quiere ir. El niño mira a su abuela. No sabe qué pensar. La mujer niega con la cabeza. La doña

28

se va a acalorar, se va a ensuciar la ropa fina. José le puede traer todas las guayabas que quiera.

—Pero saben mejor cuando uno mismo las coge. —Yolanda detecta el tono amenazante en la voz de la vieja, como si se hubiera convertido en escudo de su familia.

Los pocos niños que se quedaron rezagados junto con José, se agrupan en torno al carro. Todos insisten en que se lo están cuidando a la doña. A Yolanda se le ocurre que hay una manera de convertir la situación en una especie de regalo para todos y cada uno.

—¿Qué opinan si vamos en el carro? —Los niños se emocionan.

—No es mala idea —dice la mujer aceptando—. Si la doña insiste en ir, puede seguir el camino de tierra y luego pasar a la carretera asfaltada que lleva a los secaderos de café. —Señala al sur, hacia la casa grande—. Muchos peones toman ese atajo cuando van a trabajar.

Se meten en el carro; media docena de niños en el asiento de atrás y José de copiloto, en el asiento junto a Yolanda. Se internan por un camino irregular que sale de la autopista, cada más lleno de baches, a medida que avanza por el campo silvestre y desolado. Las ramas rasguñan los lados del carro y los guijarros golpean la parte inferior. Yolanda quisiera dar la vuelta pero no hay espacio para hacerlo. Por último, con un buen chasquido de ramas y palitos contra el cristal delantero, como si el campo se resistiera a dejarlos ir, el carro sale a un terreno más liso bajo la luz del día. A ambos lados del camino hay guayabos. Los niños que se habían adelantado a pie están tirando de las ramas y sacudiéndolas para que suelten una lluvia de fruta.

Yolanda se come varias guayabas allí mismo, disfrutando del tacto de la piel levemente rugosa en su mano y devorando la blanca pulpa, crujiente y dulce. Los niños la observan.

El grupo se dispersa para recoger guayabas. Yolanda y José, aliados, se alejan del camino que atraviesa el guayabal. Al poco están agachados para evitar enredarse en la densa bóveda de ramas a la altura de la cabeza. Cada nueva adición a la canasta de playa de Yolanda provoca que las demás, apiladas hasta rebasar el borde, se derramen.

El camino de vuelta al coche parece mucho más largo que el que los llevó hasta allá. Yolanda empieza a inquietarse, teme haberse perdido y luego, así como la preocupación engendra más preocupación, cae en la cuenta de que hace rato no ven ni oyen a los otros niños. El encaje de ramas deja entrever centelleos de un cielo que se va apagando. La imagen del guardia en su elaborada cárcel florida se aparece como un relámpago en su mente. Las hojas de los guayabos, al susurrar, hacen resonar las advertencias de sus viejas tías: «te vas a perder, te van a secuestrar, te van a violar, te van a matar».

Algo más adelante, la red de ramas de guayabo se despeja y allá está el sendero y más allá la tranquilizadora visión del carro, a un lado de la carretera. Es un alivio erguirse de nuevo. José apoya su carga en el suelo y endereza la espalda. Yolanda mira al cielo. El sol está bajo en el poniente.

—Los otros deben de haber ido a recoger leña —señala José.

Yolanda mira su reloj, son más de las seis. A este paso, no logrará llegar a la costa al anochecer. Apura a José para volver al carro, y allí encuentran otro montón de guayabas que los otros niños dejaron en la cuneta. ¡Suficientes para apaciguar de por vida hasta al santo más goloso de la isla!

Las meten en el baúl rápidamente y se suben al carro, pero no han avanzado medio metro cuando el vehículo empieza a sacudirse renqueando horriblemente. Yolanda cierra los ojos y se recuesta contra el volante, para luego volverse a mirar a José. Sus ojos recorren el interior del carro buscando qué es lo que puede andar mal. El niño tampoco sabrá cambiar una goma pinchada.

El sol se pondrá pronto y caerá la noche con rapidez, sin ese lento crepúsculo que ocurre en Estados Unidos. Le explica a José que tienen una rueda desinflada y que deben ir a la casa grande. Quienquiera que se ocupe del Mercedes marrón, seguramente sabrá cambiar una goma.

—Con su permiso —dice José. La doña puede esperarlo en el carro, y en un momento él volverá con alguien de donde los Miranda.

Miranda, Miranda… Yolanda se estira para sacar de la guantera la lista que le hizo su tía, con seguridad, allí estará el apellido. Tía Marina y tío Alejandro Miranda-Altos de Altamira.

Una nota detalla que tío Alejandro era el que solía tener caballos ingleses y fue quien les enseñó a las cuatro hermanas García a montar.

—Muy bien —le dice al niño—. Ya sé qué haremos. —Señala su reloj—. Si vuelves para cuando esta manecilla esté aquí, te daré… —Y levanta un dedo—. Un dólar. —La boca del niño se abre de sorpresa. Al instante sale corriendo del carro y va ligero hacia donde los Miranda. Yolanda se baja también y camina lentamente, hasta que el niño desaparece en una de las curvas de la carretera.

Desde el sendero que corta por entre el monte al otro lado de la carretera, Yolanda oye el sonido de las ramas que alguien va apartando, de palitos que se quiebran bajo pisadas. Dos hombres, uno bajo y moreno, el otro delgado y de piel más clara, aparecen. Llevan ropas de trabajo muy raídas y manchadas de sudor. Las caras, demacradas. De sus cinturones cuelgan machetes.

Al verla, sus rostros parecen ponerse alerta de repente. Luego miran más allá, al carro. El más moreno habla primero.

—¿Es suyo? ¿Tiene algún problema?

El más alto la mira de arriba abajo, interesado. Ahora los dos están frente a ella, en la carretera, bloqueándole la huida. Tras escrutarlos sin perder detalle, advierte que ambos son fuertes y bien capaces de atraparla si intentara escapar. Tampoco es que esté en condiciones de salir corriendo, de pronto, parece que sus piernas estuvieran clavadas al suelo. Piensa en la posibilidad de explicar que sólo salió a dar un paseo antes de la cena en la casa grande, para que así los hombres piensen que alguien sabe dónde está en ese momento, y que ese alguien vendrá a buscarla si ellos tratan de llevársela. Pero siente la lengua como si fuera un trapo que le hubieran metido en la boca para mantenerla callada.

Los dos hombres cruzan una mirada, que a Yolanda le parece de complicidad.

Luego, el más bajo y más moreno, le habla de nuevo.

—¿Está bien, señorita? —La mira insistentemente. Es bajo, de la altura de Yolanda, pero da la impresión de ser más alto porque su cuerpo es macizo y sólido, como una pieza de escultura en madera aún inacabada. Su compañero es alto y delgado y su piel es del color de la miel oscura, hace juego con el tono de sus ojos. En cualquier otra circunstancia, Yolanda lo hubiera considerado tremendamente atractivo, pero aquí, en la carretera solitaria, con el cielo cada vez más oscuro, su apariencia parece peligrosa, como una carnada para pescarla a ella con la guardia baja—. ¿Podemos ayudarle en algo? —repite el bajito.

El buen mozo sonríe dando a entender que sabe lo que sucede. Dos hoyuelos alargados y profundos aparecen como tajos a ambos lados de su boca.

—Americana —le dice al más moreno y señala el carro—. No comprende.

El moreno entrecierra los ojos y estudia a Yolanda un momento.

—¿Americana? —le pregunta, como si no estuviera seguro de cómo clasificarla.

Yolanda se ha sentido demasiado aterrada como para pensar en una estrategia, pero ahora se le abre un camino por delante. Junta sus manos sobre el pecho, donde siente el corazón galopante, y asiente. Luego, como si esa simple admisión le soltara la lengua, empieza a hablar en inglés, unas cuantas palabras. Primero una disculpa, y después una andanada de explicación: por qué está en esa carretera alejada, sola; su antojo de guayabas;

que nunca ha sabido cambiar una goma. Los dos hombres la miran sin entender, amansados por su jeringonza. Y cuando menciona el apellido Miranda, los ojos se les encienden con respeto. ¡Está salvada!

Yolanda hace un ademán de inflar con una bomba. El moreno mira a su compañero, que se encoge de hombros desconcertado. Yolanda les hace señas de que la sigan. Y como si al fin hubiera logrado sacar de raíz sus pies enterrados en el suelo, se da cuenta de que puede moverlos e ir hacia el carro.

Los tres se quedan mirando la goma desinflada un momento, los dos hombres la patean como si la castigaran por haberle fallado a la señorita. Se agachan al lado del carro, en el costado del pasajero, y conversan en voz baja. Yolanda los lleva a la parte trasera del carro, y allí sacan la goma de repuesto de su cavidad, luego se ponen manos a la obra para armar las piezas del gato, sacando las herramientas de las profundidades del baúl. Dejan los machetes al lado de la carretera, fuera del camino. Por encima de sus cabezas, el cielo está púrpura por el crepúsculo. El sol se rompe sobre las cumbres de las lomas derramando su yema carmesí.

Una vez que la goma desinflada es reemplazada por la de repuesto, los dos hombres meten la estropeada al baúl y guardan las herramientas. Le entregan a Yolanda las llaves.

—Quisiera darles algo —empieza, pero las palabras en inglés le suenan huecas. Busca en su bolso y saca un fajo de billetes. Lo enrolla y se lo ofrece.

El más bajo hace un ademán de rechazo poniendo la mano frente a ella. Yolanda ve que tiene la palma raspada por el roce con el suelo y que la sangre dejó caminos secos en ella.

—No, no, señorita. Con mucho gusto.

Yolanda se vuelve hacia el más alto.

—Por favor —le dice, ofreciéndole los billetes. Pero él también baja la mirada, con el mismo gesto de Iluminada, el mismo de José. Rápidamente, embute el dinero en el bolsillo del hombre.

Los dos recogen sus machetes y se los llevan al hombro, como hacen los soldados con sus fusiles. El alto señala la casa grande.

—Directo, Miranda —pronuncia las palabras lentamente.

Yolanda sigue la dirección que señala su mano. En la escasa luz de lo que queda de día, a duras penas logra ver la carretera ante sí. Es como si el monte de guayabos hubiera crecido sobre ella, entretejiendo sus ramas en una densa estera que se extiende en todas direcciones.

Yolanda estira la mano para estrechar la de los hombres. El bajo no responde al saludo, como si no quisiera ensuciarle la mano a la señorita pero luego, tras limpiársela en los pantalones, se la da. La piel se siente áspera y seca, como la corteza de un árbol.

Yolanda se sube al carro mientras los dos hombres aguardan un momento en la cuneta para ver si la goma quedó bien. Llega al asfalto y comienza a bajar lentamente por la carretera. Cuando busca a los hombres en el espejo retrovisor, ya han desaparecido en la oscuridad del guayabal.

Más adelante, los faros dibujan la figura de un niño pequeño. Yolanda se inclina y le abre la puerta. La luz del interior del carro se enciende. La cara del niño delata que está conteniendo las lágrimas y va acunando un brazo con el otro.

—El guardián me pegó. Dijo que le estaba diciendo mentiras. Que ninguna dominicana que tuviera un carro iba a andar por ahí buscando guayabas a esta hora.

—No importa, José —le contesta, dándole palmaditas cariñosas. Siente el hombro huesudo bajo la gastada tela de la camisa—. En todo caso te ganaste el dólar. Cumpliste con tu parte.

Pero su vergüenza opaca cualquier gusto que pueda producirle la oferta de ella. Yolanda trata de distraerlo preguntándole qué va a comprar con ese dinero; qué es lo que más quisiera tener, pensando que en una próxima visita le traerá al niño su correspondiente antojo. Pero José Duarte Sánchez y Mella no dice nada, sólo susurra un «gracias» cuando ella lo deja en la cantina con varios dólares más que el que le prometió.

Al resplandor de las luces del carro, Yolanda distingue la silueta de la vieja en el cuadrado negro del umbral, diciendo adiós. Y por encima de la mesa de picnic, en el poste cercano, la piel de la mujer Palmolive reluce con su blancura cremosa. Su cabeza sigue echada hacia atrás, la boca aún está abierta, como si llamara a alguien que estuviera muy lejos.

El beso, Sofía

Incluso después de casarse y de formar cada una su propia familia, razón por la que no resultaba fácil reunirse en muchas de las ocasiones especiales, las cuatro hijas siempre regresaban a casa para el cumpleaños de su padre. Se juntaban, sin maridos o futuros maridos ni trabajo pendiente del que se llevaban a casa. Era parte de la tradición: las hijas volvían solas a casa. El apartamento era muy pequeño para todos, decía el padre. Seguro que sus maridos podrían prescindir de ellas por una noche, ¿o no?

Los esposos no tenían inconveniente, pero los alardes del padre les incomodaban.

—¿Cuándo va a entender que ya crecieron y que ahora duermen con nosotros?

—Pero si casi tiene setenta años, ¡por favor! —decían las hijas, en defensa del padre.

Eran mujeres apasionadas, pero sus afectos se parecían a las raíces, se hundían en el pasado hacia el viejo.

Así que durante toda una noche de cada mes de noviembre, las hijas volvían a ser las niñitas de su papá. En la sala, abarrotada con los oscuros y grandes muebles de la vieja casa en la que habían crecido, se convertían de nuevo en niñas y vivían una versión más pequeña y sencilla del mundo. En la puerta se repetía la escena del hijo pródigo. El padre abría los brazos para acogerlas, en su inglés dificultoso: «Ésta es su casa y eso es algo que no deben olvidar».

Una vez dentro, su madre se preocupaba al verlas con la ropa desaliñada, el pelo largo y suelto, o porque se veían cansadas, demasiado flacas, demasiado arregladas, y así sucesivamente…

Después de unas cuantas copas de vino, el padre empezaba a hablar de lo que debería hacerse si él no llegaba a su siguiente cumpleaños. «Por favor, Papi», decían las hijas para tratar de persuadirlo de lo contrario, como si morir fuera un acto de modestia por su parte y ellas tuvieran que convencerlo de seguir vivo. Tras el bizcocho y las velitas, distribuía unos sobres abultados que se sentían como acolchados, y en ellos había varios cientos de dólares en billetes de diez, de veinte y de cinco, dispuestos todos de la misma manera, y el de más arriba venía firmado por el padre, como si los hubiera marcado. «¿Por qué no les entregaba un cheque?», comentaban las hijas más tarde, mientras charlaban en su habitación y contaban el dinero para asegurarse de que les había dado a todas lo mismo y no tenía favoritismos. ¿Sería ilegal que su padre fuera ahorrando y ocultando semejante suma de dinero? Y aunque ninguna de ellas podía creerlo —tan solo pensarlo era como una explosión diminuta y maravillosa en sus cabezas— se preguntaban si estaría metido en alguna red de narcotráfico o si haría abortos clandestinos en su consultorio.

En la mesa siempre hacían un amago de devolver los sobres.

—No, no, Papi. Al fin y al cabo es tu cumpleaños.

El padre les decía que había mucho más en el lugar de donde provenía ese dinero. La revolución en la patria había fracasado. La mayoría de sus compañeros habían sido asesinados o sobornados. Él había huido a otro país, y ahora no tenía a nadie más que a sí mismo. Por eso, lo que ganara era para sus niñas. Jamás les daba dinero a sus hijas cuando sus esposos andaban cerca. «Puede ser que me malinterpreten», había dicho una vez, y a pesar de que las hijas nunca sabían exactamente lo que el padre quería dar a entender, todas tenían clara la insinuación: «No traigan a sus maridos a casa para mi cumpleaños».

Sin embargo, este año, para el septuagésimo cumpleaños, la hija menor, Sofía, quería organizar el festejo en su casa. Su hijito había nacido el verano anterior y no quería irse de viaje con un bebé de cuatro meses y su niñita. Además, de todas las hijas, era la que menos quería dejar de asistir porque, por primera vez desde que se había fugado con su esposo seis años atrás, ella y su padre habían vuelto a dirigirse la palabra. De hecho, el viejo había ido a verla, más bien a ver a su nieto, dos veces. Era un gran triunfo que Sofía hubiera tenido un varoncito, el primero que nacía en la familia en dos generaciones. Por eso el bebé iba a ser bautizado con el nombre de su abuelo, Carlos, y su segundo nombre sería el apellido de soltera de Sofía (cosa usual en Estados Unidos), de manera que algo con lo que el viejo jamás hubiera soñado con ese «harén de cuatro mujercitas», como le gustaba decir en broma, era que su nombre sobreviviera en ese nuevo país, y ahora se hacía realidad.

En sus dos visitas anteriores, el abuelo se había mantenido en guardia junto a la cuna el día entero, hablándole al pequeño Carlos. «Carlos V, Carlos Dickens, el príncipe Carlos». Enumeraba la lista de los Carlos famosos para despertar algo de ambición genética en el niño. «Carlomagno», también le decía en tono de arrullo, pues el bebé era grande, con pelusa rubia sobre la piel rosada clara y ojos azules como los de su padre, que era alemán. Todos los sueños caribeños del abuelo por tener un heredero varón con la rubia apariencia nórdica habían aflorado. Ahora había buena sangre en la familia, para contrarrestar un posible error de elección de pareja por parte de una de las mujeres.

«Como naciste aquí, hasta puedes llegar a presidente —le canturreaba—. Y cuando tengas mi edad, también podrás ir a la Luna o, tal vez, a Marte.»

Su conversación infantil, machista, reavivó en Sofía el antagonismo que sentía hacia su padre. Era detestable que siguiera con esas alabanzas, mientras a su lado estaba su nietecita, con los ojos muy abiertos y tristes al oír todas las cosas que su hermanito, no más grande que una de sus muñecas, podría llegar a hacer por el simple hecho de ser varón.

—Haz algo para que se calle —le pidió Sofía a su esposo. De todos los yernos, Otto era el más alegre y de mejor carácter. Sus cuñadas se referían a él como «el consejero del campamento de verano». Otto se acercó al abuelo. Ambos miraron con cariño al nuevo vikingo.

—Llegarás a ser tan importante como tu papá —dijo el abuelo. Era la primera vez que el suegro dirigía un cumplido a alguno de los yernos de la familia. No había manera de que Otto fuera a reconvenir al viejo después de eso.

—Es un buen niño, ¿cierto, Papi? —El acento alemán de Otto se acentuaba más con el tinte afectuoso. Le dio una palmada amistosa a su suegro en los hombros. Ahora eran amigos.

A pesar de que el padre había hecho las paces con su yerno, aún quedaba algo de tensión con su propia hija. A su llegada, ella había corrido a abrazarlo en la puerta, pero él se puso tieso ante el abrazo y se la sacudió de encima con amabilidad.

—Déjame poner en el suelo estas maletas tan pesadas, Sofía.

Él jamás la había llamado por su apodo familiar, Fifi, ni siquiera cuando aún vivía en casa. Siempre había tenido problemas con la menor, por rebelde, y su huida de casa no ayudó en nada.

—No quiero casquivanas en la familia —les había advertido a sus hijas. Las advertencias se pronunciaban de forma colectiva porque, pese a tener la hija transgresora de turno, a ninguna mujer le venía mal una buena dosis extra de reconvención.

Sus hijas debieron aguantar esa actitud en una época que ya no aplaudía tal cosa. Habían crecido a finales de los sesenta, en los días en los que usar jeans y pendientes en forma de aros, fumar un poquito de marihuana y dormir con los compañeros de curso eran actos políticos en contra del poder militar e industrial. Pero levantarse contra su padre era algo completamente distinto.

41

Incluso siendo adultas, bajaban la voz si andaba cerca su padre y hablaban sobre los placeres del cuerpo. ¡Y eso que las tres eran todas unas profesionales, con sus diplomas colgados en la pared!

Sofía era la única sin titulación. Siempre había hecho las cosas a su manera, le daba poca importancia a sus decisiones llamándolas «accidentes». De las cuatro, se la consideraba la menos agraciada, alta, de huesos grandes, y con una cara de rasgos marcados. Sin embargo, según decían sus hermanas con algo de sorpresa y envidia, era la que siempre tenía novio. La admiraban y continuamente le pedían consejo en asuntos de hombres. La tercera hija, de niña, había compartido la habitación. Le gustaba observar a su hermana revolotear por el cuarto mientras se preparaba para acostarse, cepillándose el pelo y sujetándolo con un gancho antes de meterse entre las sábanas, como si alguien la esperara allí. En la oscuridad de la noche, Fifi despedía un aroma fresco y sano de piel limpia. A la tercera hija, que era temerosa, insegura y que tenía muchos problemas con los hombres, le agradaba. La respiración de su hermana en la oscuridad del cuarto era como tener un animal fuerte y manso al pie de la cama, listo para protegerla.

La menor había sido la primera en irse de casa. Se había enamorado y dejó la universidad. Aceptó un puesto de secretaria, sin embargo, seguía viviendo en la casa familiar porque su padre la amenazó con desheredarla si se iba a vivir por su cuenta. Durante unas vacaciones voló a Colombia, su entonces novio tenía que viajar a ese país, y como en Nueva York no podían pasar las noches juntos, tuvo que recorrer miles de kilómetros para dormir con él. En Bogotá descubrieron que, una vez probado el fruto prohibido, perdieron el apetito. Terminaron. Ella conoció a un turista en la calle, un alemán, y eso fue todo. La muchacha sólo pasó unos pocos días de su vida adulta sin novio. Se enamoraron.

De camino a casa, tiró el diafragma en el primer zafacón del aeropuerto John F. Kennedy. No pensaba correr ningún riesgo, no obstante, su padre sospechaba algo. Durante meses se mantuvo al acecho. A la primera oportunidad, revisó los cajones de su hija menor «buscando su cortaúñas», y allí encontró el paquete de cartas de amor. La letra pequeña y correcta del alemán decía cosas innombrables... En las delgadas hojas de papel de carta azul se recreaban conversaciones de alcoba.

—¿Qué significa todo esto? —El padre sacudió las cartas en su cara. Las cuatro hermanas estaban sentadas a la mesa conversando, y su padre las interrumpió, golpeando el paquete contra la pierna como si fuera un látigo. La cinta de satén con la que Sofía las había atado colgaba donde su padre la había desamarrado, pese a que la enrolló de nuevo alrededor del paquete, en un esfuerzo por contener la mala conducta de su hija menor.

—Dame eso —gritó, embistiéndolo.

El padre levantó la mano que sostenía las cartas por encima de la cabeza, como la Estatua de la Libertad con su antorcha en alto. Pero se olvidó de que esta hija era tan alta como él. Le agarró el brazo, lo bajó y le quitó las cartas, actuando como si fuera un bebé al que le hubiera arrebatado del pecho. Parecía una furia biológica y no de tipo romántico.

Tras la conmoción inicial, el padre se enfadó de nuevo.

—¿Te desfloró? Eso es lo que quiero saber. ¿Ya se fueron detrás de la palma? ¿Estás empañando mi buen nombre? ¡Eso es lo que quiero saber!

El padre gritaba enloquecido pregunta tras pregunta, justo en la cara de la hija menor, sin darle oportunidad a responder. La cara se le enrojeció de ira pero la de ella aún era más fiera por lo impasible. Parecía una pálida luna de marfil, que atraía más y más la marea de la furia del padre, hasta que pareció que él iba a ahogarse en su propio torrente iracundo.

Sus hermanas, preocupadas, se levantaron, dos de ellas lo tomaron por los brazos tratando de persuadirlo, como si fueran enfermeras, la tercera lo agarró por la cintura, igual que a los niños afiebrados.

—Vamos, Papi, tranquilízate. Calmémonos. Hablemos en paz, que al fin y al cabo somos una familia.

—¿Eres una puta? —interrogó el padre. En las mejillas de su hija había gotitas de saliva por la cercanía de la boca del padre con su cara.

—¡Eso no es asunto tuyo, coño! —respondió con una voz grave, horrísona, como el gruñido de un animal que quisiera lastimarlo—. ¡No tienes derecho, ningún derecho a meterte en mis asuntos o leer mis cartas! —Se le saltaban las lágrimas y resoplaba al respirar.

La boca del padre se abrió, adquirió la forma de un pequeño cero de conmoción. Sin decir nada, Sofía se levantó y salió del cuarto. Por lo general, en sus berrinches de adolescente, esta hija solía abandonar la casa y regresar horas más tarde, aplacada, renovada con la dulzura que le era natural, trayendo regalitos insignificantes para toda la familia: imanes para el refrigerador, bolitas de peluche con ojos juguetones.

Pero esta vez la oyeron en el piso de arriba abriendo y cerrando gavetas, yendo y viniendo entre la cama y el clóset. Abajo, el padre recorrió todos los cuartos, las tres hijas lo arrinconaban mientras el otro gran poder de la casa, metódicamente y como si tuviera todo el tiempo del mundo, abotonaba y doblaba toda su ropa, empacaba sus maletas y dejaba la casa para siempre. De alguna manera llegó a Alemania y logró que el hombre se casara con ella. Para restregarle en la cara al padre que tanto ambicionaba que entraran presidentes y genios a la familia, el don nadie alemán resultó ser un químico reconocido en todo el mundo. Pero la hija no era de carácter mezquino. ¡Qué le importaba lo que hiciera Otto para ganarse la vida!, fue ella la que se presentó ante su puerta y se le ofreció.

—Puedo amarte tanto como cualquier otra mujer —dijo—. Si tú también puedes amarme tanto como cualquier otro hombre, casémonos.

—Entra y hablemos —respondió Otto, o al menos así decía la historia.

—Sí o no —contestó Sofía. Así sin más, en una noche de nevada, alguien a la puerta y la corriente helada que se colaba por el hueco.

—No podía permitir que la pobre se congelara —le gustaba presumir a Otto.

—Te habría matado —decía Sofía, poniendo su gran mano en el hombro de Otto, y uno podía ver cómo debían de ser las cosas en la oscuridad de sus encuentros sexuales.

De luna de miel viajaron a Grecia, y Sofía envió postales a sus padres y hermanas, como cualquier recién casada: «Lo estamos pasando de maravilla. Ojalá estuvieran aquí».

Pero el padre mantuvo su actitud vengativa. Durante meses nadie pudo mencionar el nombre de la hija en su presencia, a pesar de que no logró evitar llamarlas a todas Sofía, para enseguida corregirse.

Cuando nació el bebé, su esposa decidió que ya era suficiente. Si él quería, podía irse a la tumba con su enojo. En cuanto a ella, viajaría a Michigan, donde Otto había conseguido trabajo, para conocer a su primera nieta.

A última hora, el padre cedió y la acompañó, no obstante, bien hubiera podido quedarse en casa. Permaneció triste y silencioso durante toda la estancia, sin importar cuántas veces Sofía y sus hermanas trataron de involucrarlo en la conversación. El alejamiento total era preferible a esa frialdad que demostraba. Pero Sofía lo intentó de nuevo. Al siguiente cumpleaños del viejo, apareció en el apartamento de sus padres con su hija pequeña. «¡Sorpresa!», y hubo una cierta reconciliación. El padre primero trató de estrecharle la mano. Frustrado, le dio un abrazo distante antes de recibir al bebé en sus brazos, bajo la vigilante mirada de su esposa.

Después de eso, año tras año, la hija asistió al cumpleaños de su padre y, tal como lo hacen las mujeres, aplacó, cosió y vendó los sentimientos heridos. Pero allí estaba, bajo el tejido social, la herida abierta. El padre se negaba a poner un pie en su casa. Pocas veces se hablaban.

El padre se dirigía a ella en público con el mismo tono de voz que usaba con sus yernos.

Sin embargo, ahora se acercaba su setenta cumpleaños y había aceptado celebrarlo en casa de Sofía. El bautizo del pequeño Carlos se había programado para la mañana, de manera que la fiesta de Papi Carlos, que se celebraría por la noche, fuera el gran acontecimiento. Fue una jugada maestra por parte de la hija menor lograr reunir a la familia para pasar un fin de semana en Michigan. Pero el verdadero golpe de gracia fue que se las arregló para, ese año, incluir también a los maridos.

—Vienen los maridos, vienen los maridos —bromeaban las hermanas.

Sofía atribuyó el logro al pequeño Carlos. El niño había abierto la puerta a los demás hombres de la familia.

Pero el tanto que la hija menor más anhelaba anotar era la reconciliación definitiva con su padre. Le organizaría una fiesta que jamás podría olvidar. Durante semanas planificó qué comerían, dónde dormirían, cuáles serían las diversiones. Llamaba a sus hermanas para comentar todos los detalles y saber qué opinaban. Estuvieron casi completamente de acuerdo: un grupo musical, gorritos de papel, vejigas, botones con el lema «El mejor papá del mundo». Todo sería muy exagerado, ingenuo y afectuoso, tal como sabían que le gustaba. A Sofía se le pasó por la cabeza la idea de una bailarina del vientre o una chica que saliera de un bizcocho enorme. Pero la tercera hija, que después de su reciente divorcio se había vuelto una feminista recalcitrante, opinó que esos espectáculos de machos resultan ofensivos. Estaba de acuerdo con el plan de los músicos y compartiría los gastos.

Sus tres hermanas podían pagar lo demás si querían ser sexistas. Con enorme paciencia, Sofía diseñó un fin de semana que no ofendiera a nadie. Lo pasarían bien en su casa festejando los setenta años del viejo aunque tuviera que morir en el intento.

La noche de la fiesta, la familia cenó temprano antes de que los músicos y los invitados llegaran. Cada hija brindó por los dos Carlos. Los yernos se dirigían a Carlos grande como «Papi». El pequeño Carlos, que más parecía una niñita con su largo y blanco faldón de bautizo, lloró todo el tiempo, y su pobre madre no tuvo un instante de paz entre servir la cena que había preparado y darle la suya al bebé. El teléfono no dejó de sonar, parientes de la vieja patria llamando para felicitar al viejo. Los brindis que las hijas habían preparado fueron interrumpidos una y otra vez. Pese a todo, al padre se le nubló la mira de lágrimas en más de una ocasión, mientras las cuatro hijas evocaban la trayectoria de su vida.

Esa noche se veía viejo, cada uno de sus setenta años se le notaba en la cara. Quizá fuera el exceso de vino lo que le había ensombrecido la tez, de manera que el pelo, las cejas y el bigote destacaban con una blancura inusual. Sin embargo, se animó un poco con los regalos: aparatos, libros, trofeos de escritorio de sus hijas y tarjetas de «Para el mejor Papi del mundo» con textos largos dentro, que el viejo quería leer en voz alta.

—¡No, Papi, no son para todo el mundo! —lo interrumpieron las hijas, acercándose a él, pretendían ahorrarse la vergüenza de oír en público sus manifestaciones de cariño.

Su esposa le regaló un reloj de oro. La tercera hija dijo en tono de broma que las empresas agasajaban de ese modo a sus empleados a la hora de la jubilación, sin embargo, cuando la madre la miró molesta, guardó silencio. Luego llegaron los regalos de los hombres, cinturones y carteras para las tarjetas de crédito.

—Cosas que de verdad me hacían falta. —El padre fue muy cortés. Apiló las tarjetas y se las metió en el bolsillo para leerlas después, con calma.

Los yernos sabían bien que el padre los observaba celosamente, en busca de señales de indiferencia o de egoísmo. En cuanto a las muchachas, incluso después de haberle dedicado los brindis, de que abriera los regalos y de que el padre los quitara de en medio con la ayuda de la pequeña nieta, después de todo eso, las hijas sintieron que había algo que él esperaba y aún no le habían dado.

Pero todavía quedaba suficiente celebración como para creer que el padre recibiría cualquier cosa que le hiciera falta para el largo y solitario año que tenía por delante. Los músicos llegaron, tres hombres de mediana edad, cada uno con su copete plateado peinado hacia atrás con exceso de brillantina. El grupo Danny y sus muchachos instaló un cartel con el nombre apoyado contra la chimenea. Uno tocaba el acordeón, otro el violín y el tercero lo que hiciera falta, ya fueran maracas, triángulo o tambor. Interpretaron música de películas, polcas, tonadas conocidas de las que se pueden tararear. Las canciones sentimentalonas se las dedicaban a «*Poppy*» o «a su encantadora esposa». Al padre le gustó el grupo.

—Bien escogido —dijo felicitando a Otto.

Después de haber comido y bebido tanto, el carácter de la hija menor se disparaba con facilidad. Entrecerró los ojos mirando a su sonriente marido y se llevó la mano a la cadera. ¡Como si Otto hubiera movido un dedo durante los largos meses de preparación de la fiesta!

Los invitados empezaron a llegar, muchos de ellos contando que se habían perdido en el camino porque los suburbios estaban oscuros y eran intrincados como laberintos, con sus zonas verdes y calles sin salida. Los colegas solteros de Otto echaron un vistazo a la sala tratando de distinguir a la hermana recién divorciada de la que tanto habían oído hablar. Pero no veían a ninguna tan bella, divertida o talentosa como la tercera hermana que Sofía les había pintado. Además, la mayoría los amigos estaban medio enamorados de Sofía, y era a ella a quien buscaban en la sala atestada.

Había un enorme bizcocho de chocolate en forma de corazón dispuesto en el largo bufé con setenta y una velitas, la que sobraba era para atraer a la buena suerte. La nieta y sus tías las habían contado para luego ponerlas en el bizcocho formando una diagonal sobre el corazón. Eran velas de broma, de las que no se apagan. Más tarde, al encenderlas, formaron una flecha llameante que no cedió a los intentos de apagarla. El bar estaba al lado del corazón, y a medianoche, cuando los músicos entonaron nuevamente *Happy Birthday, Poppy* todos los invitados habían comido y bebido demasiado.

Jugaron a diversos juegos durante la velada. Los músicos se prestaron a colaborar con el de las sillas musicales, pero cuando se rompieron dos asientos del comedor, dejaron de jugar. Además, la tercera hermana se había desbocado y convertía el regazo del hombre que tuviera más a mano en su propia silla musical. El padre se sentó sin decir nada. Contemplaba toda la escena con desaprobación.

De hecho, a medida que avanzaba la noche, el padre se iba retrayendo más y más. Rodeado por sus hijas, sus maridos y los amigos, todos inteligentes, elegantes y cultos, parecía darse cuenta de que no era más que un viejo sentado en casa ajena, que comía cordero asado y se entrometía en sus vidas. Las hijas prácticamente alcanzaban a oír los pensamientos dentro de su cabeza. Él, que había pagado el costo de enderezarles los dientes y de corregir su acento llevándolas a colegios caros, ya no significaba nada para ellas. Todos los que estaban en esa habitación lo sobrevivirían, hasta los tontos músicos de la banda que parecían niños. ¿Qué era eso de ganarse la vida tocando canciones de cumpleaños? ¿Cómo ganarían suficiente dinero para darles a sus hijas vestidos finos y mandarlas a Europa durante el verano para que no se aburrieran? ¿Dónde se habían metido los hombres del mundo? Todos y cada uno de sus yernos eran simples muchachos inmaduros, eso lo veía con total claridad. Incluso Otto, el famoso científico, no era más que un colegial dedicado a resolver una división muy larga con su lápiz. El nuevo yerno casi le producía lástima, pues veía que no iba a aguantar a su segunda hija, tan voluntariosa. Ya le mandaba darle masajes en la espalda e ir a buscar cigarrillos en medio de la noche. Pero ahora, él no tenía que preocuparse por sus niñas. Ni por su esposa, para el efecto. Allí estaba ella sentada, preciosa y delgada como una niña, sonriendo con timidez cuando le dedicaban una canción. Calculaba que se mantendría viuda unos ocho o quizá nueve meses, sabía que luego encontraría a alguien con quien compartir la vejez gracias a su seguro de vida.

La tercera hija pensó en un juego para introducir nuevamente al padre en la fiesta. Tomó una de las suaves frazaditas del bebé, le vendó los ojos y lo llevó a una silla en el centro de la habitación. Las mujeres aplaudieron. Los hombres se sentaron. El padre fingió no entender qué pretendían sus hijas.

—¿Cómo se juega a esto, Mami?

—Tienes que defenderte por tu cuenta, *Dad* —dijo la madre riendo. Era la única de la familia que lo llamaba por su nombre en inglés.

—¿Estás listo, Papi? —preguntó la mayor.

—Estoy listo —contestó en inglés con su acento pronunciado.

—Bien. Ahora, adivina quién es la persona que se te acerca —dijo la mayor. Siempre era la que tomaba el mando. Así funcionaban las cosas entre las hijas.

El padre asintió con las cejas levantadas. Se aferró a la silla, emocionado, un poco asustado, como un niño que está a punto de oír una pregunta difícil y sabe la respuesta.

La mayor le hizo señas a la tercera, que se introdujo en el círculo que las mujeres habían formado alrededor del viejo. Le dio un beso en la mejilla.

—¿Quién fue, Papi? —preguntó la mayor.

El padre rió de puro gusto, al principio no lograba pronunciar las palabras. Había bebido demasiado.

—Ésa fue Mami —respondió en una vocecita tímida.

—¡No! ¡No fue ella! —gritaron todas las mujeres.

—¿Carla? —intentó con la mayor. Iba en orden de edad, de una en una—. ¡No fue ella! —Más gritos.

—¿Sandi? ¿Yoyo?

—Adivinaste —dijo su tercera hija.

Las mujeres aplaudieron, algunas se doblaban de la risa. Todos habían bebido más de la cuenta. Y el viejo también disfrutaba.

—*Ok*, va otra —dijo la mayor retomando el juego. Se llevó el dedo índice a los labios, miró a toda la concurrencia para dar a entender sus intenciones, dio la vuelta alrededor del viejo sin hacer ruido, y lo besó desde atrás en la parte superior de la cabeza. Luego volvió de puntillas a donde estaba inicialmente.

—¿Quién fue, Papi? —preguntó con total inocencia.

—¿Mami? —Su voz se elevó de tono, mostrándolo expuesto y vulnerable. Luego se hundió en sus certezas habituales—. Fue Mami.

—Yo estoy fuera del juego —dijo su esposa desde el sofá, donde al fin se había dejado vencer por el agotamiento.

El padre no decía el nombre de las otras mujeres que había en la habitación. Hubiera sido irrespetuoso. Además, sus nombres en inglés le sonaban raros, y eran difíciles de pronunciar y de recordar. Le quedaba el beneficio de los besos encubiertos de sus hijas. Cada vez, el padre repasaba la sucesión de nombres en orden descendente: «¿Carla?, ¿Sandi?, ¿Yoyo?». En ocasiones, alteraba el orden y ponía a la tercera en primer lugar, o a la mayor en segundo.

Sofía había estado en su habitación, ocupándose de su hijito, que se desesperaba con todo el ruido que había en la casa. Volvió a la sala, abotonándose el frente del vestido, y se encontró con el juego.

—¡Uuuyyy! —Miró hacia lo alto levantando las cejas—. Las cosas se están poniendo picantes por aquí, ¿no? —Movió las caderas imitando giros, y todos los hombres se rieron. Empujó a sus amigas a la rueda y le dijo en secreto a su niña que le plantara el siguiente beso a su abuelo en la nariz. Todas las mujeres le dieron besitos castos y rozaron con los labios la cara del viejo. La segunda hija se sentó un instante sobre las piernas del viejo y cloqueó bajo su barbilla. Siempre que el padre se equivocaba de persona, la menor se reía estrepitosamente. Pero pronto se dio cuenta de que él nunca decía su nombre. Después de todos sus esfuerzos, no la incluía en la lista de hijas. «¡Maldita sea! ¡Ya se encargaría de hacerle saber quién era ella!»

Rápidamente, se metió en el círculo y le dio al viejo un beso húmedo en la oreja. Le pasó la lengua por los laberintos de la oreja y le mordisqueó la punta. Luego retrocedió.

—Oh, la, la —dijo riendo la mayor—. ¿Quién fue, Papi?

El viejo no respondió. La sonrisa que había rondado sus labios durante todo el juego había desaparecido. Estaba sentado erguido, alerta. Hubo una larga pausa, y todos se inclinaron hacia delante a la espera de que el padre recitara la retahíla de nombres empezando con «¿Mami?».

Pero no pronunció el nombre de su esposa. Se arrancó la venda como si fuera un cuerpo infeccioso cuya enfermedad pudiera contagiarlo. La frazadita cayó en un montecito mullido junto a su silla. La cara se le había oscurecido por la vergüenza de haberse excitado en público por culpa de una de sus hijas. Las miró de una en una. Su mirada titubeó. En la cara de la menor estaba la mirada brillante e impasible que él recordaba del día en que le había arrebatado de las manos las cartas de amor.

—Ya basta —ordenó en voz grave y furibunda. Y así fue, su fiesta terminó.

Las cuatro niñas,
Carla, Yolanda, Sandra, Sofía

La madre aún las llama «las cuatro niñas» pese a que la menor tiene veintiséis años y la mayor cumplirá treinta y uno el mes próximo. Siempre las ha llamado así, desde que tienen memoria, y la mayor lo recuerda desde el día en que nació la cuarta. Antes de eso, la madre debía referirse a ellas como «las tres niñas», y aún antes diría «las dos niñas», sin embargo, ni siquiera la mayor, que alguna vez fue la única, recuerda que la llamara de otro modo.

La madre las vestía siempre igual que ella, con versiones de distintos colores y tamaño, de manera que el marido a veces bromeaba diciéndoles «las cinco niñas». Nadie podía saber si en el fondo de su corazón le molestaba no haber tenido un hijo varón, ya que siempre se jactaba de que «toro de casta engendra vacas», la madre le daba palmaditas en el brazo y las cuatro niñas alborotaban, brincaban, reían y pasaban corriendo vestidas de amarillo, o azul claro, o rosa pastel, o blanco. La gente las contaba:

—Una, dos, tres, cuatro niñas. ¿Y ningún varón?

—No —decía la madre en tono de disculpa—. Sólo cuatro niñas.

Las cuatro tenían vestidos de fiesta iguales, uniformes de colegio idénticos; la misma ropa interior; y el cepillo de dientes, la colcha, el vaso de plástico, la toalla, el juego de cepillo y peine eran semejantes. No obstante, la mayor se cepillaba en amarillo, la segunda se montaba al autobús escolar de azul claro, la tercera dormía rodeada de rosa, y la menor hacía lo que quería en blanco. A medida que esta última crecía, empezó a sentir cierta envidia por el rosa. La madre trató de convencer a la tercera hija de que el blanco era el mejor color, y de que la menor quería el rosa porque no era más que un bebé y una cabezota, pero la tercera era lista y no se dejó convencer. Siempre creyó haber ganado, pues el rosa es el color de las niñas. «Ustedes me van a volver loca, niñas», decía la madre, pero se habían acostumbrado a formar parte de las amenazas retóricas de su madre.

La madre había ideado el código de color para facilitarse la vida. Con cuatro niñas tan seguidas, no podía permitirse el lujo de respetar sus identidades y conseguir una camisa roja vaquera para la tercera durante su etapa de marimacho, o una blusa de campesina mexicana cuando la mayor descubrió sus raíces hispanas... Como mujeres que eran, las cuatro criticaban la eficiencia de su madre. La menor insistía en que el sistema de colores tenía un fuerte tufo a mentalidad de producción en serie. La mayor, psicóloga infantil de profesión, amonestó a la madre en un artículo autobiográfico titulado «Yo también estaba ahí», en el que afirmaba que el sistema de colores había debilitado la capacidad de diferenciación de la propia identidad de las cuatro niñas y las había condenado a una existencia en la que nunca sabrían dónde estaban los límites de su personalidad. También llegó a decir que la madre tenía una personalidad anal-retentiva moderada.

La madre no entendía nada de toda esa jerga psicológica, sin embargo, distinguía perfectamente cuando la criticaban. En la siguiente ocasión en la que se reunieron las cuatro, aprovechó para llorar un poco y decir que había hecho todo cuanto pudo por sus cuatro niñas. Todas alabaron su labor como madre, al criar y educar a cuatro niñas con tan poca diferencia de edad, y le sirvieron más vino, al padre también. El padre le dio una palmadita en el brazo y dijo con voz ronca «toro de raza engendra vacas», y la madre contó la historia que tanto le gustaba contar sobre Carla, la mayor.

Pues a pesar de que la madre confundía sus nombres, las llamaba a todas con el apodo de Cuquita, se equivocaba en las fechas de los cumpleaños y en las carreras, incluso, a veces, olvidaba qué marido o novio andaba con cuál de sus hijas, tenía una historia preferida de cada una que le gustaba contar, en ocasiones especiales, como un homenaje a esa hija.

La última vez que había contado la historia preferida de la mayor fue cuando ésta se casó. La madre, algo mareada por el champán, se apoderó del micrófono durante un descanso de la orquesta y, ante los invitados, relató *La historia de los Tenis Rojos*. Tras una breve sesión de lágrimas en su mesa, la madre repitió la anécdota. Carla conocía bien la historia, por supuesto, y la había analizado con su marido, psicoanalista, en busca de asuntos de su infancia que hubieran quedado sin resolver. Pero no se cansaba de oírla porque era su historia, y siempre que la madre la contaba, ella sabía que, en ese momento, era la hija preferida.

—¿Ustedes ya conocen *La historia de los Tenis Rojos*? —preguntó la madre a los que la acompañaban en la mesa.

—¡No! —protestó Sandi, la segunda hija—. No, otra vez no.

Carla la perforó con la mirada.

—Escuchen ese negativismo. —Y le hizo un gesto con la cabeza a su marido como para confirmar algo que ya habían hablado antes.

—Atentos a esa jerga —contraatacó la segunda, levantando la mirada.

—Oigan mi historia.

La madre bebió un sorbo de su copa y la puso en la mesa con movimientos torpes. Parte del vino se derramó sobre su mano. Miró al techo, como si el tiempo hubiera retrocedido hasta la época en que vivían en la isla. ¡Qué aguaceros los de allá! Goteras y más goteras, no había techo que aguantara durante la época de lluvias.

—¿Sabían que cuando llegamos a Estados Unidos éramos muy, muy pobres? —El padre asintió, lo recordaba—. Y su hermana —dijo señalando a Sandi. Las historias siempre se contaban como si la hermana en cuestión no estuviera presente—. Su hermana quería unos tenis nuevos. Me estaba volviendo loca, día y noche con la cantinela de que quería un par de tenis. Si no alcanzábamos a pagar las cuentas, mucho menos podíamos comprarle unos tenis. Si ustedes supieran por todo lo que pasamos entonces. Imposible describirlo con palabras. Cuatro niñas y no entraba dinero en casa.

—Bueno —interrumpió el padre—, yo trabajaba.

—Su padre trabajaba. —La madre frunció el ceño. Una vez que empezaba el relato no permitía interrupciones—. Pero ese mísero cheque apenas alcanzaba para pagar el alquiler. —El padre frunció el ceño—. Y mi padre nos ayudaba… —confesó la madre.

—Sólo era un préstamo —explicó el padre a un yerno—. Le devolví hasta el último centavo.

—Sólo era un préstamo —continuó la madre—. En todo caso, para no alargar el cuento, no teníamos dinero para tonterías como unos tenis. Pero la niña seguía cacareando, día y noche, que quería unos tenis, que unos tenis…

La madre imitaba muy bien, así que todos se reían y bebían vino. El marido de Carla le acariciaba la nuca en círculos lentos e incitantes.

—Pero el buen Dios siempre provee. —Aunque la madre no era especialmente religiosa, le gustaba que sus historias tuvieran la intervención de la Divina Providencia—. Sucedió que una señora muy amable que vivía en la misma calle tenía una niña algo mayor que Carla y mucho más grande…

—Mucho más grande. —El padre infló los cachetes e hizo una mueca para mostrar lo grande que era la muchachita.

—Por su cumpleaños, la abuela de la niña le había enviado unos tenis blancos desde Nueva York, pero como no sabía que había crecido tanto, los zapatos no le servían.

El padre mantuvo los cachetes inflados porque la tercera hija estallaba en risas al verlo así. Nunca había sabido controlarse cuando bebía.

La madre aguardó a que dejara de reírse y le lanzó al padre una mirada para llamarle la atención.

—De manera que la señora me ofreció los tenis, porque sabía que Carla había insistido en que quería un par. ¿Y saben qué? —Los que la rodeaban en la mesa esperaron a que la madre disfrutara de responder su propia pregunta—. Como por intercesión divina, eran justamente de su número —dijo la madre, asintiendo con la cabeza.

»Pero la señorita Carla no quería tenis blancos, sino rojos. Quería unos tenis rojos. —La madre miró hacia arriba, poniendo los ojos en blanco, exactamente de la misma manera en que lo había hecho la segunda hija ante el comentario de la mayor—. ¿Pueden creerlo?

—Ajá —dijo la segunda—. Te creo.

—Estamos desagradables hoy, ¿no? —contestó Carla. Su esposo le susurró algo al oído. Ambos rieron.

—Déjenme terminar —dijo la madre, percibiendo el desacuerdo.

La menor se levantó y sirvió más vino. La tercera dio la vuelta a la copa y la dejó con el pie hacia arriba; se rió sin mayor entusiasmo cuando su padre volvió a inflar los cachetes para divertirla. Sus propias mejillas habían palidecido; los párpados se le cerraban; se sostenía la cabeza con una mano. Pero la madre estaba demasiado absorta en su historia como para reñirla por poner el codo en la mesa.

—Le dije a su hermana: o te contentas con los tenis blancos o no hay tenis. Menudo temperamento tenía Carla. Los tiró hasta el otro extremo de la habitación y gritó: «Tenis rojos, tenis rojos».

Las cuatro niñas cambiaron de posición en sus sillas, anhelando que la historia llegara a su fin. El marido de Carla le acariciaba un hombro como si más bien fuera un seno.

La madre apresuró el relato.

—Así que su padre, que las malcrió a todas... —El padre sonrió desde la cabecera de la mesa—... recoge los tenis a mis espaldas y le susurra a Carlita que tendrá los tenis rojos que quiere. Luego me encontré a los dos en el suelo del cuarto de baño con mi esmalte de uñas, ¡pintando los tenis de rojo!

—Por Mami —dijo el padre sumiso, levantando la copa para brindar—. Y por los tenis rojos —añadió.

En la habitación hubo un estruendo de carcajadas. Las hijas alzaron sus copas:

—Por los tenis rojos.

—Un momento clásico —dijo el analista, guiñando un ojo a su esposa.

—Unos tenis rojos, ¡por eso! —dijo Carla negando con la cabeza y haciendo énfasis en la palabra «rojos».

—¡Por Dios! —se quejó la segunda hija.

—Dios siempre intercede por nosotros —añadió la madre.

—Tenis rojos —dijo el padre, tratando de arrancar otra carcajada a los que lo rodeaban. Pero todos estaban cansados y la tercera hija dijo que creía que iba a vomitar.

Yolanda, la tercera de las cuatro niñas, se convirtió en profesora sin quererlo. Años después de terminar los estudios, en la casilla reservada para la profesión en las encuestas y en los impresos de la declaración de renta escribía «Poeta». Más tarde lo convirtió en «Poeta/profesora». Por último, aceptando que hacía años que no escribía nada, anunció a su familia que había dejado de ser poeta.

La madre se decepcionó en secreto, porque siempre soñó con que Yo fuera su hija famosa. La historia que contaba de su tercera hija ya no tendría el encanto de un final profético: «Y por supuesto, se convirtió en poetisa...». Sin embargo, trató de convencer a su hija de que era mejor ser una persona común y corriente pero feliz que llegar a ser alguien, aunque triste. Yolanda, que seguía siendo tan lista como cuando su madre había tratado de demostrarle que el blanco era un color mejor que el rosa, no quedó satisfecha.

La madre solía ir a todos los recitales poéticos de la ciudad en los que su hija participaba, se sentaba en la primera fila para aplaudir, en pie, frenéticamente. A Yolanda le avergonzaba tanto que procuraba mantener en secreto esas veladas, sin embargo, de alguna manera siempre se enteraba y aparecía allí, en el centro de la primera fila. Incluso cuando se comportaba discretamente, la confundía con su presencia. A menudo, Yolanda leía poemas dedicados a amantes, sonetos que sucedían en alcobas, y sabía que su madre no estaba de acuerdo con que las niñas tuvieran relaciones sexuales. Pero parecía no advertir el tema de los poemas. O, si lo hacía, atribuía esas alusiones a la gran imaginación de Yoyo.

—Esta niña siempre ha tenido mucha imaginación —le confiaba a quien tuviera sentado a su lado.

En una lectura de poemas en la que Yoyo había participado recientemente, tras un largo silencio, el vecino de asiento de la madre resultó ser el amante de la hija. La madre ignoraba que ese apuesto profesor canoso, que se sentaba a su lado, conociera a su hija, pensó que, sencillamente, le interesaba la poesía.

—De las cuatro niñas —le dijo la madre al amante—, fue a Yo a quien siempre le gustó la poesía.

—Así la llamamos, Yo, Yoyo —explicó la madre—. Ella se queja, le gustaría que utilizáramos su nombre, pero cuando hay cuatro niñas, más vale abreviar. ¡Cuatro niñas, imagínese!

—¿De verdad? —dijo el amante, aunque Yolanda ya le había puesto al día sobre su familia y el nombre prostituido: Yo, ¡Joe!, Yoyo. Él tendría el buen seso de no abreviarlo. Yo-lan-da, le había insistido ella.

Supuestamente, los padres estaban chapados a la antigua, sin embargo, las cuatro hijas se comportaban muy alocadamente. Contaban con varios divorcios en su haber, incluido el de Yolanda. La mayor, psicóloga infantil, se había casado con el analista al que acudió cuando fracasó su primer matrimonio, o algo parecido. La segunda consumía montones de drogas para mantenerse delgada. La menor acababa de fugarse con un alemán al descubrir que estaba embarazada.

—Yo —continuó la madre señalando a la hija, sentada en su puesto entre los demás poetas, mientras aguardaban a que el sonido funcionara bien para poder iniciar el recital—, Yo siempre ha tenido mucha imaginación. —El zumbido de la conversación se veía puntuado de vez en cuando por un «un-dos-tres probando», pronunciado demasiado cerca del micrófono y amplificado junto con toda una serie de crujidos.

Yolanda observaba la absorbente conversación que mantenía su madre con su amante, y cada vez se sentía más incómoda.

—Sí, a Yoyo siempre le ha encantado la poesía. Recuerdo una vez que íbamos a Nueva York, ella no debía de tener más de tres años. —La madre calentaba motores para arrancar con la historia de Yolanda. El amante se dio cuenta de que los ojos de la madre eran iguales a aquellos que, desde el rostro de la hija, lo miraban con dulzura por las noches.

—Probando —estalló una voz en el recinto.

La madre miró hacia el frente, pensando que el recital había empezado. El amante hizo un ademán para indicar que no tenía importancia. Quería oír la historia.

—Lolo y yo hicimos un viaje a Nueva York. Él tenía una convención allá, y decidimos tomarnos unas vacaciones. Desde que nació la primera niña no habíamos podido hacerlo. Luego, cuando llegamos a Estados Unidos fuimos muy pobres. —La madre bajó la voz—. No es posible describir con palabras lo pobres que éramos. No obstante las cosas fueron mejorando.

—¿De verdad? —respondió el amante. Repetía esa expresión para animar a la madre a seguir relatando la historia, sin interrumpir el flujo.

—Dejamos a las niñas en casa, pero a ésta... —La madre señaló a la hija, quien abrió los ojos mirando a su amante—. A ésta se le caía el pelo y la llevamos con nosotros para que la viera un especialista. Al final resultó ser una cuestión nerviosa.

El amante adivinaba que a Yolanda no le gustaría saber que se había enterado de un detalle tan íntimo. Ni siquiera se depilaba las cejas delante de él, se ponía la bata inmediatamente después de bañarse y mantenía las luces apagadas cuando hacían el amor. Otras veces predicaba sobre la madre primigenia, la santidad del cuerpo y la energía sexual como gozo eterno. En ocasiones, él se quejaba de sentirse arrinconado entre una activista que reivindicaba los derechos de la mujer y una señorita muy católica. «Pareces mi ex», lo recriminaba ella.

—Una tarde nos montamos en un autobús que iba lleno. —La madre sacudió la cabeza recordando el gentío—. Me faltan palabras para explicarle lo abarrotado que estaba. Era como una lata de sardinas, allí no cabía ni un alfiler.

—¿De verdad?

—¿No me cree? —le acusó la madre. El amante asintió con la cabeza para mostrarle que la creía—. Bueno, como le decía, el autobús estaba tan lleno que Lolo y yo nos despistamos. Yo estaba segura de que la niña estaba con Lolo, y él pensaba que estaba conmigo. En todo caso, y para no alargar el cuento, nos bajamos en nuestra parada y allí nos miramos. «¿Dónde está Yo?», exclamamos al mismo tiempo. Mientras tanto, el autobús se alejaba bramando.

»Bueno, le confieso que echamos a correr como locos. Era hora punta, todo el mundo nos miraba como si huyéramos de la policía o algo así. —La voz de la madre se oía entrecortada con el recuerdo de la carrera. El amante aguardó a que alcanzara el autobús de sus recuerdos.

—¿Probando? —preguntó sin mucha convicción una voz distorsionada.

—Después de dos calles corriendo, logramos que el autobús se detuviera, subimos, y ¡no creerá qué encontramos!

El amante sabía bien que más valía no tratar de adivinar.

—La vimos rodeada por multitud de personas, como Jesús y los maestros de la ley.

—¿De verdad? —El amante sonrió, admirando a la hija desde lejos. Yolanda era una de las profesoras más queridas de la facultad, donde él dirigía el departamento de Literatura comparada.

—Ni siquiera se dio cuenta de que nos habíamos bajado. Había un círculo de gente a su alrededor, y la niña recitaba un poema. De hecho, era un poema que yo le había enseñado. A lo mejor usted lo conoce. Su autor es ese señor que escribió el poema del cuervo.

—¿Stevens? —tanteó el amante.

La madre inclinó la cabeza.

—No estoy muy segura. De todas formas, ¡imagínese! —continuó—. Con apenas tres años, ya atraía a las multitudes. Y claro, se convirtió en poetisa.

—¿O se refiere a Poe? ¿Edgar Allan Poe?

—Sí, ése. Ése es —gritó la madre—. El poema hablaba de una princesa que vivía junto al mar, o algo parecido. —Empezó a recitar en inglés—: *Many many years ago, something… something, / In a… something by the sea… / A princess there lived whom you may remember / By the name of Annabel Lee…**

---

* Hace muchos, muchos años, no sé qué… no sé qué, / En un… no sé qué junto al mar… / Vivía una princesa a quien quizá recuerden / Llamada Annabel Lee… La autora se refiere a «Annabel Lee», un poema de Edgar Allan Poe. (*N. de la T.*)

La madre levantó la vista, el público silencioso la miraba. Se sonrojó. El amante rió y le apretó suavemente el brazo. En el escenario, la poeta ya había sido presentada y aguardaba a que la mujer del pelo blanco, la de la primera fila terminara de hablar.

—Para Clive —dijo Yolanda cuando inició el primer poema—. Siesta de alcoba. —Clive sonrió con timidez a la madre, quien sonreía, muy orgullosa de su hija.

La madre ya no cuenta la historia preferida de Sandra, dice que preferiría olvidar el pasado, aunque, en realidad, sólo es una pequeña porción del pasado reciente lo que quisiera dejar atrás. Sin embargo, la madre sabe que la gente únicamente entiende las afirmaciones absolutas, así que dice con voz cansada:

—Quisiera olvidar el pasado.

La última historia que la madre contó de la segunda hija no fue un homenaje sino una explicación dirigida al doctor Tandlemann, el jefe de psiquiatría del hospital Mount Hope.

La madre le explicaba por qué ella y su marido querían internar a su hija en un hospital psiquiátrico privado.

—Todo empezó con una dieta absurda —comenzó la madre, mientras doblaba un kleenex en cuadraditos cada vez más pequeños.

El doctor Tandlemann la observaba y tomaba notas. El padre estaba sentado junto a la ventana en silencio y seguía los movimientos de un jardinero que podaba primero una y luego otra franja del oscuro césped del jardín.

—¿Puede creer que trató de matarse de hambre? —La madre reunió los pedacitos del kleenex—. No es de extrañar que se volviera loca.

—Tuvo una crisis nerviosa. —El doctor Tandlemann miró al padre—. Su hija no está clínicamente loca.

—¿Qué quiere decir «clínicamente loca»? —le preguntó la madre—. No entiendo nada de esa jerga de psicología.

—Quiere decir que… —comenzó el doctor Tandlemann, pero se detuvo para confirmar el nombre en el historial—. Quiere decir que Sandra no es ni una psicótica ni una esquizofrénica, sino que tuvo una pequeña crisis nerviosa.

—Una pequeña crisis nerviosa —murmuró el padre para sí. El jardinero se detuvo en medio de una franja, con la podadora rugiendo. Escupió, alzó un hombro para pasárselo por los labios y limpiarse la boca, luego continuó avanzando por el césped. Los trocitos de grama salían despedidos a un saco blanco situado tras el motor que, poco a poco, iba llenándose. El padre sintió que debía decir algo amable—: Este lugar es muy bonito, son hermosos los jardines.

—Ay, Lolo —dijo la madre con tristeza. Arrugó lo que le quedaba del kleenex.

El doctor Tandlemann esperó un instante, por si el marido quería responder a su esposa, y luego le preguntó:

—¿Usted dice que todo empezó con una dieta?

—Todo empezó con una dieta absurda —repitió la madre como si hubiera encontrado la página donde abandonó la lectura—. Sandi quería verse como esas modelos escuálidas. Era una muchacha muy bonita, y supongo que se le subió a la cabeza. Son cuatro hermanas.

El doctor Tandlemann escribió «cuatro niñas» y, aunque el padre ya se lo había dicho, preguntó en voz alta:

—¿Y ningún varón?

El padre respondió indiferente:

—Cuatro niñas.

La madre vaciló, luego miró hacia su marido, sin saber qué debía contar a ese desconocido.

—Hemos tenido problemas con todas... —Miró hacia arriba como para indicar el tipo de problemas al que se refería.

—¿Quiere decir que sus otras hijas también han sufrido crisis nerviosas?

—Malos hombres, ¡eso es lo que han tenido! —se quejó la madre, como si el doctor fuera uno de sus ex yernos—. En el fondo es algo razonable: un corazón roto y una crisis nerviosa. Pero lo de Sandi es diferente, se trata de locura. —El doctor levantó la mano para corregirla. La madre no hizo caso del gesto y siguió:

»Las otras no son feas, no vaya a malinterpretarme. Pero Sandi, a Sandi le tocaron los rasgos bonitos, los ojos azules, la piel de melocotón, ¡todo! —La madre extendió los brazos a su alrededor para indicar lo bonita y blanca y ojiazul que era su hija. Trocitos del kleenex cayeron al suelo y ella los recogió de la alfombra—. Mi bisabuelo se casó con una muchacha sueca, ¿sabe? Así que la familia tiene sangre blanca, y a Sandi le tocó toda. Pero, ¡lo que son las cosas!, ella quería ser más morena, como sus hermanas.

—Es comprensible —dijo el doctor Tandlemann.

—Es una locura, eso es lo que es —dijo la madre enojada—. En todo caso, esa dieta se apoderó de ella. Cuando su hermana se casó, Sandi ni siquiera probó el pastel de bodas, ¡ni un bocado!

—¿Se llevaban bien? —El doctor Tandlemann levantó la vista. Su mano parecía tener vida propia y continuó escribiendo.

—¿Quiénes? —La madre parpadeó contrariada. El hombre hacía demasiadas preguntas.

—Las hermanas —respondió el doctor Tandlemann—. ¿Tenían una relación cercana? ¿Había rivalidad entre ellas?

—Son hermanas —dijo la madre a modo de explicación frunciendo el ceño.

—A veces se peleaban —añadió el padre. Aunque miraba por la ventana, no perdía detalle de la conversación entre el doctor y su esposa.

—A veces se peleaban —se apresuró a confirmar la madre. Quería llegar al final de su historia—. Así que Sandi seguía adelgazando. Al principio le sentó muy bien, pues había engordado un poco y su contextura fina no resiste el exceso de peso. Por lo tanto, estuvo bien que se deshiciera de unas cuantas libras. Luego, se marchó para hacer un curso de postgrado y no la vimos durante una temporada. Cada vez que hablábamos por teléfono su voz se oía más y más lejana, y no era debido a la larga distancia. No sé cómo explicarlo, una madre percibe esas cosas.

»Entonces un día recibimos una llamada. Era la decana de la facultad. Dijo que no quería asustarnos, pero que debíamos acudir de inmediato. Nuestra hija estaba en el hospital, extremadamente débil. No hacía más que leer.

El padre iba cronometrando las idas y venidas del jardinero por la grama. Cuando no se detenía a escupir o a enjugarse el sudor de la frente, tardaba aproximadamente dos minutos en cada franja.

La madre intentó desplegar el kleenex en su regazo, pero estaba demasiado deshecho para extenderlo.

—Cogimos el primer avión, y cuando llegamos, no reconocí a mi propia hija. —La madre levantó su dedo meñique—. Sandi se había convertido en un palillo. Y eso no era lo peor. No se despegaba de los libros. Leía, leía y leía, no hacía nada más.

En la ventana, la vista del padre se iba nublando.

La madre miró a su marido y se preguntó en qué estaría pensando.

—Tenía listas y listas de libros para leer. Las encontramos en su diario. Cuando terminaba uno, lo tachaba de la lista. Al fin, nos contó por qué esa obsesión: no le quedaba mucho tiempo. Tenía que leer todas las grandes obras de la humanidad porque pronto… —La madre reunió todo su valor para decirlo—. Pronto dejaría de ser humana.

En el silencio que siguió, la madre percibió el ruido insistente de la lejana podadora.

—Nos dijo que sería expulsada de la raza humana, que se convertiría en un mono. —La voz de la madre se quebró—. ¡Mi niñita, un mono!

»El resto de los órganos de su cuerpo eran de mono. Sólo le quedaba el cerebro, y ya sentía que lo estaba perdiendo.

El doctor Tandlemann dejó de escribir. Sopesó el bolígrafo en la mano.

—Tenía entendido que la habían internado únicamente por el asunto de la pérdida de peso. Esto es nuevo para mí.

—Una pequeña crisis nerviosa —murmuró quedamente el padre para que el doctor Tandlemann no alcanzara a oírlo.

La madre había recuperado el control de la voz.

—Pensaba que si leía los libros de los grandes escritores, quizá recordase algo importante de su etapa humana. Así que leía y leía. No obstante, temía perder completamente el cerebro humano antes de leer a todos los grandes pensadores.

—Freud —dijo el doctor, enumerando nombres que tenía en su libreta—. Darwin, Nietzsche, Erikson.

—Dante —dijo el padre para sí—. Homero, Cervantes, Calderón de la Barca.

—Le dije que dejara de leer y comiera. Le dije que esos libros la estaban volviendo loca. Le preparé todo lo que le gustaba: arroz con habichuelas, lasaña, pollo a la king. Cociné su plato preferido: chillo en salsa de tomate. Me respondió que no quería comer animales. Que con el tiempo ella llegaría a ser ese pollo. Llegaría a ser el chillo. La evolución había alcanzado la cima y ahora iniciaba la regresión. Algo así… —La madre apartó la idea con la mano—. Era una locura, créame.

»Una mañana entré en su cuarto para despertarla y la encontré en la cama, mirándose las manos. —La madre levantó las manos y recreó la escena—. La llamé: «¡Sandi!». Ella seguía girando las manos a uno y otro lado, ante sus ojos. Le grité para que me respondiera, y ni siquiera me miró. Nada. Emitía unos horribles sonidos, como si fuera un zoológico. —La madre cloqueó y gruñó para mostrarle al doctor cómo sonaban los animales.

De pronto, el padre se inclinó hacia adelante. Su mirada había caído en algo importante.

—Y mi Sandi me mostró las manos —continuó la madre. Acercó las manos hacia el doctor Tandlemann y luego a su marido, que mantenía la cabeza pegada a la ventana—. Y gritó: «Manos de mono, manos de mono».

El padre se puso en pie de un salto. Fuera, una muchacha rubia y esbelta caminaba por el jardín junto a una mujer maciza, vestida de blanco. La mujer señalaba las flores y las hojas de los arbustos para atraer a la joven hacia adelante, hacia el edificio. En un extremo del césped, el jardinero se enjugó el sudor de la frente, giró la podadora y comenzó una nueva franja. Una estela oscura se extendió tras él. La muchacha miró a lo alto, buscando confusa el avión que oía. La enfermera siguió sus movimientos distraídos con preocupación. Por último, la muchacha vio a un hombre que se le acercaba con un animal rugiente atado por una correa, se le hinchaba el estómago a medida que devoraba la grama que los separaba. La muchacha gritó y empezó a correr aterrada hacia el edificio donde su padre, al que no alcanzaba a ver, la miraba desde la ventana y la saludaba.

En el hospital, la madre se apoya en el vidrio con una mano y con la otra lo golpea. Hace una mueca de mono. La cuna está vuelta hacia ella, pero el bebé, diminuto y arrugado, no la mira. En lugar de eso, los ojos de la recién nacida miran hacia todos lados, como si aún no hubiera aprendido a manejarlos. Sus labios hacen pucheros y luego se estiran, se juntan y se estiran. La abuela está segura de que la bebita le sonríe.

—Mírela —comenta la abuela al hombre joven que está a su lado y contempla al bebé de la cuna contigua.

El hombre mira al bebé de la desconocida.

—Ya sonríe —alardea la abuela.

El hombre asiente y sonríe.

—El suyo está dormido —dice la abuela en un tono levemente criticón.

—Los bebés duermen mucho —explica el hombre.

—Algunos —dice la abuela—. Tuve cuatro niñas y jamás durmieron.

—¿Cuatro niñas y ningún niño?

La madre niega con la cabeza.

—Supongo que lo llevamos en la sangre. Ésta también es una niña, ¿cierto, Cuquita? —pregunta la abuela a su nieta.

El hombre sonríe a su hija.

—La mía igualmente es niña.

La abuela lo felicita.

—Toro de casta engendra vacas, ya sabe…

—¿Perdón?

—Es un dicho que mi esposo solía repetirme cuando nació cada una de las niñas. «Toro de casta engendra vacas.» Recuerdo la noche en que nació Fifi —La abuela mira a su nieta y le explica—: Tu mamá.

El hombre observa a su bebita mientras escucha la historia de la señora.

—Esa niña me dio más trabajo para nacer que todas las demás. Y lo curioso es que era la última y la más pequeña. Veinticuatro horas de parto. —La abuela levanta las cejas a modo de puntuación.

El hombre silba suavemente.

—Veinticuatro horas es un parto muy largo para un cuarto bebé y además pequeño. ¿Hubo complicaciones?

La madre examina al hombre un instante. ¿Será médico para saber tanto de bebés?, se pregunta.

—Veinticuatro horas… —El hombre sacude la cabeza y murmura—: El nuestro apenas tardó tres horas y media.

La madre lo mira fijamente. ¿Nuestro? ¡Estos hombres! Ahora van a decir que también pueden parir bebés.

—Y le digo que no nos equivocamos al ponerle el nombre de Fifi. Sofía, así se llama en realidad. Ella dice que Sofía significa sabiduría en griego. Yo no sé de estas cosas. En todo caso, es la más lista, y no me refiero a que haya estudiado mucho. Simplemente es inteligente. —La abuela se da un golpecito en la sien con el dedo y luego repite el gesto contra el vidrio—. Inteligente de verdad —le cuenta al bebé. Sacude la cabeza, murmurando para sí—: Fifi, siempre parece que está metida en un lío sin solución y, sin embargo, al final, con su buena suerte sale bien parada.

»La noche en que nació, cuando apareció su padre supe que estaba algo decepcionado, sobre todo después de una espera tan larga. Le dije: «No lo puedo evitar, Lolo, siempre me salen niñas», y él contestó: «Toro de casta engendra vacas», como si fuera un logro suyo. Estaba a punto de derrumbarse de cansancio, así que lo mandé a la casa, a dormir.

El hombre bosteza y ríe.

—Estaba tan exhausto que no oyó a los ladrones cuando se metieron en la casa y nos robaron todo. Se llevaron hasta mis zapatos y mi ropa in... —La abuela recuerda que no es de buena educación mencionar esas cosas—. Hasta la última prenda de vestir que encontraron —añade tímidamente.

El hombre finge estar alarmado.

—Pero lo que quiero decir con eso de la suerte es que atraparon al ladrón y nos devolvieron todo, lo que se dice todo. —La abuela golpea suavemente el vidrio—. Cuquita —llama al bebé—. Tiene suerte —le dice al hombre—. Fifi siempre ha sido la afortunada. Y eso sin contar la suerte que tuvo con... —La abuela baja la voz—. Con Otto.

El hombre mira por encima del hombro. ¿Otto? ¿Quién pondría semejante nombre a un niño?

—Imagínese —continúa la abuela—. Fifi deja la universidad y se va a Perú con una excursión de la Iglesia, supervisada por adultos, claro, de no ser así, no la habríamos dejado ir. No nos parece bien tanta libertad. —La abuela frunce el ceño tratando de ver más allá de donde están los bebés. Detrás del vidrio, entre los finos barrotes blancos de sus cunas, duermen profundamente media docena de criaturas.

»En todo caso, conoce a Otto, el alemán, en un mercado, en Perú. Otto no sabe una palabra de español pero está tratando de comprar un poncho. Fifi regatea por él y logra que le rebajen mucho el precio. Y así, sin más, se enamoraron, se escribieron cartas durante un tiempo y véalos ahora: son papás. ¡Dígame si eso no es suerte!

—Es suerte —dice el hombre.

—Y tú también serás afortunada, ¿cierto? —le pregunta a su nieta. Luego, le dice con sigilo al hombre—: Parecerá un ángel, rosadita y rubia.

—Es difícil decirlo cuando son tan pequeños —comenta el hombre mirando a su hijita.

—Yo sí puedo —proclama la abuela—. Tuve cuatro.

—Mami siempre termina conversando con hombres guapos —dice Sandi riéndose. Está en casa de Fifi, sentada en el suelo de la sala con las piernas cruzadas.

La flamante mamá ocupa el sillón reclinable de Otto, con el bebé dormido sobre su hombro. Carla está tumbada en el sofá. A sus pies, Yolanda teje furiosamente una frazada diminuta, de cuadrados rosas, azul claro y amarillo pastel con borde blanco. Es la mañana de Navidad. La familia se reunió en casa de Fifi para pasar juntos esas fiestas, exactamente una semana después del nacimiento de la bebita. Los maridos y los abuelos aún duermen. Las cuatro niñas, en bata, aprovechan para contarse con sinceridad cómo van sus vidas.

Sandi explica que estaba con su madre en la sala de espera, cuando ésta, de pronto, desapareció...

—Y luego la encuentro frente a la ventana de la sala de recién nacidos, hablando con ese bizcochote...

—¡Qué ofensivo llamarlo así! —suelta Yolanda—. Podrías decir simplemente que era un hombre.

—Déjame en paz, ¿quieres? —Sandi está al borde de las lágrimas. Después de salir del hospital psiquiátrico, hace ahora un mes, llora con tal facilidad que siempre debe llevar kleenex consigo, además de los antidepresivos en el bolso. Mira por todo el cuarto en busca de su cartera—. La poeta de la familia es tan susceptible a los matices del lenguaje.

—Ya no escribo poesía —responde Yolanda con voz dolida.

—Caramba con ustedes dos —interviene Carla, para mediar en la discusión—. ¡Es Navidad!

La recién estrenada mamá se gira hacia su segunda hermana e introduce los dedos entre su pelo. Desde hace un año, es la primera vez que se reúne la familia, y quiere que todos se lleven bien, así que cambia de tema.

—Fue muy amable por tu parte visitarme en el hospital, ya sé que adoras esos lugares —añade.

Sandi baja la vista hacia la alfombra y la pellizca.

—Sólo quiero olvidar el pasado, ¿sí?

—Es comprensible —dice Carla.

Yolanda deja a un lado la frazadita del bebé. Tiene la misma expresión herida de su hermana hace un momento, una señal familiar de que las lágrimas se acercan.

—Lo siento —dice a Sandi—. Ha sido una semana horrible.

Sandi le toca la mano y mira a las otras hermanas. Todas saben que Clive volvió una vez más con su mujer.

—Es un cerdo. ¿Cuántas veces te ha hecho lo mismo, Yo? —añade Sandi comprensiva.

—Yolanda —la corrige Carla—. Quiere que de ahora en adelante la llamen Yolanda.

—¿A qué te refieres con eso de que «Quiere que ahora en adelante la llamen Yolanda»? Es mi nombre, por si no te habías enterado.

—¿Por qué estás tan molesta? —La calma de Carla es profesional.

Yolanda mira a lo alto.

—No necesito tu terapia barata, gracias.

Como hay problemas a la vista nuevamente, Fifi cambia otra vez de tema. Toca la frazada en progreso.

—Es muy bonita. Y el poema que escribiste para el bebé me hizo llorar.

—Entonces, ¡estás escribiendo! —dice Carla—. Ya sé, ya sé que no quieres hablar del tema. —Carla hace una ofrenda de paz con sus cumplidos—. Escribes tan bien, Yolanda, en serio. Tengo guardados todos tus poemas. Cada vez que leo algo en una revista pienso que tú eres mucho mejor. Cree un poco en ti misma…, no seas tan dura.

Yolanda mantiene la boca cerrada. Está elaborando una idea con respecto a su mandona hermana mayor. Carla tiene tendencia a enlazar sus elogios con llamadas a la superación personal: «reconoce tus aptitudes», «cree en ti mismo», «quiérete». De alguna manera, eso hace que sus cumplidos suenen como la trillada crítica «constructiva» de su madre.

Carla se vuelve hacia Sandi.

—Mami me dijo que estás viendo a alguien. —La mayor sopesa cuidadosamente cada palabra—. ¿Es cierto?

—¿Y qué si lo fuera? —Sandi mira hacia arriba a la defensiva, luego se da cuenta de que su hermana se refiere a un hombre, no a un terapeuta, y añade—: Es un buen tipo pero… no sé… —Se encoge de hombros—. Estaba en el hospital al mismo tiempo que yo.

¿Por qué estaba en el hospital?, es la pregunta que pende en el aire, la que ninguna de las hermanas se atreve a pronunciar.

—Entonces, cuéntanos sobre el bombón de la sala de recién nacidos —suplica Fifi.

Cada vez que las hermanas están al borde de una conversación espinosa, la nueva mamá cambia de tema y lo dirige hacia el favorito del momento: su hijita recién nacida. Todas las nimiedades del bebé —qué come, qué evacua— parecen un salto en su evolución. Claro, no todos los recién nacidos le sonríen a su madre.

—¿Conociste a ese hombre en la sala de recién nacidos?

—¿Yo? —ríe Sandi—. Querrás decir Mami. Se topa con este tipo y lo invita a almorzar en la cafetería del hospital.

—¡Mami es tan descarada! —dice Yolanda. Se da cuenta de que cometió un error en el tejido y empieza a deshacer una línea amarilla que le quedó torcida.

Fifi le da palmaditas al bebé en la espalda.

—¡Y luego se queja de nosotras!

—Así que almorzamos los tres —continúa Sandi—, y Mami no pudo callarse la historia de cómo Dios os juntó a Otto y a ti en Perú, desde extremos distantes del mundo.

—¿Dios? —Carla hace un gesto de extrañeza.

—¿En Perú? —La expresión de Fifi imita la de su hermana—. Jamás he estado en Perú. Nos conocimos en Colombia.

—La versión de Mami de la historia es que se conocieron en Perú —dice Sandi—. Y fue amor a primera vista.

—Y además se fueron a la cama la primera noche —bromea Carla. Ríen las cuatro—. No obstante, esa parte no figura en la versión de Mami.

—He oído tantas versiones de esa historia que ya no sé cuál es la cierta —suelta Sandi.

—Yo tampoco —añade Fifi, riendo—. Otto dice que, probablemente, nos conocimos en una terminal de la Greyhound, en Nueva Jersey, pero que como hemos oído todas esas historias apasionantes de que nos conocimos en Brasil o en Colombia o en Perú, preferimos creerlas.

—Entonces, ¿fue ésa la primera noche? —pregunta Yolanda, con las agujas de tejer en suspenso.

—Yo oí que sí —responde Carla.

Sandi entrecierra los ojos.

—Pues yo oí que había sido cosa de una semana después de conocerse.

El bebé deja escapar un gas. Las cuatro se miran y ríen.

—En realidad —calcula Fifi levantando uno por uno los dedos que apoya sobre la espalda de la niña y luego cerrándolos en una palmadita—, fue a la cuarta noche. Pero lo supe desde el primer momento en que lo vi.

—¿Que lo amabas? —pregunta Yolanda. Fifi asiente.

Desde que Clive la había dejado, Yolanda se había vuelto adicta a las historias de amor con final feliz, como si en ellas pudiera encontrar algo pasado por alto, un error que cometió al enamorarse de su primer novio, para corregirlo y así desenredar el embrollo con John, Brad, Steve, Rudy y volver a empezar.

En el silencio que se guarda antes de que alguien retome el hilo de la conversación, todas oyen la suave respiración del bebé.

—De cualquier forma, Mami le cuenta a ese hombre todo tu largo intercambio epistolar. —Sandi ayuda a Yolanda a devanar la madeja de lana para convertirla en un ovillo, deteniéndose, de vez en cuando, deleitándose con su historia sobre la madre—. «Tras conocerse en Perú, Estuvieron separados meses y meses.» —Sandi mira a lo alto y pone los ojos en blanco como su madre. Es bastante buena imitadora. Sus tres hermanas ríen—. «Otto estaba haciendo sus investigaciones en Alemania, pero le escribía todos los días.»

—¡Todos los días! —ríe Fifi—. Ojalá hubiera sido así. A veces pasaban semanas entre una carta y otra.

—Pero un día —dice Yolanda con el tono de voz de mal augurio típico de las radionovelas—. Un día, Papi encontró las cartas.

—Mami no mencionó las cartas —comenta Sandi—. La historia era breve y tierna: «Él le escribía todos los días. Luego, la Navidad pasada, ella fue a visitarlo, él le propuso matrimonio, y se casaron en primavera. Por último, ¡tuvieron una hijita!».

—Uno, dos, tres, cuatro —dice Carla, haciendo cuentas.

Fifi sonríe con sarcasmo.

—Déjalo así —responde—. El bebé nació exactamente nueve meses y diez días después de la boda.

—¡Gracias, Dios mío por esos diez días! —comenta Carla.

—Me gusta la versión de Mami de la historia —ríe Fifi—. Así que no trajo a colación el lío que se armó con las cartas. —Sandi niega con la cabeza—. Quizá lo olvidó. Ya saben que repite continuamente que quiere olvidar el pasado.

—Mami se acuerda de todo —añade Carla en desacuerdo.

—Bueno, Papi no tenía por qué fisgonear en mi correspondencia personal. —La voz de Fifi suena desafiante. El bebé cambia de posición en su hombro—. Insiste que estaba buscando su cortaúñas o algo así. En mis gavetas, ¿no?

Yolanda imita a su padre rasgando un sobre. Sus ojos se ensanchan de horror fingido. Se aprieta la garganta con las manos. Incluso remeda una especie de acento del Conde Drácula para hacer el momento más dramático. No es una buena imitadora.

—«¿Qué quiere decir este hombre con eso de "¿Ya te bajó la regla?".»

Sandi continúa el juego:

—«¿Qué le importa a Otto si ya te bajó o no?»

El bebé empieza a llorar.

—Ya, ya, mi amor, que es sólo una historia —la arrulla Fifi.

—«Quedas desheredada» —dice Sandi imitando a su padre—. «Has deshonrado a la familia. ¡Vete de esta casa!»

—Fuera de nuestra vista —agrega Yolanda señalando a la puerta. Sandi se agacha para evitar las agujas que pasan sobre su cabeza. Un ovillo de lana blanca rueda por el suelo. Las dos hermanas se doblan por la cintura de tanto reír.

—Ustedes sí que saben de estas cosas. —Fifi se levanta para calmar a la niñita que llora—. No hay nada como una historia para sacarse la amargura de encima —añade con frialdad—. No es que las cosas ahora estén mejor entre nosotros, ¿no os parece?

Las tres hermanas se miran levantando las cejas. Su padre no ha pronunciado una palabra desde que llegó, hace dos días. Aún no ha perdonado a Fifi por «irse detrás de la palma». Años atrás, las hermanas solían bromear diciendo que lo más probable era que siguieran vírgenes ya que había muy pocas posibilidades de encontrar una mata de palma en su trozo de bosque.

—Es difícil, ya lo sé. —Puesto que es la terapeuta en la familia, a Carla le gusta mostrarse comprensiva—. Pero, en serio, cambia de actitud. Ya te los ganaste, Fifi, de verdad. Ya te ganaste a Mami con el bebé y, con el tiempo, a Papi le pasará lo mismo, ya lo verás. Mira, al fin y al cabo vino, ¿no es así?

—Dirás más bien que Mami lo trajo a rastras. —Fifi contempla a su bebé con mirada afectuosa y recupera su buen humor—. Bueno, la niña es hermosa y está bien, eso es lo que importa.

«Hermosa y bien», piensa Yolanda. Eso es lo que ella quería con Clive, que todas las cosas fueran buenas y hermosas, en lugar de esa pasión obsesiva y agobiante que la dejaba exhausta y angustiada cada vez que Clive la abandonaba.

—No entiendo por qué lo hace —les dice a sus hermanas en voz alta.

—Cosas del otro país —responde Carla—. Ya sabes que a él le tocó una dosis mayor que la que recibió Mami.

Sandi mira a Yolanda, ha entendido a quién se refiere. Trata de despejar el ánimo de su hermana.

—Mira, si no te gustan los bombones, hay variedad de bollos para escoger ahí fuera —bromea—. Lo único que quisiera es que esa preciosidad de hombre no estuviera casado.

—¿Qué preciosidad? —pregunta Carla.

—¿Qué hombre? —pregunta la madre. Está de pie en el umbral de la puerta del salón, abotonándose una bata de casa de flores multicolores. Desde que sus hijas eran niñas, tiene el hábito de comprarse ropa muy colorida, de manera que ninguna de sus hijas la pueda acusar de favoritismos.

—El hombre que te levantaste en el hospital —bromea Sandi.

—¿A qué te refieres con eso de que «me lo levanté»? Era un muchacho simpático, y resulta que tenía una niñita que nació al mismo tiempo que mi Cuquita. —La madre extiende los brazos hacia delante—. Ven acá, Cuca —ronronea bajito, tomando al bebé de manos de Fifi. Luego deja escapar una especie de cloqueo contra la frazadita.

Sandi sacude la cabeza.

—¡Coño, pero si pareces todo un zoológico!

—Cuidado con tu vocabulario —le riñe la madre con voz ausente y, a continuación, como si fuera una frase cariñosa, repite en tono meloso a su nieta—: Cuidado con tu vocabulario.

Los hombres van apareciendo lentamente para desayunar. Primero, el padre que responde con un gesto de cabeza forzado a quienes lo saludan. Lo sigue Otto, quien desea a todos una feliz Navidad. Con sus cejas, barba y bigote de color rubio muy claro y su cara regordeta

86

y colorada, parece un Santa Claus joven. Por último, entra el analista.

—Observen cuántas mujeres —dice en voz baja.

La madre camina de un lado a otro de la sala con su nieta en brazos.

—Mírenlas —sonríe Otto—. Es un espectáculo. ¡Esto deberían de verlo los tres Reyes Magos!

—Cuatro niñas —murmura el padre.

—Cinco —corrige el analista, guiñándole un ojo a la madre.

—Seis —increpa la madre, señalando con la cabeza el paquetito que tiene entre los brazos—. Somos seis —le dice a la bebita—. Yo estaba completamente segura de que sería así. Porque una semana antes de que nacieras tuve un sueño muy extraño. Vivíamos en una granja y un toro…

El salón guarda un silencio soñoliento. Todos escuchan a la madre.

Joe, Yolanda

Yolanda —Yo en inglés suena Joe, si se duplica, Yo-yo, como el juguete, se convierte en Joey, que es como aparece en los llaveros que tienen los nombres previamente escritos— está asomada a una ventana del tercer piso, observa a un hombre que atraviesa la grama con una raqueta de tenis. Éste toca el borde de los arbustos con el filo de la raqueta y deja meciéndose uno o dos lirios silvestres.

—No —murmura Yolanda entre dientes desde la ventana, delineando el lugar donde nace su cabellera con un índice contemplativo. Es su orgullo secreto: su pelo forma una punta en el centro de la frente y luego traza un arco hacia atrás, enmarcando la cara, para dibujar un corazón perfecto—. No dañe las flores, Doc —advierte con un dedo amonestador al hombre que le da la espalda y no parece ser mayor que un pulgar.

El hombre se detiene. Lanza una bola imaginaria al aire dirigiendo su servicio al horizonte. El horizonte no devuelve el golpe. Continúa su camino hacia la lejanía, donde se encuentran las canchas de tenis.

Viste un pantalón corto y una camisa blanca, un atuendo con el que parece un niño... Un niño bueno..., el hijo único de una pareja de potentados, ricos y poco afectuosos.

—Ambos son millonarios —suelta Yo—. Papá Rico es el acaudalado dueño de una fábrica de ropa interior. —El elástico de los pantys le aprieta suavemente—. Mamá Rico es una magnate de… —Yo mira los objetos que la rodean en la habitación—: Bufanda, espejo, jabón, paraguas…, magnate de los paraguas. —En el cielo, una nube negra rueda perezosa hacia ella. El fantasma de la pelota de tenis vuelve a espantar al hombre. Yo sonríe y se deleita con sus encantos.

»Una magnate de los paraguas, esto no funcionará. —Otra mirada a su alrededor—: Máquina de escribir, maletín rojo de colegial, eso suena bien. Sin embargo, él no es un magnate de los maletines escolares rojos. —La brisa se introduce en la habitación y hace revolotear las cortinas blancas a cada lado de donde se encuentra, como dos brazos fantasmagóricos que la abrazaran—. Una magnate de las habitaciones…

El mundo respira novedad, acaba de ser creado. El primer hombre atraviesa el jardín camino de un partido de tenis. Yo lo mira desde una ventana del tercer piso y se besa las puntas de los dedos para luego soplarle su beso.

—Beso, beso —dice entre dientes desde la ventana. Desea que el hombre se desgarre la camisa blanca y poder partirle el pecho en dos, igual que Superman cuando abre una puerta cerrada, para así dejar salir a la primera mujer.

Eva es adorable, con el nacimiento del pelo que dibuja un corazón en su frente, con pantys vaporosos y blancos.

—Al principio —comienza Yo, inspirada por la perspectiva. Cuatro pisos más abajo, su médico reducido al tamaño de un niño está sentado en el césped—. Al principio, Doc, yo amaba a John.

Reconoce las señales inconfundibles de una escena de sus recuerdos: una mujer en una ventana, una mujer asomándose al pasado con memoria, deseo y el corazón roto. Hoy se permitirá sentir esas señales. No tiene modo de evitarlo.

—Al principio, estábamos enamorados. —Yo sonríe. Ése es un buen inicio—. Él llegó a mi puerta. Abrí. Mi mirada preguntó: «¿Quieres entrar y dejar atrás el mundo?». Él respondió: «Muchas gracias. Precisamente tenía esa frase en la punta de la lengua».

Era al principio de los tiempos y, bajo la ventana de Yo, corría un río, bordeado de cipreses, sauces, grandes helechos que transpiraban bruma, gruesos troncos y palmas. Enormes criaturas imaginarias se escabullían por el fangoso lecho del río. Por las noches, cuando los amantes se tendían en la cama y dibujaban carneros, cangrejos y gemelos con las estrellas, oían los ladridos y aullidos de las bestias apareándose felices.

—Te amo —dijo John alegre, haciéndose eco de los ladridos y aullidos.

Sin embargo, Yolanda estaba asustada. Una vez entraban en el terreno de las palabras, era imposible saber qué podrían llegar a decir.

—Te amo —repitió John—. Ella debía decir su parte.

Yolanda le besó cada uno de los ojos cerrados, confiando en que eso fuera suficiente.

—Joe, ¿también me amas? ¿Me amas? —preguntó, suplicante. Quería una respuesta pronunciada. Era lo único que le bastaría.

Yo obedeció:

—También te amo.

—¡Siempre te amaré! —dijo él, rebosante—. Cásate conmigo. Casémonos.

Una bestia lanzó un alarido desde el río. El carnero huyó del cielo al galope, asustado por el sonido humano.

—Uno. —John dirigió el pulgar de Yolanda hacia él—. Dos. —Le dobló el índice—. Tres. —Le besó la uña.

Como si tuviera hambre, la radio gimió *All you need is love*, la canción de los Beatles.

—Cuatro. —Se unió ella, doblando el cuarto dedo—. Cinco —canturrearon al unísono.

Su mano encontró la de ella, palma con palma, como si estuvieran compartiendo una oración.

«*Love* —gruñó la canción, hambrienta—. *Love... love...*»

—John, John, ¡eres un retozón! —bromeó Yolanda, arrastrándolo por la zona de juegos de un parque.

John estaba tendido de espaldas y acababa de decir que cuando uno mira al cielo se da cuenta de que nada de lo que llegue a hacer en realidad importa.

—John es un bombón, sentado en un sillón. Y divirtiéndose un montón —dijo ella haciendo juegos de palabras y metiendo la nariz en la cavidad del cuello del chico.

Él la acarició.

—Y tú eres una ardillita, ¿lo sabías?

Yolanda se enderezó.

—Ardillita no rima —explicó—. La gracia es buscar algo que rime con mi nombre.

—¿Con Joe-lan-da? —pronunció con acento anglosajón—. ¿Qué rima con eso?

—Puedes usar Joe, con tu acento rima con gatou, carrou, búfalou —improvisó—. Ahora, inténtalo —dijo con el tono de voz que su madre le enseñó a usar para pedir otra porción de las cosas buenas que regala la vida.

—Mi querida Joe —empezó John. Pero no logró improvisar nada que rimara. Carraspeó, soltó vocales esperando construir alguna palabra, rió. Finalmente, lanzó una retahíla de disparates—: Mi adorada y dulce ardillita. Para mí vales más que todo el oro del mundo. —Sonrió ante su ocurrencia.

Yo se enderezó de nuevo.

—¡Suspendido! —Y rodó por la hierba alejándose de él—. ¿Dónde aprendiste a hablar con esa jerga de tarjetas de felicitación?

Algo dolido, John se levantó y se sacudió los pantalones, como si las hojas de hierba fueran trocitos punzantes de Yo.

—¡No todos podemos ser tan endemoniadamente poéticos como tú!

Ella le mordisqueó una pierna, a modo de juguetona disculpa.

John la levantó sujetándola por los hombros.

—Ardilla. —La había perdonado.

Ella hizo un gesto. Cualquier cosa menos una ardilla. Sentía los hombros peludos.

—¿Puedo ser alguna otra cosa?

—¡Claro! —Y extendió los brazos hacia todo el Planeta, como si le perteneciera—. ¿Qué quieres ser?

Ella observó el paisaje, oteó el horizonte: árboles, piedras, lago, césped, maleza, pájaros, cielo...

La mano de John surgió tras ella y tomó posesión de su hombro.

—Cielo —probó. El simple hecho de haberlo pronunciado le daba la razón—: Cielo, quiero ser el cielo.

—Eso no puede ser. —La giró para que lo mirase a la cara. Yo, por primera vez, se dio cuenta de que sus ojos eran del mismo azul del cielo—. Son tus reglas: tiene que rimar con tu nombre.

—Y rima. Yo —dijo apuntando hacia sí misma—, rima con cie-lo.

—¡Pero no con Joe! —dijo John negando con el dedo. Su mirada se inundó de deseo. Posó su boca sobre la de Yo, formando la letra «O» con los labios, y presionó para obligarla a entreabrir los suyos.

—En español, esa rima funciona. —Las palabras de Yo cayeron en la oscura y muda caverna de la boca de John—. Cielo, cielo —dijo. Las palabras resonaron en su interior. Yo salió corriendo como una loca precipitándose en la seguridad de su lengua materna, donde John, orgullosamente monolingüe, no podía alcanzarla por mucho que lo intentara.

—Lo que tú necesitas es un maldito psiquiatra, un loquero —las palabras de John sonaron como un suicida que saltara al vacío desde la punta de su lengua.

Yo respondió que nada tenía de malo necesitar un psiquiatra, y que no le gustaba que los llamara «loqueros».

—Un loquero —replicó John—. Loquero, loquero.

Yo lo dijo porque ambos eran diferentes, no había ninguna razón para que él la hiciera sentirse loca por el simple hecho de ser ella misma. A la hora de la verdad, John estaba tan chiflado como ella. ¡Dios mío!, pensó, «a la hora de la verdad», estoy empezando a hablar como él. Se rió, aún ligeramente enamorada de John.

—Está bien, de acuerdo —admitió Yo—. Ambos estamos locos. Así que vayamos a ver a un loquero. —Hizo un gesto. Estaba usando el mismo lenguaje de John sólo para convencerlo.

Él apartó la mano reconciliadora que Yo le tendía. Esa mujer estaba loca, ¿no era cierto? Por nada del mundo él acudiría a la consulta de un loquero.

Yo lo besó, en un intento silencioso de persuasión, pero supo que no lo había convencido.

—Te amo. ¿Acaso eso no es suficiente? —preguntó John, resistiéndose—. Te quiero más de lo que me conviene.

—¿Ves? Tú eres el loco —bromeó.

Pero Yo había empezado a desconfiar de John.

Porque sus lápices siempre tenían la punta perfecta y su ropa estaba doblada cuando empezaban a hacer el amor. Porque colocaba el cuchillo entre los dientes del tenedor después de cada bocado que daba a la comida que Yo había preparado, y de la que continuamente se quejaba que sabía distinto de lo esperado: la lasaña tenía regusto a huevos fritos, el postre sabor a cubierta de bizcocho. Porque la acusaba de obsesionarse y pensar en lo que decía la gente más de lo necesario. Porque creía en el mundo real, más que en las palabras, más de lo que creía en ella.

Pero esta vez era porque escribía listas de pros y contras antes de hacer cualquier cosa, y había descubierto la lista de «pros y contras Joe/esposa». El primer punto a su favor era «inteligente». El primer punto en contra era «demasiado para su propio bien». El segundo positivo era «divertida». El segundo negativo, «loca», seguido de un signo de interrogación.

—¿Qué quiere decir esto? —le preguntó en la puerta con la hoja de balance en la mano.

—¿Qué es eso, loquita? —La llamaba así desde que empezó una terapia con el doctor Gold. John se mostró reacio, y cuando Yo le señaló la tarifa del médico, comentó: «¿Gold? Es adecuado el apellido, ¡le pagaremos una fortuna!». Y el apodo se convirtió en una broma entre ellos. Sin embargo, para atraer la buena suerte, Yo lo llamaba Doc en secreto.

—¿Por qué diablos tienes que hacer una lista de pros y contras para casarte conmigo? —Yo lo siguió a su habitación donde John empezó a desvestirse.

—A ver, loquita.

—No me llames así. Detesto que te dirijas a mí de ese modo.

—*Roses are red, violets are blue.* —John empezó a recitar un versito infantil, en lugar de contar hasta diez, para tranquilizarse y así evitar que ocuparan la habitación dos personas irritadas.

—¿De verdad tenías que *decidir* si me amas de verdad? —Leyó en voz alta la lista moviendo la cabeza de un lado a otro y agachándose para esquivar a John cuando trataba de arrebatarle la lista—. Me parece que los contras pesan más. ¿Qué razones tendrías para casarte conmigo?

—Ésta es mi forma de hacer las cosas, con listas. Podría decir lo mismo de ti, con esa manía tuya de las palabras...

—¿Las palabras? —preguntó golpeándolo con el papel—. ¿Palabras? ¿Soy yo la que siempre está diciendo «No digas eso. No lo digas»? Fui yo la que trató de mantener las palabras alejadas de nuestra relación.

—Hice una lista porque estaba confuso. Sí, me sentía confundido. —John trató de abrazarla, pero más para tantear su estado de ánimo que como una caricia de deseo. Yo percibió la diferencia y se zafó—. Anda, Joe —dijo, tratando de suavizar el tono de voz. Dobló la corbata con precisión milimétrica y vistió el respaldo de la silla con la chaqueta.

—No —dijo Yo con tanta dulzura que habría podido confundirse con un sí—. Nooooo. —La palabra salió de su boca, suave y madura, lista para que John le hincara el diente.

—Anda, cariño, dime qué hay para cenar —preguntó persuasivo. La tomó de las manos y la acercó a él.

—Espaguetis dulces acompañados de albóndigas glaseadas y espinacas a la miel, corazón —se burló ella, jugando a tratar de desprenderse.

John la aproximó hacia sí, divertido, y presionó su boca contra la de ella.

Yo apretó los labios. Juntó los dientes, el arco de arriba sobre el arco de abajo, para formar una fortaleza de calcio.

John la atrajo más hacia sí. La joven abrió la boca para gritar: «¡No, no!», sin embargo, su novio introdujo lengua entre sus labios, y empujó las palabras hacia su garganta.

Tuvo que tragarse el «No, no».

«No, no», golpearon el interior de su estómago. Le clavaron punzadas en las costillas: «No, no».

—¡No! —gritó.

—Sólo es un beso, Joe. ¡Un besito, por Dios! —John la zarandeó—. Contrólate.

—¡Noooooo! —gritó, desalojándolo de todos los lugares donde él había logrado colarse.

Por fin la soltó.

John y Yo estaban tendidos en la cama con las luces apagadas, hacía demasiado calor para mantenerlas encendidas o para levantarse. La mano de John, tamborileando, se deslizó hasta sus caderas.

—Hace demasiado calor —respondió Yo, silenciando la mano.

Él trató de animarla, jugando con un nuevo sobrenombre.

—¿Esta noche no, Josefina? —Se giró para quedar mirándola de lado y dibujó sus rasgos en la oscuridad. Con el dedo empezó a trazar el corazón que iba desde la frente hasta la barbilla y luego de vuelta a la frente. Le besó la barbilla para sellar la figura de su enamorada. Precioso—. ¿Sabes, tu cara es un corazón perfecto? —Lo descubría cada vez que quería hacerle el amor.

Pero su enamorada tenía demasiado calor.

—Estoy sudando —se quejó—. No.

La mano no la escuchaba. El dedo medio dibujó un corazón en sus labios. El meñique trazó otro corazón en la zona mullida, sobre su seno derecho.

—Por favor, ¡John! —Sentía las puntas de sus dedos como gotas de sudor que rodaran sobre su piel.

—¡John, por favor! —repitió él. Escribió J-o-h-n en su seno derecho con un dedo pegajoso, como si estuviera marcando una propiedad.

—¡John! Hace demasiado calor —trató de hacerle entrar en razón.

—¡John! Hace demasiado calor —gimió él. La combinación de calor con deseo frustrado lo volvía insoportable.

Yo le taponó la boca con la mano. John no hizo caso de la violencia implícita en el gesto y le besó la palma húmeda. Con los ojos cargados de esperanza, rodó hacia ella, y su cuerpo hizo ruido al despegarse del colchón desnudo. Las sábanas se habían desprendido de las esquinas y se marchitaban en el piso.

La mano derecha de John tocó el piano sobre las costillas de Yo, y su boca sopló el *piccolo* en sus senos.

—¡Mierda! —le gritó, saltando fuera de la cama—. ¡Coño! —La había obligado a pronunciar la palabra que más detestaba en el mundo, y eso jamás se lo perdonaría.

—¿Jamás? —preguntó John malhumorado, tratando de alcanzar su brazo en la oscuridad—. ¿Nunca?

El corazón de Yo se dobló en dos. Luego se alisó, y volvió a plegarse. Las mitades aletearon, parpadearon y se abrieron. Su corazón se elevó hasta las flores de nubes que poblaban el cielo.

—¡Nunca! —El sonido de su respuesta lo abofeteó—. Nunca jamás, jamás. —Yo deseó estar vestida. Era extraño hacer afirmaciones tan vehementes estando desnuda.

John llegó a casa con un ramo de flores, Yo supo que le había costado demasiado dinero. Las flores eran azules, adivinó que eran lirios. Lirios, su nombre preferido para una flor. Lo más probable es que John los hubiera escogido por eso.

Pero cuando se lo entregó, Yo no pudo distinguir las palabras que dijo.

Eran sonidos limpios y claros, pero no significaban nada para ella.

—¿Qué es lo que quieres decir? —preguntó varias veces. John hablaba con gentileza, pero en una lengua que ella no había oído antes.

Fingió que entendía. Las flores desprendían su perfume.

—Gracias, amor. —Y al pronunciar la palabra «amor» le ardieron las manos de un modo tan intenso que temió soltar las flores.

John dijo algo en tono alegre, de nuevo con sonidos que para Yo no tenían ningún significado.

—Ven, amor —le pidió a sus ojos. Hablaba con precisión como si estuviera frente a un extranjero o a un niño testarudo—. John, ¿entiendes lo que digo? —Y asintió con la cabeza para darle a entender que debería asentir si no encontraba palabras con las que responder.

Él negó con la cabeza. No.

Yo se aferró a su novio con las dos manos, como si quisiera mantenerlo incrustado en su mundo.

—¡John! —le suplicó—. Por favor, ¡amor!

Él señaló sus orejas y asintió. El problema no era el volumen. Podía oírla.

—Bla, bla, bla. —Sus labios se movían a cámara lenta en cada sílaba.

«Está diciendo "te amo"», pensó ella.

—Bla, bla —lo imitó Yo—. Bla, bla, bla, bla. —A lo mejor eso significaba «yo también te amo» en la lengua que él estaba hablando.

John señaló hacia ella, y luego a sí mismo.

—¿Bla bla?

Ella asintió insistentemente. Su cara acorazonada, el corazón que tenía entre las costillas y todos los que tenía a flor de piel tintinearon como las pinzas del cangrejo del firmamento. Quizá ahora pudieran empezar de nuevo, en silencio.

Cuando abandonó a John, Yo le dejó una nota: «Me voy a casa de mis padres hasta que me aclare la cabeza/el corazón». Revisó lo que había escrito: «Necesito algo de espacio, algo de tiempo, para que mi cabeza/corazón, cabeza/corazón/alma…». No, no, no, no quería dividirse más, tres personas y una sola Yo.

«John», comenzó, luego cambió de idea. «Querido John», escribió inclinando las letras. Había leído en un libro de análisis grafológico que ésa era la característica de las personas seguras de sí mismas. «Querido John, mira, ambos sabemos que las cosas no están funcionando.»

«¿Las cosas? —preguntaría él—. ¿Qué "cosas"?»

Yo tachó ese sustantivo indefinido.

«No estamos funcionando. Bien lo sabes, yo lo sé, ambos lo sabemos, John, ¡ay John!, John, John.»

Su mano siguió escribiendo, automáticamente, hasta que la página quedó cubierta con su nombre en tinta oscura. Rasgó la nota y la convirtió en confetis que lanzó sobre su cabeza, una lluvia de Johnes. Luego, escribió algo muy breve: «Me fui —y añadió—, a casa de mis padres». Pensó en firmar Yolanda, pero su verdadero nombre ya sonaba como si no fuera suyo. En lugar de eso, garabateó el nombre con el que John la había bautizado: Joe.

Sus padres se preocuparon. Yo hablaba demasiado, cotorreaba sin parar. Hablaba dormida, hablaba mientras comía, después de veintisiete años enseñándole a mantener la boca cerrada cuando masticaba. Hablaba haciendo comparaciones, decía adivinanzas.

«Despotrica», le dijo su madre a su padre. Su padre tosía, incómodo. Yo citaba versos famosos y las frases iniciales de los clásicos.

—¿Cómo es posible que alguien recuerde todo eso? —preguntó la madre al dolido padre. Se habían dejado llevar por el sonido de su voz, diagnosticó la madre.

Citaba a Frost; citaba mal a Stevens; parafraseaba la descripción que Rilke había hecho del amor.

—¿Puede oírme? —El doctor Gold puso las manos alrededor de la boca imitando un megáfono y fingió gritar desde lejos—. ¿Puede oírme?

Yo le citó a Rumi; cantó lo que sabía de *Arroz con leche*, mezclándola con *Mambrú se fue a la guerra*.

El médico consideró que lo mejor sería internarla en una clínica psiquiátrica pequeña y privada, donde él pudiera atenderla. Por su propio bien: veinticuatro horas de atención, un entorno agradable, clases de manualidades, canchas de tenis, personal amistoso y cálido, sin uniforme. Sus padres firmaron los papeles, «por tu propio bien», repitieron las palabras del médico. Su madre la sujetó mientras una enfermera camuflada con ropa de calle llenaba una jeringa. Yo citaba a *El Quijote* en español; luego tradujo el pasaje de los galeotes al inglés.

La enfermera la pinchó con una inyección de lágrimas. Yo guardó silencio por primera vez en meses, luego rompió a llorar. La enfermera frotó una nubecita en su brazo.

—Por favor, cariño, no llores —le suplicó su madre.

—Déjela llorar —recomendó el doctor—. Es una buena señal, muy buena.

—Lágrimas, *tears* —dijo Joe, recitando de nuevo—. *Tears from the depths of some profound despair.**

—No se preocupe —continuó el doctor, alentando a los asustados padres—. Sólo es un poema.

* Lágrimas desde los abismos de una profunda desesperanza. (*N. de la T.*)

—Y los hombres mueren *daily for lack of what is found there.** —Yo citaba, inventaba y trastocaba, dejándose arrastrar por la crecida corriente de su conciencia.

Las señales mejoraron. Yo tenía fantasías con Doc. Él salvaría su cuerpo/corazón/alma, eliminando las rayas diagonales que la dividían, y la convertiría en una sola Yolanda. Le hablaba del crecimiento, del miedo, del yo en transición y de la búsqueda espiritual de las mujeres. Le contó todo, excepto que se estaba enamorando de él.

—¿Está preparada para ver a sus padres? —preguntó el médico.

—Preparada para verlos —respondió como un eco.

Sus padres entraron en la habitación representando una escena de felicidad. Le preguntaron sobre la comida, el médico, el estado del tiempo y el cenicero que había hecho en la terapia de manualidades.

Se lo entregó a su madre.

Su madre lloró.

—No debería llorar.

—Es una buena señal —dijo Yo, citando a Doc. Se dio cuenta de inmediato. De nuevo citaba, eso era mala señal.

Su padre se acercó a la ventana y miró al cielo.

—¿Cuándo piensas volver a casa? —preguntó a Yo la espalda de su padre.

* Y los hombres mueren todos los días por carecer de lo que allí se encuentra. (*N. de la T.*)

—¡Cuando se sienta lista para hacerlo! —La madre le apartó el pelo de la frente.

Y el corazón de su cara apareció nuevamente sobre la faz de la tierra.

—Los amo —improvisó Yo. ¡Qué importaba que las primeras palabras originales que pronunciaba en meses fueran las más trilladas! Eran su propia verdad—. De verdad, de verdad —canturreó. Su madre se inquietó como si hubiera mordido algo ácido cuando pensaba que era dulce.

—¿Qué te pasó, Yo? —preguntó su madre a la mano que poco después acariciaría—. Pensábamos que John y tú eran tan felices.

—No hablábamos el mismo idioma —dijo Yo, para simplificar.

—¡Ay, Yolanda! —Su madre pronunció el nombre en español, su nombre en su pureza original, resonante y vital: Yolanda. Pero luego, inevitablemente, como la gravedad, como la noche y el día, como mordiscos a una manzana a escondidas de Dios, su nombre cayó, prostituido, roto, en media docena de apodos—. Pobrecita Yosita… —Otro apodo—. Te queremos. —Su madre lo dijo con el volumen suficiente para que valiera por ambos—. ¿No es cierto, Papi?

—¿Cierto qué, Mami? —El padre de Yo se volvió.

—Que la amamos —respondió su esposa.

—No hay la menor duda al respecto. —Papi se acercó a Mami, o a Yo.

—¿Qué es el amor? —pregunta Yo al doctor Gold, y la piel de su nuca arde y se enrojece. Ha desarrollado una alergia repentina a determinadas palabras. No sabe a cuáles hasta que las tiene en la punta de la lengua, entonces, ya es demasiado tarde: los labios se le hinchan, la piel le escuece, los ojos se le llenan de lágrimas por reacción alérgica.

El médico la observa y huele el dorso de sus dedos.

—¿Qué cree usted que es el amor, Joe? Amor.

—No sé. —Ella trata de mirarlo a los ojos, pero teme que al hacerlo se dé cuenta, se entere.

—Vamos, Joe —añade consolador—. Constantemente tenemos que redefinir las cosas que son importantes para nosotros. No saberlo no resulta un problema. Cuando vuelva a enamorarse, sabrá lo que es el amor.

—Amor —murmura Yo, como ensayando. Y claro, la piel de su brazo se cubre con un salpullido muy molesto—. Supongo que tiene razón. —Le pica—. ¡Sin embargo, asusta pensar que no sé el significado de la palabra más importante de mi vocabulario!

—¿Y no le parece que ése es el reto de estar vivos?

—Estar vivos —repite, como si estuviera volviendo a los días en que citaba a los demás. Le arden los labios. «Estar viva», «enamorada», palabras que ahora sólo podrá usar pagando el precio de pronunciarlas.

Los dedos de Yo dibujan el cuerpo de Doc en la tela metálica de la ventana, como si lo estuviera creando. Quizá trate de nuevo de escribir, nada demasiado ambicioso, un poema divertido con reglas estrictas, algo así como una copla humorística con una métrica muy estricta. La llamará «La raqueta de Dennis», y el necesario juego de palabras girará alrededor de la similitud entre Dennis y tenis.

En su interior más profundo algo se agita, un ardor que no logra calmar.

—Indigestión —murmura, dándose palmaditas en la barriga. Tal vez no, piensa, a lo mejor es un fenómeno de su personalidad: la verdadera Yolanda resucita una tarde de agosto en medio de los cuidados jardines de este centro privado.

El estómago le duele. Se lo acaricia trazando círculos hambrientos sobre su bata de hospital. Pero la sensación en su interior es algo más desesperado que el hambre, es como una mariposa nocturna atrapada dentro de la pantalla de una lámpara.

Se eleva, como un golpeteo de alas que le sube por la tráquea hasta que Yo siente ganas de vomitar. ¡Qué tragedia! A su edad, morir de un ataque de corazón roto. Trata de reírse, pero en lugar de carcajadas siente las alas que se despliegan como un abanico en el fondo de su garganta. La obliga a abrir la boca como si fuera a gritarle a alguien desde una larga distancia. Un enorme pájaro negro salta fuera, se posa en su cómoda, es idéntico al cuervo que había en una ilustración del primer libro de poesía en lengua inglesa que tuvo.

Extiende la mano para tratar de hacerse amiga de la negra ave.

El ave la ignora y mira filosóficamente por la ventana, hacia el cielo que se va oscureciendo. Poco a poco sus alas se alzan y descienden. Enormes arcos que se elevan y colapsan, arriba y abajo, arriba y abajo. El pelo le revolotea ante la cara. El polvo huye hacia los rincones. Las cortinas se inflan frente a las ventanas.

Mira la ventana. «¡Dios mío, la tela metálica!», recuerda en un momento de suspensión de la credulidad. «Ten un poco de fe», se dice a sí misma a medida que la oscura forma flota con facilidad a través de la tela, como humo o nubes o algún tipo de fantasía. Vuela hacia afuera, disfrutando de su recién ganada libertad, con el oscuro pico encorvado y la diminuta cabeza descolgada como su sexo entre las alas arqueadas.

De pronto se detiene en medio del aire. La dicha y la sorpresa se manifiestan en la sonrisa de sus alas. Cae a plomo sobre el hombre que se asolea en la hierba. El pico primero, como un complejo oscuro y secreto, un desorden de la personalidad que anda suelto por el mundo y cae en picado.

—¡Ay, no! —gime Yo—. ¡Sobre él, no! —Había creído que, sola en la ventana, una tarde de agosto, era imposible que pudiera hacer daño a alguien. Y ahora, el ave cae hacia el hombre al que más quisiera mantener a salvo de sus palabras.

Yo grita mientras el pico ganchudo desgarra la camisa y el pecho de ese hombre. La figura blanca sobre el césped se convierte en un guiñapo rojo.

Una vez saciado, el oscuro pájaro se eleva y se une a un cúmulo de nubes de lluvia que se alejan hacia el norte.

Yo golpea la tela metálica. El hombre mira hacia lo alto, tratando de adivinar quién está en la ventana.

—¿Quién está ahí?

—¿Está bien? —le pregunta Yo a gritos, disfrutando del personaje con voz sin identificar que habla desde los cielos.

—¿Quién está ahí? —Se pone de pie. La sangre se congela para convertirse en el rectángulo rojo de la toalla que recoge—. ¿Quién está ahí? —pregunta, molesto con el prolongado juego de adivinanza.

—Un admirador secreto —aventura ella—. Dios.

—¿Heather? —tantea él.

—Yolanda —murmura ella para sí misma—. Yo —grita, ¿quién coño es Heather?, se pregunta.

—¡Ah, Joe! —ríe el hombre, moviendo la raqueta de un lado a otro.

Los labios le arden y se le hinchan. «¡Ay, no», piensa, al reconocer los primeros indicios de la alergia, no con mi propio nombre.

El césped se ve verde, limpio y calmo.

—Amor —enuncia Yo, permitiendo que toda la fuerza de la palabra se libere en su boca. Está decidida a superar esa alergia. Se volverá inmune a las palabras que la alteran. Se prepara para una dosis doble—: Amor, amor —dice rápidamente. Su cara es una sola roncha acorazonada—. Amor. —Incluso en español la palabra hace que una erupción le brote en el dorso de las manos.

Entre sus costillas, su corazón es un nido vacío.

—Amor —redondea el sonido de la palabra como si fuera un huevo que ha de poner en el nido—. Yolanda. —Pone otro huevo.

Mira hacia las nubes de tormenta en lo alto. El partido de tenis del doctor tendrá que suspenderse por la lluvia, bueno. No hay un solo jirón de azul allá arriba que le permita recordar el cielo. Así que dice «azul».

Busca la palabra adecuada para que lo azul vaya seguido de azul.

—Hielo…, pelo…, cielo… —Va recuperando la seguridad a medida que dice cada palabra, y se atreve a ir más allá—: Mundo…, ardilla…, crudo…, rudo…, amor…, clamor…,

Las palabras salen dando tumbos, con un ruido que parece el estruendo de un trueno lejano, y van tomando forma, volumen y materia. Yo continúa:

—Doctor…, dolor…, muerte…, suerte…, tantas palabras. No hay límite para lo que se puede decir sobre el mundo.

La historia de Rudy Elmenhurst, Yolanda

Las cuatro hermanas solemos turnarnos para protagonizar el papel de la más atrevida. Primero una, luego otra, cada cual confesaba sus pecados durante las noches de vacaciones, cuando ya se habían acostado los padres, y después de haber mirado varias veces el pasillo para asegurarnos de que no había moros en la costa. Fifi, la menor de las cuatro, fue la que mantuvo el título de atrevida durante más tiempo, aunque Sandi, al ser tan guapa y tener tantas oportunidades, se mostró como seria competencia. En varias ocasiones le tocó el turno a Carla, la mayor, la responsable, quien cometió alguna locura. Sin embargo, siempre insistía en que lo había hecho a fin de ganar terreno para las cuatro. Así que sus malos pasos rebosaban de buenas intenciones pero nunca eran tan sustanciosos como los de Fifi.

Cuando exclamábamos «¡Guau, Fifi!, ¿cómo pudiste hacer eso?», ella respondía con una sonrisa de niña mala y una adaptación del eslogan de Alka-Seltzer de entonces: «Pruébelo. Le encantará».

Durante unos cuantos años agitados, fui yo la que tuvo la reputación de alocada entre mis hermanas. Supongo que aquello comenzó en el internado, cuando empezaron a visitarme muchos chicos y, pese a que ninguno de aquellos romeos duró lo suficiente como para que pudiera hablarse de una relación, mis hermanas dedujeron, erróneamente, que yo era una vampiresa.

En esa época, tenía lo que uno de mis profesores definió como «una personalidad vivaz». Tuve que buscar la palabra en el diccionario y sentí alivio al descubrir que no significaba que tuviera problemas. El inglés todavía era una especie de regalo sorpresa para mí. Hasta que no abría el diccionario, no sabía si me habían insultado o elogiado, si había recibido una advertencia o una crítica. A los muchachos de bachiller, tan tímidos en nuestras fiestas, con unas atractivas manos largas y las caras sonrojadas, sí que lograba hacerlos reír. Podía convencerlos de que realmente trataban con una jovencita. No había tarde de sábado o mañana de domingo, después de misa, que no tuviera visitas. Un grupo de muchachos del internado masculino, que estaba junto al mío, bajaba por la colina y se instalaba en nuestro salón, así se alejaban de su residencia, quizá aprovechaban el camino para fumar un cigarrillo a escondidas, o beber un trago de alguna petaca. En la recepción tenían que dar el nombre de una alumna, y algunos decían el mío. Eso no quería decir que yo fuera de algún modo llamativa. Era pura y llanamente vivaz.

Cuando fui a la universidad, esa vivacidad terminó por volverse en mi contra. Conocía a alguien, la conversación fluía bien, me visitaba; no obstante, poco después, justo en el momento en que mi corazón empezaba a alargar sus zarcillos de apego, ese alguien se alejaba. No lograba mantener el interés por una sencilla razón: no me acostaba con ellos. En mi época universitaria, a finales de los años sesenta, sólo por una cuestión de principios, todas las chicas dormían con todos los chicos. Para entonces, yo ya me había alejado del catolicismo, hacía diez años que habíamos llegado a Estados Unidos y, tanto mis hermanas como yo, nos habíamos adaptado bastante bien, así que, en realidad, no tenía ninguna buena excusa para no comportarme como los demás. ¿Por qué no me acosté con alguien tan persistente como Rudy Elmenhurst? Es un misterio que estoy tratando de explorar en este momento, desmenuzando y disecando tal y como aprendimos a hacer con los poemas y cuentos de los autores en clase de literatura inglesa, donde conocí a Rudolf Brodermann Elmenhurst III.

Rudolf Brodermann Elmenhurst III apareció en el aula unos diez minutos después de que empezara la clase. Yo, en cambio, había sido la primera en llegar y me senté a la mesa del seminario, cerca de la puerta. Sin embargo, como la mesa era redonda, estaba tan expuesta en ese sitio como en cualquier otro. Los demás, los genios de literatura inglesa fueron llegando poco a poco. Sabía que eran especiales porque vestían vaqueros y camisetas, por sus irónicas miradas de complicidad cuando se mencionaban obras literarias muy abstrusas. Las chicas no hacían punto en clase, como las que estudiaban educación o sociología. Hacía un tiempo que yo había empezado a escribir; no obstante, ése era mi primer curso de literatura en lengua inglesa desde que, el otoño anterior, convencí a mis padres para que me permitiesen trasladarme a esa facultad mixta.

Cuando ocupé mi lugar en la mesa, empecé por sacar el cuaderno y cada uno de los textos que se exigían y recomendaban para el curso, ya los había comprado. Los apilé frente a mí, como si fueran mis credenciales. La mayoría se lo tomaba con más calma y no se apresuraron en comprar todos los libros necesarios. El profesor entró en el aula. Era un tipo joven, vestía un jersey de cuello redondo debajo de una americana, ése era el uniforme de los profesores de aquella época con cierto estilo. Mostraba la agudeza de aquellos que aún no han logrado un puesto fijo en la universidad, y se le notaba ansioso, entregaba demasiado material además de repetir continuamente en su programa, donde incluía su teléfono privado junto al del despacho: «siéntanse con entera libertad para...».

Pasó lista, reconoció a la mayoría de los estudiantes, se dirigió a ellos con apodos, bromas o comentarios y, al llegar a mi nombre, me lanzó una sonrisa fingida que yo ya había aprendido a identificar como un regalo que se ofrece a los «estudiantes extranjeros» para mostrarles lo amistosos que son los nativos. Me sentí terriblemente fuera de lugar. La única persona con la que parecía tener algo en común era con el ausente Rudolf Brodermann Elmenhurst III, quien también tenía un nombre extraño e igualmente estaba fuera de lugar, por el simple hecho de no estar allí.

Estábamos inmersos en la logística de sacar fotocopias de los talleres cuando entró un joven. Era uno de esos muchachos que acaban de superar un brote de acné adolescente para meterse en una cara masculina de niño malo, plagada de cicatrices. Un tipo que, seguramente, no se fijaría en las bellezas de su clase que se dedicaban a buscar novio. Tenía una sonrisa irónica en los labios y unos ojos con mirada de alcoba, una expresión que no se usa desde hace tiempo. Era un sujeto capaz de romperle a uno el corazón. Pero eso no se podía saber si uno sólo se fijaba en el sonido de su nombre, cosa que yo hice. En un desliz de inmigrante caí en la literalidad. Pensé que se había retrasado porque regresaba apresuradamente de su diminuta baronía en algún lugar de Austria.

El profesor interrumpió la clase.

—Rudolf Brodermann Elmenhurst III, supongo —preguntó, parodiando a Stanley cuando encontró al doctor Livingstone, el explorador perdido, en el corazón de África. Todos rieron, incluido el propio Rudolf.

Desde el principio me pareció admirable. Había sido capaz de hacer semejante entrada sin sonrojarse ni tropezar y sin dejar el suelo cubierto de los libros que traía encima y del contenido de su portafolios. Sabía cómo encajar un chiste, y mostró una seguridad tan irónica que nadie se sintió mal por reírse. El tipo miró a su alrededor, había un espacio libre en el terreno que yo me había labrado en la mesa con mi montón de libros. Se acercó y tomó asiento. Supe que me miraba por encima del hombro y que se preguntaba quién diablos era yo, la intrusa en el santuario de los especialistas en literatura inglesa.

La clase continuó. El profesor explicó de nuevo lo que esperaba de nosotros en el curso. Luego, nos pidió que escribiéramos una respuesta a un poema breve que hizo circular. El tipo con nombre de título nobiliario se inclinó, me preguntó si podía darle una hoja y un bolígrafo. Me halagó que se dirigiera a mí. Arranqué unas hojas de mi cuaderno, y busqué en la cartera otro bolígrafo. Lo miré con expresión de disculpa.

—No tengo un bolígrafo de sobra —le susurré utilizando una frase completa, lo que demostraba que yo aún era una novata en esa cultura.

El tipo me miró como si le importara un pepino el bolígrafo, y me considerase una idiota por pensar lo contrario. Fue una mirada tan intensa que me sonrojé.

«No importa», dijo sin hablar, por lo que tuve que leerle los labios, esos labios que se fruncían como si me lanzaran besitos. De haber sabido qué era una sensación excitante habría identificado el escalofrío que me recorrió la médula y bajó por las piernas. Se volvió hacia el chico sentado al otro lado, tampoco tenía un bolígrafo. Se corrió el rumor. ¿A alguien le sobraba un bolígrafo? A nadie. Ese día en clase escaseaban los bolígrafos.

De nuevo metí la mano en la cartera. Era la estudiante previsora por antonomasia, por lo tanto debía tener un instrumento de repuesto para escribir. Palpé algo prometedor en el fondo del bolso y lo saqué: un lápiz diminuto de un juego con un monograma que mi madre me había regalado en Navidad. Era rojo, de una caja de lápices Mi Color, con mi nombre grabado en letras doradas: «Jolinda». (Mi madre había intentado que pusieran mi nombre verdadero, pero la compañía lo sustituyó por la versión sureña de Estados Unidos.) «Jolinda», eso estaba escrito en el lápiz. En realidad, lo había usado tanto que sólo quedaba la curva de la «J». En mi familia no solíamos deshacernos de las cosas.

Yo escribía por las dos caras de una hoja de papel. Le entregué el hallazgo al tipo de nombre enrevesado. Lo cogió y lo sostuvo en la mano como diciendo: «¿Qué tenemos aquí?». Sus compañeros de alrededor ahogaron una carcajada. Me sentí mal por conservar el lápiz después de haberle sacado punta tantas veces. Al final de clase, huí antes de que él pudiera dirigirse a mí para devolverme el lápiz.

Esa noche llamaron a mi puerta. Yo estaba en camisón haciendo la tarea: un poema de amor en forma de soneto. Lo leía en voz alta, con una entonación bastante teatral, tratando de acentuarlo correctamente; me sentí avergonzada de que alguien me pillara haciendo eso. Pregunté quién era. No reconocí el nombre.

—¿Rudy?

—Al que prestaste el lápiz —dijo la voz a través de la puerta cerrada.

Qué extraño, pensé, a las diez y media de la noche. Aún no había entendido algunas estrategias.

—¿Te he despertado? —quiso saber cuando abrí la puerta.

—No, no —dije riendo en tono de disculpa.

Ahí estaba el tipo del nombre arrevesado. Yo había jurado que jamás le dirigiría la palabra por haberme avergonzado delante de toda la clase, sin embargo, se disparó el automático que me empujaba a comportarme como una niña bien educada. Me disculpé por no dejar que entrase.

—Estoy estudiando. —Ésa no era una excusa en su ambiente. Permanecimos de pie, junto a la puerta un buen momento, él miraba la habitación por encima de mi hombro, esperando que lo invitara a pasar.

—Sólo vine a devolverte el lápiz. —Lo puso ante mí, un cabito rojo en la palma de su mano.

—¿Sólo para devolverme esto? —dije, poniéndolo en evidencia. Sonrió, los hoyuelos formaron un paréntesis

116

en la comisura de los labios como si su sonrisa fuera un secreto entre los dos.

—Ajá —dijo, y nuevamente mostrando su mirada penetrante, echó un vistazo por encima de mi hombro.

Tomé el lápiz de su mano abierta y agradecí que sólo quedara una punta para que no hubiera podido leer mi nombre en letras doradas.

—Gracias —respondí, cambiando de posición y agarrando el pomo; unos sutiles movimientos que prologaban el cierre de la puerta.

Entonces soltó:

—¿Quieres almorzar conmigo un día de éstos?

—Claro, cualquier día. —La manera en que entoné «cualquier día» producía la impresión de que me refería a una circunstancia imposible.

No confiaba en ese tipo, no sabía cómo interpretarlo. No había ninguna palabra en mi vocabulario sobre el comportamiento humano que me permitiera clasificarlo. Llega diez minutos tarde a la primera clase, yo me esfuerzo por proporcionarle un lápiz, se burla de mí y ¡a las diez y media de la noche aparece ante mi puerta para devolvérmelo y me invita a almorzar!

—¿Qué tal mañana antes de clase?

—Mañana no tenemos clase.

—Eso nos deja tiempo para un almuerzo largo —respondió Rudy, con rapidez. No pude dejar de sentirme impresionada.

—Está bien —acepté moviendo la cabeza—. Mañana almorzamos.

Al día siguiente comimos juntos, estuvimos charlando hasta la hora de la cena y cenamos juntos. Así es como recuerdo el comienzo de mis relaciones en la universidad: esos obsesivos principios maratonianos. Resultaba difícil volver a la pequeña habitación y estudiar después de haber estado tan absorta. No obstante, eso fue lo que hice. Regresé y trabajé en mi soneto. Era un tratado de catorce líneas sobre la naturaleza del amor, pero durante todo el tiempo que estuve escribiendo, no podía dejar de pensar en cómo me escuchaba Rudy, mirándome a la boca, de una forma que me resultaba difícil prestar atención a lo que yo misma decía. En cómo fruncía los labios, como si le diera un beso de despedida a cada palabra que pronunciaba. En cómo su mano se había posado sobre mi cintura para guiarme por el comedor, entre un grupo de muchachos ruidosos de alguna fraternidad. Si admiramos a algunas personas por su originalidad con las palabras y a otras por su mente extravagante, a Rudy había que admirarlo por la relación instintivamente sexy que tenía con su cuerpo. Era el tipo de hombre que podía besar a una mujer detrás de la oreja y hacerla sentir que habían compartido alguna travesura sexual.

Al día siguiente, Rudy no entregó su soneto. Después de clase, mientras yo recogía mi cargamento de libros, oí cómo le decía al profesor que se había bloqueado y no pudo pensar en nada. El profesor era amable, estábamos en plenos años sesenta y, en aquel entonces, parecía comprensible que los jugos creativos no siempre fluyeran. Rudy le entregaría el soneto el lunes.

Pasamos casi todo el fin de semana juntos, escribiéndolo. Más bien, yo escribía los versos y luego los tachaba cuando no funcionaban o no rimaban, y Rudy producía las ideas. Era el primer poema pornográfico que escribía a cuatro manos, sin embargo, no supe que era pornográfico hasta que Rudy me explicó los juegos de palabras y los dobles sentidos. «La explosión de la primavera en las ramas», era el último verso. Eso quería decir que la primavera eyaculaba hojas verdes sobre los árboles, y que las nuevas flores brotaban erectas sobre el césped porque estaban excitadas. Todo eso me escandalizó. Yo era virgen, no sabía muy bien cómo funcionaban las relaciones sexuales y, de repente, alguien lo plasmaba en un poema, ¡el lugar que yo reservaba para los sentimientos profundos y sublimes! Me pregunto cuánto había de coqueteo velado en la soltura de Rudy, quien parecía estar encantado con las palabras y su significado. No sé, como ya dije, aún no había aprendido alguna de las estrategias que se utilizaban, no obstante, poco a poco iba poniéndome al día.

Recuerdo el cierre de cada una de las noches de ese fin de semana como un adiós prolongado. Todo empezaba cuando me daba cuenta de la hora, medianoche, la una, la una y media, y decía, «Bueno, me voy a acostar». Rudy asentía: «Yo también», pero luego no se movía de los pies de mi cama, junto al escritorio donde yo escribía. Era una habitación pequeña. Para abrir el clóset, había que rodear el escritorio si no querías terminar tumbado en la cama. «Yo también.» Me sonreía con esa ironía suya que siempre me hacía sentir tan tonta. Al final, le soltaba: «Es hora de que te vayas, Rudy». No me decía ni sí ni no, ni se excusaba por haberse quedado tanto. Sólo me clavaba los ojos con la mirada de alcoba y se levantaba, como si en lugar de salir acabara de entrar —tanto en su sentido antiguo como en el nuevo que acababa de aprender con él—, entrar del frío de la intemperie para pasar una noche de amor con su amada. Nos deteníamos en la puerta. Luego se inclinaba y me besaba detrás de la oreja a modo de despedida.

Fue también durante ese fin de semana, en una de nuestras prolongadas escenas de despedida, cuando me enteré de cómo se había ganado ese nombre tan extraño y pomposo. Tenía un abuelo alemán cascarrabias, al que nunca conoció, que había dejado a su nieto, aún por nacer, un fideicomiso con la condición de que lo bautizaran con su nombre.

—¿Y si hubieras sido una niña? —pregunté.

—No estaría pasándolo tan bien —respondió Rudy. Para entonces, los besos habían migrado de detrás de la oreja al cuello. Me estremecí cuando me trazó una gargantilla de besos antes de partir.

En el siguiente taller literario, nadie entendió mi soneto de amor sublimado, pero el de Rudy tuvo un efecto arrollador. De pronto, me pareció que el mundo no sólo estaba lleno de expertos en literatura en lengua inglesa, sino también de gente con mucha más experiencia de la que yo tenía. Por enésima vez maldije mis orígenes inmigrantes. Si hubiera nacido en Connecticut o en Virginia, entendería los chistes que todo el mundo hacía con los dos últimos dígitos del año 1969; me acostaría con alguien y fumaría hierba; también tendría padres bronceados que me llevarían a esquiar a Colorado por Navidad y soltaría exclamaciones en inglés, como «¡No jodas!», sin sentir que imitaba a alguien.

Rudy y yo nos vimos a menudo durante esa primavera. Además de las clases, comíamos juntos, y los fines de semana me invitaba a pasar la noche en su residencia para que pudiera asistir a las fiestas que se organizaban allá. Su edificio era contiguo al mío, ambos estaban conectados por una enorme sala subterránea, donde los fines de semana se celebraban fiestas alegres, sanas y vigiladas por el servicio de seguridad. Las verdaderas fiestas ocurrían en las plantas de los dormitorios masculinos. Los muchachos migraban de una habitación a otra, fumando un poco de hierba y bebiendo mucho. Había habitaciones pesadas, para probar ácido u hongos. Las velas llameaban, el incienso ardía en un intento infructuoso por encubrir el olor acre de la marihuana. En los estéreos atronaban los Beatles, Bob Dylan o The Mamas and the Papas. Para mí era un ambiente decadente, hasta entonces, toda mi experiencia en lo que a citas se refiera habían sido las fiestecitas de la escuela y las visitas de los muchachos en la sala de estar de la residencia donde vivía. Iba con Rudy, pero sólo bebía un par de sorbos del vaso desechable que me ofrecía, y no me atrevía ni a tocar las drogas. Me asustaba menos el efecto que pudieran tener sobre mi mente que lo que Rudy pudiera hacer con mi cuerpo mientras estuviera bajo su influencia.

Él se reía de mis miedos. Decía que sin mi consentimiento no podría hacer nada.

—¿Y qué hay de la violación? —pregunté, no era ninguna campesina ignorante.

—¡Por Dios! —respondió negando con la cabeza, sin poder creer con quién estaba—. ¡Mierda! ¡No voy a violarte! —Me hirió. Nunca nadie me había hablado de esa manera. Si mi padre hubiera oído a un hombre decir esas palabrotas frente a una de sus hijas, le habría pedido que saliera a la calle para defender su honor. Claro que yo también hubiera tenido que dar muchas explicaciones sobre qué hacía a medianoche, un sábado, en la planta de los dormitorios masculinos, con un cigarrillo en la mano y un vaso desechable con vino barato en la otra.

Después de pasar un buen rato recorriendo los cuartos de sus amigos, quienes se sentaban en grupitos con sus parejas, Rudy y yo emigrábamos a su habitación. Su cama era un colchón en el suelo, con la bandera de Estados Unidos extendida a modo de colcha, cosa que incluso yo, una extranjera, consideraba irrespetuoso. Nos acostábamos bajo la bandera, uno junto a otro, abrazándonos y besándonos, mientras la mano de Rudy exploraba lo que había bajo mi blusa. Pero si iba más abajo, me alejaba.

—¡No! —le decía—. Por favor, no.

—¿Por qué no? —me desafiaba o preguntaba de manera irónica, o seductora, o exasperada, según lo que hubiera bebido, fumado o ingerido. Mis propias respuestas variaban, dependiendo de los complejos que estuvieran más a flor de piel, así era como llamaba Rudy a mis rechazos: complejos. Lo que más me asustaba era quedar embarazada—. ¿Por el hecho de manosearte? —preguntaba con sarcasmo.

—¡Ay, Rudy!, no lo hagas más difícil —le rogaba.

—¿Qué quieres decir con eso de «no lo hagas más difícil»? Hay que llamar a las cosas por su nombre. Ésta no es una maldita clase de poesía.

Quizá, si Rudy, cuando intentaba hacerme el amor, se hubiera comportado como lo hacía en nuestras sesiones del taller literario, las cosas habrían llegado más pronto a donde él deseaba. Pero cuando estábamos en la cama perdía el sentido de la poesía. Su vocabulario me enfriaba pese a que ya empezaba a reconocer el placer en mi cuerpo. Si Rudy me hubiera dicho: «Dulce dama, tiéndete en mi amplia y mullida cama y déjame acariciar tu adorado y hermoso cuerpo», quizá le habría permitido acariciarme. Pero yo no quería que olvidara los preludios, que sólo fuera un polvo o un revolcón. No quería que la primera vez que llegaba a esa intimidad con un hombre me follara sin más.

Rudy tuvo mucha paciencia. Al tener que explicarme tantos detalles de su soneto, debió de darse cuenta de que yo «no sabía ni mierda», como decía. Para mí, vagina, cérvix y ovario eran sinónimos. Con unos diagramas me explicó mi anatomía; dibujó el pequeño óvulo bajando como el grano de arena de un reloj hacia la bolsa pegajosa del útero. Calculó cuándo había sido mi último periodo, cuándo había ovulado aproximadamente, qué noche sería el momento seguro del mes. Todas sus lecciones terminaban igual: «no quedarás embarazada». Aun así, no quería acostarme con él.

—¿Por qué? ¿Qué te pasa? ¿Eres frígida o algo así?

Otra preocupación. Justo cuando me había quitado de encima el temor a quedar embarazada por mera aproximación, o a que Dios me maldijera y muriera al instante, entonces empezaba a preguntarme si mi educación me había desconectado algunos nervios vitales.

—Es sólo que no me parece bien en este momento —dije.

—¡Por favor, llevamos un mes juntos! —contestó Rudy—. ¿Cuándo te parecerá bien?

—Pronto —le prometí, como si supiera cuándo llegaría ese momento.

Pero ese «pronto» no llegó lo suficientemente pronto. Había logrado que pasara toda la noche con él. Me despertaba temprano y no me atrevía a moverme por temor a que Rudy amaneciese con ánimo amoroso y aquello acabara en una nueva discusión tempranera. Examinaba el cuarto, que era tan pequeño como el mío. Junto a su cama, podía ver la libreta donde había dibujado los diagramas en forma de reloj de arena. Me tocaba la barriga para asegurarme de que seguía intacta. En la pared gris que quedaba frente a la cama, Rudy había clavado un tablero de corcho. Colocó los banderines de sus equipos de esquí favoritos y fotos de su familia —todos en fila esquiando en la cima de una montaña—. Sus padres parecían tan jóvenes y despreocupados, como compañeros de universidad. Los míos, chapados a la antigua, aún me avergonzaban los fines de semana que me visitaban en la universidad. Mi padre con su grueso bigote, su traje de tres piezas y su sombrero de fieltro, mi madre con uno de esos trajes sastres que compraba especialmente para cuando nos visitaba y los complementos demasiado coordinados: el bolso y los zapatos altos de charol los guardaría de nuevo en las bolsas de plástico que usaba para colocar las cosas en el clóset, una vez hubiera regresado a casa. Me maravillaban unos padres tan jóvenes. No me sorprendía que Rudy fuera desinhibido, o que su acné adolescente no le hubiera dejado cicatrices en la autoestima, o que no le acobardara su nombre. Sus padres lo alentaban para que tuviera experiencias con jóvenes de su edad, poniendo mucho cuidado, eso sí. Él les había contado que salía con «una chica hispana», ante lo que sus padres opinaron que debía resultarle interesante aprender de personas de otras culturas. Me molestó que me vieran como una especie de lección de geografía para su hijo. Pero entonces, aún me faltaban palabras para explicar, ni siquiera a mí misma, qué era lo que me incomodaba de ese comentario.

Los vi sólo una vez, justo antes de las vacaciones de primavera e, irónicamente, en el capítulo final de mi relación con Rudy. La noche antes de marchar de vacaciones, Rudy y yo tuvimos otro de nuestros enfrentamientos en su cama. Rudy encendió la luz y se sentó en el colchón, con la espalda contra la pared. Estaba desnudo. Yo tenía puesta mi vieja bata de manga larga, que Rudy llamaba «el camisón de monja». Entre la luz de la luna y la que entraba de la calle por la ventana, vi su cuerpo bellamente esculpido por el claroscuro. Lo deseaba, pero también añoraba otras muchas cosas además de ese cuerpo. Rudy debía presentir que jamás me lo entregaría. Le agobiaba la frustración, me dijo. Yo era cruel y no entendía que, a diferencia de lo que le sucede a las mujeres, a los hombres les resulta doloroso no tener relaciones sexuales. Pensaba que era el momento de cortar la relación. Se me saltaron las lágrimas y le supliqué: quería sentir que las cosas iban en serio antes de hacer el amor.

—¿En serio? —hizo una mueca—. ¿Y qué tal si lo hacemos para divertirnos? Sabes lo que es divertirse, ¿no? —Le pregunté qué tenía que ver divertirse con desflorar. Él siguió—: Es decir, ¿no crees que el sexo sea divertido? —Rudy me miró como si finalmente entendiera cuál era la raíz del problema.

—Claro —le dije—. Es divertido si es lo correcto.

—Pero él negó con la cabeza. Había visto en mi interior.

—¿Sabes? —añadió—. Pensé que tendrías la sangre caliente, ¡eres hispana!; que debajo de toda esa mierda católica serías libre de verdad y no una acomplejada, como las niñas de los bailecitos de secundaria. Pero eres peor que una maldita puritana.

Sentí que me hería hasta la médula. Me levanté y me eché el abrigo sobre la bata, recogí mi ropa y salí de la habitación, con cierta esperanza de que él viniera tras de mí para decirme que realmente me amaba y que, después de todo, estaba dispuesto a esperar lo que yo necesitara.

Pero no vino a mi cuarto ni se metió en mi cama para abrazarme en medio de la noche vacía y sin fin. Dormí poco. Vi lo fría y solitaria que sería la vida que me aguardaba en este país. Jamás encontraría a nadie que entendiera mi peculiar mezcla de catolicismo y agnosticismo, de costumbres hispanas y americanas. Si me hubieran educado dentro de la tradición de los animales de peluche, habría abrazado a mi oso o perro o conejo, y lo habría bañado de lágrimas durante toda la noche. En lugar de eso, hice algo que, pese a ser católica no practicante, solía repetir la víspera de un examen para atraer la buena suerte. Abrí mi gaveta, saqué el crucifijo que ocultaba entre la ropa y lo metí bajo mi almohada, allí lo dejé toda la noche. Ese enorme crucifijo había sido un amuleto que me hacía sentirme a salvo. Cuando llegué a Estados Unidos, pasó las noches conmigo durante muchos años. Había dormido con él tantas veces que finalmente el Cristo se despegó, lo sujeté con una goma elástica.

Rudy no fue a buscarme al día siguiente. Me topé con él cuando salía con sus padres y yo me dirigía a tomar un taxi que me llevaría al autobús rumbo a casa de mis padres, en Nueva York. Tenía sueño, había llorado mucho, no me volví a mirar cuando sentí los ojos de Rudy sobre mí. Sus padres monopolizaron la conversación, hablándome excesivamente despacio, como si no los entendiera. Me felicitaron porque hablaba inglés sin acento y señalaron que mis padres debían sentirse muy orgullosos de mí. Cuando nos despedimos, miré a Rudy, aunque estábamos a la intemperie, aún lo recordaba en su habitación, con esos ojos de mirada incitante.

Después de las vacaciones no volví a ver a Rudy con frecuencia. No se sentó junto a mí en clase; sus poemas para el taller literario se hicieron muy directos y cariñosos, un poema de amor tras otro. ¿Estaba tratando de decirme que de verdad se había enamorado de mí? Entonces, ¿por qué no volvía a pasar por mi cuarto? Empecé a inventarle excusas. Sí, había pasado, yo no estaba y él no se atrevía a dejar una nota. Era muy tímido para sentarse a mi lado en clase. ¡Temeroso, tímido! ¡Rudolf Brodermann Elmenhurst III! ¡Cómo nos mentimos cuando nos enamoramos del hombre equivocado!

Claro, yo habría podido ir en su busca, decirle lo que sentía por él, y que me asustaba mantener relaciones sexuales con alguien que lo llamaba «echar un quiqui». Pero aún creía que el hombre era quien tenía que hacer los movimientos en el cortejo. Guardé las distancias, esperé, fantaseé, confundiéndome. Rudy me devolvía las copias de mis poemas con breves observaciones triviales, yo las leía y releía en busca de un sentido escondido.

«Bien» o «No entiendo este verso» o «Bonitos detalles». Las copias de sus poemas volvían a él con largos y elogiosos comentarios por mi parte. Me fui recluyendo cada vez más y evitaba los lugares a los que solíamos ir por temor a encontrarme con él. Sin embargo, casi nunca coincidíamos y, cuando eso sucedía, siempre me deslumbraba con su sonrisa irónica y segura; me saludaba con un brusco «¿Cómo estás?». A mí en cambio, se me ponían los pelos de punta por todo lo que sentía, y fingía no verlo.

Se acercaba el baile de primavera. No sé por qué seguía pensando que Rudy terminaría invitándome a ir con él. Era el acontecimiento romántico que culminaba el año académico, y me parecía, tan fantasiosa, que sería el vehículo perfecto para nuestra reconciliación. Lo recreaba en mi imaginación. Bailaríamos toda la noche. Hablaríamos y nos confesaríamos cuánto nos habíamos echado de menos. Yo regresaría a su habitación. Haríamos el amor, sería mi primera vez, luego, follaríamos con esas posturas de las que me había hablado, nos revolcaríamos, fornicaríamos…, utilizaríamos todos los sinónimos que le gustaban a Rudy para nombrar al sexo.

En la realidad, el día se acercaba, y luego la noche, y yo aún abrigaba esperanzas. El baile sería en la sala que compartían los dos edificios; cuando oí a la banda tocar, bajé las escaleras hasta un descansillo desde el que podía contemplar, sin ser vista, a los asistentes. Era un grupo variado: los chicos de las fraternidades, conservadores, vestidos de esmoquin y sus parejas con unos elaborados vestidos de fiesta, los nuevos *hippie* con ropa hindú estampada, vaqueros y tenis y, quizá para añadir un destello incongruente, un corbatín. Vi las figuras bailando de forma extravagante, las luces que se encendían y se apagaban, la banda que tocaba. Todos parecían inmersos en un ritmo del que yo no formaba parte. Luego vi a Rudy entrar en la sala con un vaso en la mano, sin duda, lleno de algo con toques de alcohol o de ácido. Mi corazón se habría regocijado si hubiera habido una pausa entre la primera visión de su figura conocida y la de la otra silueta colgada de él. A duras penas lograba distinguirla, no sabía quién era, pero por la manera en que se aferraban y se apoyaban uno contra otro, supe, en primer lugar, que ella era la amada de sus poemas y, en segundo, que era la amada de su cama. ¡Sólo habían pasado unas pocas semanas desde que terminó conmigo! Quedé destrozada. Por segunda vez en nuestra relación volé escaleras arriba, la vez anterior había sido el broche a nuestro primer encuentro.

Y la historia continúa. Es algo que siempre sucede en la vida real. Unos cinco años después, yo estudiaba un postgrado al norte de Nueva York, era poeta, bohemia y demás. Había tenido un par de amantes. Usaba métodos anticonceptivos. Supongo que había resuelto el asunto del pecado y del alma al alejarme de mis antecedentes católicos recalcitrantes, y había cambiado mi alma inmortal por una especie de alma melancólica. Me mostraba original y sórdida, como quien ha surgido de leer demasiado a Carlos Castañeda, a Rilke y a Robert Bly, como quien se ha metido muchos ácidos con un tipo que decía ser su alma cósmica gemela de una vida anterior.

Una noche recibí una llamada de Rudy. Sus padres vivían muy cerca y había leído en el boletín estudiantil que estaba en la universidad. ¿Podía ir a verme? Claro, le dije. Me preguntó si esa misma noche. Ya eran las nueve y media. Volvía con los mismos trucos de siempre. No obstante me conmovió su persistencia. «Claro», le dije, «ven».

Y llegó. Traía una botella de vino caro. En la puerta le di un abrazo amistoso, pero él me retuvo entre sus brazos más tiempo del necesario. Me puse nerviosa y conversadora. Sus rasgos de niño malo siempre me convertían en una niña buena y vivaz. Lo senté en la única silla y le pregunté sobre los cinco años que habían pasado desde la graduación. Suspiraba mucho, estiraba las piernas, hacía sonar los nudillos de las manos. Por último, me interrumpió diciendo:

—Oye, por Dios, he esperado cinco años, parece que tú has superado tus complejos. Vamos a la cama.

Lo eché con cajas destempladas de mi casa. Aún me ofendía que sólo quisiera acostarse conmigo y zanjar el asunto. Católica o no, todavía creía que era un pecado el que un tipo apareciera, después de cinco años, con una botella de vino caro, convencido de que bebería de su mano. Un tipo que me había dejado, que convirtió mi despertar sexual en una pesadilla poblada de dudas sobre mí misma. Durante un instante, mientras lo miraba subirse al carro, sentí de nuevo todas aquellas antiguas dudas.

Sobre la mesa había quedado la botella de vino. Yo tenía uno de esos sacacorchos baratos. En aquellos tiempos comprábamos garrafas de vino Gallo que se podían abrir con la mano. Introduje el sacacorchos lo más profundo que pude, no supe hacerlo bien. Cada vez que sacaba el tirabuzón, recibía una lluvia de corcho, y el resto seguía atascado en el cuello de la botella. Al fin logré meterlo hasta ver la punta del tirabuzón, a través del vidrio de la botella, que asomaba más allá del fondo del corcho. Puse la botella entre mis piernas y tiré con tanta fuerza que saqué el corcho desmenuzado y me bañé en costoso vino de Burdeos. «Mierda —pensé—. Esta mancha no se quitará.» Llevé la botella a la boca y bebí un gran sorbo torpe, como si fuera una mujer decadente y licenciosa que acababa de despedir a un amante que no la había satisfecho.

SEGUNDA PARTE

1970-1960

Una rebeldía común y corriente,
Carla, Sandi, Fifi y Yoyo

Mami y Papi tuvieron tarjeta de residencia durante tres años, casi cuatro, y nosotras no veíamos la hora de volver a casa. Luego, Papi hizo un viaje a la isla para probar, y estalló una revolución. No muy grande, pero aun así una revolución.

Regresó a Nueva York recitando el juramento a la bandera de Estados Unidos y diciendo:

—¡Me doy por vencido, Mami! Nuestro país no tiene esperanza. Me convertiré en un *dominican-york*. —Así que Papi levantó la mano derecha, juró defender la Constitución de Estados Unidos, y aquí nos quedamos.

Podrán imaginar que las cuatro hermanas palidecimos, lloramos y entre gimoteos suplicamos regresar a casa. No creíamos tener lo mejor que podía ofrecernos Estados Unidos. Todas nuestras cosas eran de segunda mano: casas alquiladas, una tras otra, en barrios católicos intolerantes, ropa de Round Robin, una tele en blanco y negro con rayas que distorsionaban la imagen. Apiñados en esas casitas de suburbio, debíamos someternos a reglas tan estrictas como las demás niñas de la isla, pero no había isla que compensara la diferencia. Luego sucedieron unas cuantas cosas extrañas. Carla se topó con un pervertido. En la escuela nos lanzaban todo tipo de epítetos desagradables —*spic*, bola de grasa—. Una amiga de Sandi la convenció para que probara un Tampax y Mami se enteró. Cosas de ese estilo, de modo que, al poco tiempo, mi madre escribía a escuelas sólo para niñas, donde pudiéramos conocer la clase media americana y mezclarnos con ella.

Terminamos en una escuela con la flor y nata de la sociedad, la niña Hoover y las gemelas Hanes, las chicas Scott y la muchachita Reese, que recibía todas las semanas unos paquetes increíbles con productos de belleza. Allí nadie era tan torpe como para preguntar: «¿Tu familia es la que fabrica aspiradoras?». (Bastaba con ver la manera en que Madeline Hoover, incómoda, arrugaba la nariz frente a nosotras para entender el parentesco.) En todo caso, conocimos a chicas de clase adecuada, pero a ellas no se las veía muy dispuestas a admitirnos en su círculo.

Teníamos cierta fama, que se creó a través de las suposiciones de las niñitas ricas y nuestro propio silencio. El apellido García de la Torre no significaba nada para ellas, pero esas bellezas con nombre de marca daban por sentado que, al igual que todos los estudiantes extranjeros de sus internados, éramos asquerosamente ricas y estábamos emparentadas con algún dictador. Nuestros privilegios tenían un tufillo a maldad y misterio, mientras que los de ellas llegaban en paquetes identificables de pantys y dulces y aspiradoras y cajas de kleenex.

Aunque nos sintiéramos como peces fuera del agua, al menos habíamos escapado de la amenaza de un dilema y caímos en una especie de alfombra roja, como diría

Mami. Había un largo viaje en tren hasta el internado de Boston, que también lo hacían los chicos. Aprendimos a falsificar la firma de Mami, eso nos permitió hacer lo que nos viniera en gana durante los fines de semana, bailar, ver partidos de fútbol americano, o construir muñecos de nieve. Nos besábamos con muchachos y el resultado no era un embarazo. Fumábamos sin que nadie nos oliera ni riñera. Empezamos a desarrollar el mismo gusto por la buena vida que los jóvenes americanos y, al poco tiempo, la isla pasó a ser un recuerdo sin atractivo.

La isla significaba una multitud de primas pendientes del pelo y de las uñas, «carabinas», y unos muchachos empalagosos con andares de machos y la camisa desabotonada, dejando al descubierto el pecho peludo, surcado de cadenas de oro y diminutos crucifijos. Tras un par de años lejos de casa, estábamos perfectamente adaptadas. Y claro, apenas lo logramos, Mami y Papi se preocuparon porque sus hijas en este país se desviarían del buen camino.

En la isla, las cosas se habían calmado y Papi, en su consultorio del Bronx, había empezado a ganar un buen dinero. El siguiente paso era obvio: las cuatro pasaríamos los veranos en la isla para no perder el contacto con la familia. El plan secreto era casarnos con muchachos dominicanos. Todo el mundo sabía que si una dominicana se casaba con un americano, los bebés hablarían inglés y pensarían que la isla sólo es un lugar donde broncearse.

Cada año, las cuatro nos resistíamos a los planes de verano. No nos importaba pasar en la isla un par de semanas, pero ¡el verano entero!

—¿Acaso tienen algo mejor qué hacer? —preguntaba Mami. Pues claro que sí, muchas cosas si Papi y ella nos hubieran dejado hacerlas.

Trabajar era algo que no entraba en los planes (un jefe que contrata a una jovencita sólo busca una cosa, sin importarle si su apellido es Hoover). El verano era la temporada para estar con la familia, con la familia en grande, una familia como una gran isla, con un primo aquí, otro allí, allá donde mirásemos había un primo haciendo además de darnos un beso.

En invierno, cuando alguna de nosotras se pasaba de la raya, Mami y Papi repetían la vieja advertencia:

—Tal vez lo que necesitas es pasar una temporada en casa para que aprendas a comportarte.

Y nos enderezábamos muy rápido, o al menos eso fingíamos. A veces los padres toman decisiones radicales: no sólo enviarían a la isla a la hija mala sino a las cuatro.

Cuando estábamos terminando el *college* —las tres mayores fuimos al mismo colegio femenino—, diseñamos un sofisticado y complejo código, un sistema oculto, como el que utilizaban Papi y su grupo para conspirar contra el dictador. Los padres tenían por costumbre llamarnos los viernes o sábados por la noche, poco antes de las diez, antes de que cerraran la centralita. Nos turnábamos a la hora de contestar esas llamadas. Pero parecían brujos y siempre hacían la primera llamada a la hija que no estaba en su habitación, entonces pedían hablar con otra, que tampoco estaba. La tercera, la que permanecía «de guardia», recibía la última llamada. Lo primero que le preguntaban era: «¿Dónde están tus hermanas?». En la biblioteca estudiando o en una tutoría de cálculo.

Manteníamos en secreto casi todo lo que hacíamos, pero solían descubrirnos y, entonces, tratábamos de rotar en el banquillo de los acusados.

A Fifi ya la habían acusado de fumar en el baño. (Siempre abría la ducha, como si fumar fuera una actividad ruidosa cuyo alboroto hubiera que ahogar.)

Carla tuvo problemas con una crema depiladora. (A Mami casi le da un ataque, sentenció que cuando se empieza con eso, no hay manera de parar, el vello sale cada vez más grueso y feo. Hizo que aquel asunto pareciera un delito.)

A Yoyo le cayó una buena por llevar a casa el libro clásico del feminismo *Our Bodies, Our Selves*. (Mami no lograba precisar qué era lo que le molestaba del libro, pues no había hombres en él. Las ilustraciones mostraban mujeres y el cuerpo femenino, así que no se trataba de sexo en sentido estricto, como lo había entendido Mami hasta entonces. Pero había mujeres explorando «su cuerpo y sus funciones» además de todo un capítulo sobre lesbianas. Cosas de las que hay que avergonzarse, había dicho Mami al ver las ilustraciones.)

A Sandi también le tocó lo suyo cuando unos tíos fueron a visitarla un domingo por la mañana al *college* y aún no había vuelto de la tutoría de cálculo a la que había acudido el sábado por la noche.

Era una rebeldía corriente: escaramuzas constantes. Hasta el momento en que disparamos al blanco y logramos alcanzar el premio: si no nuestras vidas, al menos nuestros veranos empezaron a ser nuestros.

El último verano que nos enviaron a casa comenzó como todos los demás. La noche antes del viaje, las cuatro nos quedamos despiertas hasta tarde, haciendo maletas y charlando. Sandi puso una conferencia a su novio y, dándonos la espalda, le susurró cosas como «Yo también». Nos pusimos bastante incisivas, y decidimos imitar a los tíos, tías y primos que veríamos a partir del día siguiente. A lo mejor era una manera de quedar a mano con la gente que tendría poder sobre nosotras durante todo el verano. Jugamos con sus nombres y los tradujimos literalmente al inglés para que sonaran ridículos. Tía Concha quedó convertida en *Aunt Conchshell* y tía Asunción en *Aunt Ascension*; tío Mundo se volvió *Uncle World*; y Paloma, la prima modelo, *Pigeon*, por resentimiento contra ella hasta le pusimos *Toed* de apellido, para que el resultado fuera «Dedos de Paloma».

Casi a medianoche, Mami apareció por el pasillo con las pantuflas, los calcetines al tobillo, y el gorro que ocultaba los rulos.

—Ya basta, niñas —dijo—. Tienen un largo viaje por delante y deben dormir.

Las cuatro pusimos cara triste para reforzar la idea de que el viaje era una obligación.

Y ella nos soltó un sermón animoso sobre la familia y la importancia de las raíces. Al fin se fue a la cama y se durmió, o al menos eso pensamos. Aun así, aunque en voz baja, seguimos conversando.

Fifi alzó una fundita con restos de hierba café-verdosa.

—Bueno, es hora de votar —dijo—. ¿La llevo o no?

—No —respondió Carla. Su ropa de dormir era la antítesis de la de Mami. De hecho, Carla parecía casi formal con la bata de algodón que la cubría del cuello a los pies. Una cinta amarilla le mantenía el pelo alejado de la cara—. Si se dan cuenta en la aduana, tendremos problemas gordos. Y recuerden que *Uncle World* está en el Gobierno, el asunto saldría en todos los periódicos.

—No seas tan mojigata, Carla —la provocó Sandi—. Piensa que el tío allí es todo un personaje, así que no tendremos que pasar por la aduana. Apenas sepan que somos las señoritas García de la Torre nos harán reverencias. —Hizo un gesto con la mano como si nos estuviera presentando ante la corte del rey Arturo.

—Podrías usar el truco de las compresas —sugirió Yoyo, pensando que sería agradable tener un poco de marihuana para fumar cuando se aburrieran en la isla. «Pon una capa de toallas sanitarias sobre cualquier cosa que quieras esconder —le recomendaron una vez sus primas—, y los inspectores de aduanas no se atreverán a registrarlas.»

—¿Quién sigue usando compresas? —preguntó Fifi—. ¿Funcionará con Tampax?

—Probablemente, esos tipos ni sepan qué son. —Sandi sacó uno de la caja. Fingió un registro, desgarró la envoltura de papel y trató de morder el extremo del Tampax, como hacían nuestros tíos con los cigarros.

Estallamos en risa, soltamos las estruendosas carcajadas que reprimíamos desde que Mami salió. Al momento oímos pasos en el pasillo. Justo antes de que la puerta se abriera, Fifi, que aún tenía la bolsita de marihuana en la mano, la lanzó detrás de una estantería, allí quedó olvidada con las prisas de la mañana siguiente, antes de tomar el avión a mediodía.

No habían pasado tres semanas desde la llegada a la isla cuando Mami llamó. Tía Carmen se acercó chapoteando por la piscina hasta donde nos encontrábamos, para contarnos que nuestra madre estaba en camino y que venía con la intención de hablar largo y tendido con nosotras. La tía admitió que sí, que algo andaba mal, pero que le había prometido a nuestra madre guardar el secreto. Era tremendamente religiosa, así que sabíamos que no lograríamos sacarle ni una pista si había empeñado su palabra. Como consuelo nos aconsejó: «Busquen en sus conciencias».

Estuvimos hasta muy tarde aquella noche repasando los pecados recientes que habíamos cometido con las primas.

—Lo único que se me ocurre —propuso Yoyo—, es que hayan leído nuestra correspondencia.

—¿Quizá llegaron las notas? —sugirió Fifi.

—O la factura del teléfono —añadió Sandi. Su novio vivía en California.

—Me parece que no es justo que nos dejen así, en ascuas. —La cabeza de Carla estaba erizada de ganchos y pinchos como si la hubieran cableado para hacer un experimento. En la isla, el pelo se le encrespaba y todas las noches lo alisaba y luego se hacía la toga, enrollándolo alrededor de la cabeza.

—Busquen en su conciencia —dijo Sandi con voz de ultratumba.

—Ya lo hice, ya —bromeó Fifí—. El problema no es que no tenga nada de qué preocuparme, sino que encuentro demasiadas cosas.

Pasamos el resto de la noche confesándoles a nuestras primas, tan vigiladas por todos, las travesuras que habíamos hecho allá en la patria de los valientes y la tierra de la libertad.

Nunca se nos ocurrió pensar en la fundita de hierba, casi vacía, que había caído tras el mueble. Mami tenía una sirvienta isleña que vivía con nosotros en Estados Unidos, y Primitiva había encontrado el paquete. Primi, que hacía prácticas de santería, usaba fundas semejantes para guardar los polvos y pociones que preparaba contra algún dolor o a fin de alejar a una mujer rival. Sin embargo, le pareció un misterio que las niñas tuvieran una funda con orégano en su cuarto, mejor sería que su señora lo resolviera.

Reconstruimos lo sucedido a partir de lo que, más tarde, nos contaría Primi. La primera reacción de Mami fue de rabia porque habíamos quebrantado la regla de no comer en las habitaciones. (¿El orégano era comida?) Pero cuando abrió la funda, olió el contenido y metió el dedo para probar una pizca, Primitiva hizo lo mismo, quedaron atónitas. ¡La temida e ilegal marihuana de la que tanto hablaban en los informativos! Mami estaba segura. Así se vio, desde que llegamos a la pubertad, se había preocupado hasta el colapso por salvaguardar nuestra virginidad en aquella tierra de salvajes y disolutos y, sin embargo, el vicio llegaba por otro orificio, al otro extremo del cuerpo, que no vigilaba en absoluto.

De inmediato se puso en contacto con tío Pedro, un psiquiatra al que considerábamos nuestro tío por el cariño que sentíamos hacia él, y tenía una consulta en Jackson Heights. A tío Pedro siempre se le consultaba cuando una de nosotras se metía en problemas. Sin duda alguna, identificó el orégano como marihuana, y con ello disparó la imaginación de Mami. Para cuando llegó a la isla, cuarenta y ocho horas después de encontrar la fundita, éramos adictas, unas perdidas, amantes de hombres casados y bebés ilegítimos en camino. Conservaba la ligera esperanza de que la bolsa perteneciera a cualquier trabajador o a alguna visita. Tras descubrir la verdad, no se la confesó a Papi para evitarle el ataque al corazón que lo hubiera matado de haberse enterado.

Como nos habían pillado por sorpresa, no teníamos ningún plan. Al principio, Carla hizo un vago intento de desacreditar a tío Pedro, dijo que cuando terminábamos las consultas nos daba largos abrazos y una palmada en el trasero.

—Es un viejo verde —lo acusó—. Además, ¿qué sabe San Pedro de la hierba?

—¿Hierba? —se extrañó Mami—. Esto es marihuana.

Carla se contuvo.

Antes de que pudiéramos ingeniar alguna disculpa, Fifi nos sorprendió al admitir que la funda era suya. Al instante, todas nos pusimos de su lado, asumiendo la culpabilidad:

—También es mía —insistía Yo.

—Y mía —interrumpieron Carla y Sandi.

Con cada grito de «Es mía», la mirada de Mami pasaba de una a otra, confirmando que otra más de sus hijas era mala. Puso la cara trágica de *Madonna con prole de delincuentes*.

—¿Todas ustedes? —preguntó con voz grave y molesta.

Fifi dio un paso adelante.

—Fui yo la que la puso ahí. Ellas —nos señaló—, ellas no tuvieron nada que ver.

En sentido estricto, tenía razón. Era su funda. Nosotras habíamos probado la hierba dando unas caladas a algún porro de nuestros novios o cuando circulaban por entre un grupo de amigos. Sin embargo, había algo adverso en el hecho de que Fifi asumiera toda la culpa, siempre compartimos lo bueno y lo malo. Se disculpó con vehemencia y defendió su posición de forma contundente: el castigo le correspondía sólo a ella, sus hermanas no debían recibirlo. Sorprendentemente, Mami estuvo de acuerdo. Eso sí, nos pidió que no contáramos nada a Papi, si no queríamos que nos confinara en la isla. Es posible que Mami hubiera iniciado su propia mini rebeldía, y si el comportamiento de sus niñas atraía la atención del padre, ésta también recaería sobre ella.

Desde hacía poco tiempo había empezado a tomar decisiones, asistió a cursos para adultos sobre bienes raíces, economía internacional y administración de empresas, soñaba con tener una vida propia, más allá de la familia. Aún se mantenía apegaba a las costumbres tradicionales, pero empezaba a mordisquear el fruto prohibido.

En todo caso, aceptó que las tres mayores volviéramos a la misma escuela cuando terminara el verano. A Fifi le ofreció la posibilidad de escoger entre quedarse en la isla un año, en casa de tía Carmen, o volver a Estados Unidos, pero no al internado. Tendría que vivir en casa y asistir a algún colegio católico cercano.

Fifi prefirió quedarse. Mejor ser una más entre la docena de primas que cargan con «carabina», pensó, que quedarse sola en casa, donde Papi y Mami la vigilarían constantemente y el tío Pedro le pondría la mano en el trasero.

—Además, quiero ver cómo son las cosas aquí. A lo mejor me gusta —dijo, justificando su decisión ante nosotras.

Era la hermana menor, por lo tanto era la que menos vínculos estableció con la isla antes de que, hacía unos diez años, nos marcháramos repentinamente hacia el exilio.

—Por otra parte —añadió—, en Estados Unidos no soy feliz.

—¡Por Dios, si estás en plena adolescencia! —Carla, que había decidido encaminarse hacia la psicología, ya nos analizaba con una cierta frecuencia—. Se supone que debes estar descontenta y confundida. Eso quiere decir que eres normal, que estás adaptada. Quedarte aquí sólo empeorará las cosas, ¡te lo garantizo!

—Quizá no, tal vez te sorprendas —respondió Fifi.

—Te pasarás el año subiéndote por las paredes —le advirtió Carla.

Permanecimos con la mirada puesta en el alto muro de piedra, más allá de la piscina. Una sirvienta había tendido su ropa interior en el muro. En la copa de un sostén, una lagartija, cuya cabeza apenas alcanzábamos a distinguir, desplegaba el cuello como si acabara de fumar hierba y estuviera reteniendo el humo hasta que las diminutas células de su cerebro chispearan.

En Navidad, estamos locas por tener noticias del exilio de Fifi. Mami nos cuenta que nuestra hermana se ha aclimatado a la isla maravillosamente bien, recibe clases de taquigrafía y mecanografía en la escuela de comercio de la Fundación Ford, además, sale con un chico agradable, un buen partido.

Esa situación resulta peligrosa para nosotras. Papi tiene una hija repatriada, en cualquier momento puede decidir sacarnos a todas del *college* y enviarnos de vuelta a la isla. A lo que hay que añadir, por muy aterrador e increíble que parezca, el hecho de que Fifi, la rebelde, haya cambiado tanto. Carla dice que es una reacción casi esquizoide como respuesta a un cambio cultural traumático.

En cuanto nos bajamos del avión, comprobamos que Mami no exageraba. Fifi, que ha ido al aeropuerto a recibirnos, es un tintineo de pulseras con una cascada de rizos de peluquería sujeta a un lado por medio de un gran gancho de pelo dorado. Tiene las pestañas oscurecidas con rímel, lo que hace que sus ojos adquieran una expresión de sorpresa ante su buena suerte. Fifi, la misma que solía peinarse de un modo tan personal, con dos trenzas que en épocas de calor se prendía a la cabeza como una lechera austriaca. Fifi, la que nunca se maquillaba, ni se arreglaba en absoluto. Ahora parece la persona del «después» de esos reportajes de «Antes y Después» de las revistas. Mami había calificado de elegante el nuevo estilo de Fifi, pero a nosotras se nos ocurren otros adjetivos.

147

—Se convirtió en una PHA —murmura Yoyo. Una princesa hispano-americana.

—¡Dios mío, Fifi! —nos sorprendemos al saludarla, mirándola de arriba abajo.

—¿Dónde está la fiesta? —dice Sandi bromeando.

—Si no pueden decir algo amable... —responde Fifi, a la defensiva. Su pequeño bolso de charol hace juego lastimeramente con los zapatos de tacón.

—¡Oye, oye! —Le damos uno de nuestros abrazos de grupo—. No pierdas tu sentido del humor con nosotras. ¡Estás fabulosa!

—No me alboroten el peinado —se molesta Fifi, dándose palmaditas en los rizos como si fueran un sombrero. Pero sonríe—: ¿A que no adivinan? —Nos mira de una en una.

—Estás saliendo con un chico agradable —decimos a coro.

Fifi se sorprende y ríe.

—Ya les fueron con el chisme, ¿no? —Asentimos. Luego empieza a explicarnos que el chico en cuestión es uno de nuestros primos, Manuel Gustavo—. Un primo simpático —añade con rapidez.

—¿Un primo? —Conocemos a la mayoría de nuestros primos y de éste no sabemos nada.

—Un primo de los del clóset —dice Fifi, buscando una foto en su cartera—. Uno de los ilegítimos.

¡Qué bien! Hacemos las cuatro la V de la victoria. Pese a todo, es una rebeldía de guerrillas. En cierto modo, temíamos que Fifi estuviera cediendo ante la presión familiar y se convirtiera en una simpática jovencita tercermundista. Pero imposible. Sigue siendo la misma de siempre.

Fifi nos cuenta toda la historia de Manuel Gustavo. Su padre es el hermano de nuestro padre, el tío Orlando, quien mantuvo una relación con una campesina, vecina de una de sus fincas, con la que tiene seis hijos. Por supuesto, la tía Fidelina, su esposa, una mujer muy dulce y consagrada a la Virgen, «no tiene idea» de las infidelidades del tío Orlando. Sin embargo, ahora que Manuel Gustavo está a punto de salir a la luz, por decirlo de alguna manera, su padre tendrá que ofrecer alguna explicación, casi como de concepción inmaculada. ¿Quién es el joven que visita a su sobrina?, quiere saber tía Fidelina. ¿De dónde viene? ¿A qué familia pertenece? Otro tío, Ignacio, ofrece asumir que Manuel Gustavo es su propio hijo ilegítimo. Nunca se ha casado y siempre han bromeado sobre su homosexualidad. Así que los dos hombres sacan beneficio del problema que supone un hijo bastardo. Según Fifi, la alta sociedad, las damas de la oligarquía que forman un club no muy distinto a cualquier club de campo, está encantada con esos chismes tan jugosos.

—No tienen nada mejor que hacer —concluye, levantando la barbilla. Desde ese momento, Manuel Gustavo pasa a ser nuestro primo preferido.

Podría ser un doble de Papi joven y guapo, se parece mucho a nosotras, tiene las mismas cejas de la familia, los pómulos prominentes, la boca llena y generosa. En pocas palabras, podría ser el hermano que jamás tuvimos. Cuando entra a toda velocidad en el residencial, haciendo rugir el motor de la camioneta, todas corremos hacia el camino para recibirlo con besos y abrazos.

—Niñas —dice tía Carmen frunciendo el ceño—, ésa no es manera de recibir a un hombre.

—Oigan —grita Fifi, secundándola—. ¡Lejos de él, que es mío!

Nos reímos, pero seguimos mimándolo, acogiéndolo como si nunca hubiéramos vivido en Estados Unidos o leído a Simone de Beauvoir o planeado vidas propias.

Pero a medida que pasa el tiempo, Fifi se va volviendo cada vez más introvertida y se la ve alerta. Todos los días hay pequeñas riñas y malas caras y encogimiento de hombros porque una de nosotras rodeó a Manuel con el brazo o porque estuvo charlando demasiado tiempo con él sobre la producción de la caña de azúcar.

Para tranquilizarla, nos sosegamos y nos mostramos más reservadas con él. Desde esta nueva distancia, observamos mejor el panorama y nos damos cuenta de que no es muy halagüeño. El encantador Manuel es más bien un tiranuelo, una especie de Papi y Mami en miniatura, combinado en una sola persona. No deja que Fifi use pantalones en público ni que hable con otro hombre; no puede salir de casa sin su permiso. Lo más sorprendente es que ella, la tozuda y vivaracha Fifi, ¡permite que ese hombre le diga lo que puede y lo que no puede hacer!

Un día Fifi, que prácticamente ha dejado de leer, está absorta en una de las novelas que trajimos, y no precisamente en una de las malas. Llega Manuel Gustavo, como nadie le abre la puerta delantera, da la vuelta a la casa para entrar por detrás. En el patio estamos las cuatro tumbadas en unas hamacas, leyendo. Fifi lo ve y se le ilumina la cara. Está a punto de dejar el libro cuando Manuel Gustavo se lo quita.

—Esto —le dice, sosteniendo el libro como si fuera un pañal usado—, esto es basura que se te mete en la cabeza. ¿No tienes nada mejor que hacer? —Tira el libro sobre la mesa del café.

Fifi palidece, pese a que sus mejillas maquilladas con colorete siguen rojas. Se levanta rápidamente, con las manos en las caderas y los ojos entrecerrados, ésta es la Fifi que conocemos y adoramos.

—¡No tienes derecho a decirme qué es lo que puedo y lo que no puedo hacer!

—¿Que no? —contesta él desafiante.

—¡No! —asegura Fifi.

Una por una, las tres hermanas desaparecemos, tratando de animar a Fifi de dientes para adentro. Unos minutos después oímos el rugido de la camioneta por el camino. Fifi entra sollozando a la habitación.

—Fifi, se lo tiene merecido —le decimos—. No dejes que te domine a su antojo. Eres un espíritu libre —le recordamos.

Nuestra hermana pequeña no tarda ni una hora en llamar a Manuelito por teléfono, rogándole que la perdone.

Decidimos llamarlo MG, la marca de un carro que nos parece levemente ostentoso, un coche de esos que uno de nuestros primos mayores le pediría a su Papi para impresionar a las mujeres de la isla. Al mencionar su nombre, aceleramos motores imaginarios. ¡Es un tirano!

Brrrrrmmmm. ¡Está aniquilando el espíritu de Fifi! Brrrrrm-brrrrmmm.

Unos días después del episodio del libro, Manuel Gustavo llega a casa para almorzar, Fifi aún sigue en clase de español, por lo que aprovechamos la ocasión para darle una pequeña lección.

Yoyo empieza preguntándole si alguna vez ha oído hablar de Mary Wollstonecraft, o de Susan B. Anthony, o si le suena el nombre de Virginia Wolf.

—¿Son amigas de ustedes? —pregunta.

Yoyo suspira y todas miramos al cielo, una forma velada de exclamar en favor de una hermandad femenina invisible. Nuestras tías y primas consideran poco femenino protestar en defensa de los derechos de la mujer. Ya ni siquiera tratamos de despertar conciencias en la isla, sería como exigir techos catedralicios en un túnel. En una ocasión, lo intentamos con tía Flor, a modo de respuesta nos señaló su gran casa, los jardines cuidados, el cupido de piedra preparado para que le brotara agua por la boca.

—Mírenme, soy una reina —añadió—. Mi marido madruga a diario para ir a trabajar y, al contrario, yo puedo dormir hasta mediodía si quiero. ¿Para qué voy a exigir mis derechos?

Yoyo le entrega a Carla la batuta para la entrevista con Manuel, ella sabe acercarse a la gente con temas cotidianos. Yoyo llama a esa habilidad terapéutica su «modo de ablandar antes de dar el golpe».

—Manuel, ¿por qué te molesta que Fifi se mueva a su aire? —El tono de Carla parece sacado de un texto de psicología elemental.

—Las mujeres, aquí, no lo hacen. —El pie de Manuel Gustavo, apoyado sobre su rodilla, se sacude de arriba a bajo—. A lo mejor ustedes se comportan de otra manera en Estados Unidos. —Su tono de voz es una mezcla de broma y provocación—. Pero eso no lleva a las gringas a ninguna parte. La mayoría se divorcian o se quedan para vestir santos, y lo único que hacen es consumir drogas y acostarse con cualquiera.

Sandi acelera:

—Brrrrrm.

—Manuel —dice Carla en tono suplicante—, las mujeres también tienen sus derechos, tú lo sabes. Incluso la ley dominicana lo pregona.

—Sí, las mujeres tienen derechos —admite Manuel Gustavo. Una sonrisa irónica se extiende por su cara: está a punto de decir algo genial—. Pero los hombres llevamos los pantalones.

La sublevación está en marcha. Nos queda una semana para ganar el combate por el corazón y la mente de nuestra Fifi.

En la isla, de noche, salimos todos los primos juntos por la Avenida. Es la calle principal, siempre está llena de carros y de coches tirados por caballos para los turistas que quieren pasear por la orilla del mar a la luz de la luna. Los hoteles y los centros nocturnos inundan el cielo con abundante luz, tanta que uno puede distinguir las caras de la gente al pasar. Se desatan los cotilleos: Marianela estuvo en Utcho con Claudio, Margarita está demasiado embarazada para llevar apenas dos meses de casada, «miren la minifalda de Pilar, con esas piernotas que tiene, la gente debería mirarse al espejo antes de salir de casa, ¡por favor!».

Nos repartimos en varios carros que conducen los primos. No queremos movernos con choferes, son unos soplones. Vamos al cine o a Capri's a tomar un helado, damos una vuelta sin dejar de recordar a los varones que deben cuidar de las señoritas. Carla, como es la mayor, tiene que acompañar a Fifi en la camioneta de Manuel, haciendo de «carabina», al menos mientras están dentro del residencial. Luego la dejan en Capri's para que se una a nosotros. Fifi y Manuel se escapan, quieren pasar un rato alejados de la mirada vigilante de la gran familia; durante esas escapadas suelen acabar aparcando en cualquier sitio para besarse y «eso», en palabras de Fifi, quien ha confesado que el «eso» se acerca cada vez más al punto culminante, sin embargo, el problema es que no tiene anticonceptivos. Si intentase conseguir en la isla la píldora o un diafragma, fuera a donde fuese la conocerían y la familia acabaría por enterarse. Por supuesto, Manuel jamás utilizará un preservativo.

—Cree que pueden producir impotencia —dice Fifi, sonriendo dulcemente como para deleitarse con esa tierna ignorancia masculina.

—¡Por Dios, Fifi! —suspira Sandi—. Dile que no usarlo provoca un embarazo, con toda seguridad.

Si Fifi se quedase embarazada tendría que hacer lo que siempre se hace en la isla: casarse de inmediato y prepararse para aguantar los chismes cuando nazca el «bebé prematuro» perfectamente maduro y crecido.

Continuamente le advertimos del peligro, nos preocupa ese asunto, no obstante, ella, dolida por nuestra amenaza de chivatearla, nos promete que no habrá sexo hasta que no haya anticonceptivos, lo cual es bastante improbable. ¿Dónde habría de encontrarlos en esta isla que es como una pecera de cristal?

Sin embargo, un incidente nos deja claro que su palabra no sirve de mucho.

Estamos sentados en Capri's muy aburridos. Fifí y Manuel ya se largaron, tenemos que esperar un par de horas a que regresen para poder volver a casa. Empezamos a proponer cosas que hacer: ir al Embassy Beach y nadar desnudos, intentar encontrar a Jorge, el primo de un primo, que suele tener porros y conoce a un brujo de vudú capaz de leer el futuro tras sacrificar horriblemente a un animal.

Nuestro escolta oficial, Mundín, veta ambas ideas. Tiene una mejor. Nos apiñamos en su carro las tres primas americanas y su hermana Lucinda, quien le provoca continuamente para que nos cuente qué tiene en mente. Él sonríe con malicia y se dirige a las afueras de la ciudad, al motel Los Encantos. Entra sin vacilaciones, como quien conoce el lugar, hace sonar la bocina, le pide al portero una cabaña y luego avanza hacia la que le asignaron. Un muchacho abre la puerta del garaje. Cuando nos bajamos del carro, el muchacho cierra la puerta y le entrega a Mundín la llave de la cabaña contigua.

—Así, al no ver los carros, nadie sabe quién anda por aquí —explica Mundín en inglés—. Éste es un motel de primera, por aquí pasa lo mejor de la isla. Cualquiera podría reconocer los carros. —Mundín abre la puerta y se hace a un lado para dejar pasar a las señoritas. Una cama tamaño *king* cubierta con una colcha floreada ocupa el centro de la habitación. Hay un par de cojines en forma de rollo con borlas en la cabecera de la cama. Las almohadas, forradas con la misma tela de flores desteñidas, recuerdan más a un ingeniero árabe que al amo y señor de un harén.

—¿Esto es todo? —preguntamos, decepcionadas.

—¿Y qué esperaban? —A Mundín le sorprende que no nos emocionemos. Al fin y al cabo, se está arriesgando a meterse en serios problemas por mostrarnos la cara picante y prohibida de la isla. ¡Unas niñas decentes en un motel! ¡Su madre lo mataría!

Sandi rodea a Mundín con el brazo y le golpea con la cadera. Está imitando a Mae West cuando el camarero entra con ron y Coca Cola sobre una bandeja. Mantiene la vista fija en el suelo mientras va de una a otra ofreciendo bebidas, como si quisiera garantizarnos la discreción. Apenas sale estallamos en carcajadas.

—Me pregunto qué pensará. —Carla sacude la cabeza con sólo imaginarlo. Mundín sube y baja las cejas.

—¿Cuántos tabúes podemos romper aquí? Veamos —y empieza a enumerar—: incesto, sexo en grupo, relaciones lésbicas, desfloraciones…

—¿Desfloraciones? ¿A quién te refieres? —Su hermana Lucinda lo provoca con una mano en la cadera.

—¡Ajá! —La respaldamos, igualmente con las manos en las caderas, formando un pelotón de feministas.

Los ojos de Mundín parpadean atónitos. A pesar de la educación liberal que recibió en Estados Unidos, de haberse acostado con unas y otras, y de las carcajadas ansiosas que se le escapan cuando sus primas americanizadas le relatan sus desventuras, considera que su hermana debe mantenerse pura.

—Vámonos —nos mete prisa cuando ya hemos terminado el ron con Coca Cola.

Pero, cuando salimos marcha atrás del garaje, pasa una camioneta por el sendero del motel.

—¡Miren! —grita Yoyo—. ¿No son Fifí y Manuel? Mundín se ríe.

—¡Ey, ey! Déjenlos alejarse.

—¿Alejarse? ¡Alcánzalos! —le espeta Sandi—. Ahí va nuestra hermana menor con un tipo que cree que los condones producen impotencia.

—¡Da la vuelta y síguelos! —ordena Carla.

—También ella tiene derecho —dice Mundín riéndose. Aprovecha la ocasión para lanzar una indirecta mientras sale por el portón, que el muchacho cierra en el momento en que lo abandonamos.

—¡No es tremendo! —comenta Carla mientras charlamos en el baño, de nuevo en Capri's—. No querrá regresar a casa. Le lavaron el cerebro.

Sandi está de acuerdo.

—Quiero decir, que si no se acostara con él no necesitaría la habitación de un motel, ¿no os parece?

—Y nos lo había prometido —añade Carla, dolida.

Allí, entre los cachivaches rosas de tocador, las canastas de toallitas, los polvos de talco y los cepillos, organizamos nuestra conspiración. Unimos las manos y

sellamos nuestro pacto. Yoyo nos anima con un grito de
«¡Que viva la revolución!».

Además del ron con Coca Cola del motel, hemos
bebido unos cuantos daiquiris helados en Capri's, que
tienen fama. La camarera del baño, que nos oye hablar
en inglés, nos ofrece una toalla rosa perfumada. Sandi la
acepta y la hace ondear como si fuera la bandera de
nuestro bando.

El último sábado que pasamos en la isla, nos reuni-
mos todos en el patio de tía Carmen, para recordar. Cada poco tiempo, algún miembro de la familia pasa a des-
pedirse de nuestros padres y a entregarles paquetes de
cartas para que las envíen por correo desde Estados Unidos. Ahora que tío Mundo trabaja en el Gobierno, siempre aparecen miembros del gabinete y antiguos amigos
para charlar de política y pedir favores. En el patio, hay
segregación de sexos: los hombres se sientan a un lado,
fumando cigarros y haciendo tintinear los vasos de ron.
Las mujeres están en sillones de mimbre, junto a las lámparas de pared, intercambiando exclamaciones sobre
cualquier cosa que las merezca.

Los jóvenes nos vamos a la Avenida, y prometemos
volver temprano. Esta noche salimos los de siempre: Lucinda, Mundín, Fifí y Manuel, además de nosotras tres.
Carla va de «carabina» en la camioneta y, acto seguido,
la dejan en Capri's.

—Están enfadados —nos cuenta cuando se reúne
con nosotros.

—¿Por qué? —pregunta Sandi.

—Por lo mismo de siempre —suspira Carla—. Porque Fifí pasó demasiado tiempo hablando con Jorge y porque lleva la falda demasiado corta y el suéter muy ajustado, y bla, bla, bla.

—Brrrrm, brrrrm. —Sandi y Yoyo imitan el motor acelerado.

Mundín se ríe.

—Es lo que ustedes se merecen.

Lo miramos con los ojos entrecerrados por la ira. Cuando está en Estados Unidos, allí hizo el bachillerato y ahora estudia en la universidad, se comporta como uno de nosotros, es nuestro compinche. Sin embargo, cada vez que regresa a la isla, se pavonea como macho, y nos puya con la injusta ventaja que le proporciona ser hombre.

Como siempre, esperamos a los enamorados en Capri's. Veinte minutos antes de nuestro toque de queda deben pasar a recoger a Carla, y así todos volvemos a casa juntos, como un grupo de felices vírgenes. Sin embargo, esa noche, tal y como acordamos, en la misma Avenida donde hace una década el dictador fue arrinconado y herido mortalmente cuando se dirigía a encontrarse con su amante, daremos un golpe de mano. Nuestro padre colaboró en aquella conspiración, sin embargo, no llegó a ejecutarla, porque antes tuvo que huir a Estados Unidos. Esa noche descubriremos la mentira de los amantes. Lo primero es lograr que Mundín nos lleve a casa. La lealtad entre machos es lo que mantiene el sistema machista, así que Mundín querrá proteger a Manuel.

Lucinda utiliza una versión de las compresas y la aduana y el kotex. Le explica a Mundín que le ha bajado la menstruación y tiene que ir a casa.

—Me duele terriblemente —gime.

—¿No puedes tomar algo que te calme el dolor? —pregunta Mundín, incómodo y turbado por los misterios del cuerpo femenino.

Lucinda asiente.

—Sí, pero lo tengo en casa.

Mundín sacude la cabeza. Él es el protector de su hermana. Desde el comentario que Lucinda hizo en el motel, la vigila atentamente.

—Está bien, está bien. Te llevo. —Se vuelve hacia nosotras—. Ustedes se quedan para encubrir a Manuel.

—No podemos quedarnos aquí sin ti —le recordamos. Regla número uno: No se deja a las niñas solas en público—. Nos meteremos en problemas, Mundín.

Mundín frunce el ceño ante nuestros inesperados remilgos.

—Bueno, diré en casa que se quedaron con otros primos que aparecieron por aquí. Luego volveré a recogerlas. Para entonces, Fifi y Manuel habrán terminado.

«Habrán terminado», un cañonazo en plena proa. No hay tiempo que perder. Le lanzamos tres groseras sonrisas a lo Che Guevara.

—Nos vamos contigo.

—Pero, ¿Fifi y Manuel? —Mundín está abrumado. Si aparecemos todos en el residencial sin Fifi y Manuel, éstos tendrán graves problemas. Regla número dos: A las niñas no se las deja con sus novios sin «carabina».

—Vinimos contigo, nos vamos contigo. No queremos líos. —Nuestras vocecitas de niñas buenas no acaban de convencer al primo.

—¡Eso no lo voy a consentir! —Mundín junta las manos sobre la mesa.

Le recordamos lo que vimos en el motel. ¿Debemos contárselo a su padre? Sabemos cuál es la espada de Damocles que pende sobre su cabeza: la afeitadora eléctrica para cortarle el pelo de la academia militar. A nosotras, las primas de Estados Unidos, nos amenazan con el encierro en la isla, a él, si se desvía del buen camino, le espera la academia militar.

Nos mira directo a los ojos.

—¿Qué se proponen? —dispara. Encajamos su mirada con sonrisas blindadas, con rostros de piedra que su mirada miope de macho no logra descifrar, de manera que no puede entender el desastre que se avecina.

El camino interior del residencial parece el estacionamiento de la fábrica Mercedes Benz. Un jeep y dos carros japoneses delatan a algunos más jóvenes. Lucinda distingue el Mercedes color salmón pálido de tía Fidelina y tío Orlando.

—Esto se pone interesante —susurra.

El patio está repleto de parientes. Mundín se apresura a situarse junto a los hombres, sabe que la primera bomba explotará en el sector femenino. Las hermanas hacemos nuestra ronda para besar a todas las tías. Los ojos de tía Fidelina, oscuros y lechosos, están casi ciegos.

—¿Y cuál es la novia? —pregunta, esforzándose por ver bien a sus sobrinas.

—Sí —interviene Mami para secundarla—. ¿Dónde está Fifi?

161

—Con Manuel —responde Sandi tranquilamente. Su tono da a entender que no hay ningún problema.

—¿Y dónde están esos dos? —pregunta Mami poniendo énfasis en la pregunta.

Carla se encoge de hombros.

—¿Cómo quieres que lo sepamos?

Hay un silencio embarazoso sobre el que vuela la palabra «reputación» tan palpable como si alguien hubiera colgado un vestido de novia en el aire. Tía Carmen suspira. Tía Fidelina abre su abanico de rosas demasiado hermosas. Tía Flor sonríe desesperadamente y pregunta si nos divertimos. Mami mira a través de la multitud buscando a Papi, quien se encuentra junto a los hombres intercambiando historias de la dictadura.

Mostrando una expresión dura y fija, Mami se levanta y nos hace un gesto para que la sigamos. Las tres vamos detrás ella en fila india, otra vez hacia la habitación de tía Carmen, que es donde Mami organiza sus juicios sumarísimos. La tía viene con nosotras recomendando tener paciencia.

Una vez cerramos la puerta, Mami pierde los estribos. Los primeros reproches se dirigen a Carla, la mayor, la que tenía órdenes de permanecer con Manuel y Fifi haciendo de «carabina» en el vehículo. Luego, a nosotras nos reprocha ser malas hijas. Por último jura, con la tía de testigo, que Fifi regresa con nosotros.

—¡Si su padre llegara a enterarse! —Nuestra madre sacude la cabeza pensando en las posibles consecuencias. De forma anticlimática añade—: Una deshonra para la familia.

—Ya, ya. —Tía Carmen levanta la mano para interrumpir a su cuñada—. Estas niñas han vivido tanto tiempo fuera que se acostumbraron a los usos de allá.

—¡Los usos de allá! —grita Mami—. Fifi lleva seis meses viviendo aquí. Ésa no es excusa.

—Debe de haber alguna explicación —continúa tía Carmen para dar otro giro a la conversación—. No tratemos de anticipar dónde caerá el coco antes de que el huracán llegue —aconseja.

Mami niega con la cabeza de manera tajante.

—Si aquí no sabe comportarse volverá con nosotros, y punto. No las mando a la isla para que me den más problemas.

Tía Carmen nos rodea con los brazos.

—No olvides que también son mis niñas. Son buenas, no se meten en líos. ¿Qué haría yo si no las tuviera conmigo cada año? —dice.

Nos miramos entre nosotras y bajamos la vista para ocultar la confusión. Cuando al fin somos libres, en el preciso instante en que se nos abre la puerta y podemos volar, la tía Carmen y su cariño reviven la nostalgia del hogar. Es como el experimento que leyó Carla en una clase de psicología clínica. Mantuvieron encerrados en una jaula a unos bebés monos durante tanto tiempo que, cuando se les abrió la puerta, no salieron. Permanecieron dentro sacando los brazos por entre los barrotes para pedir la comida que estaba fuera de su alcance.

Es casi medianoche cuando oímos la camioneta avanzando por el camino. Las visitas ya se han ido y en el patio sólo quedan los que viven en el residencial, conversando en voz baja, preocupados. En nuestro cuarto nos defendemos mutuamente. Sabíamos que MG le traería problemas a Fifi.

—Si apenas tiene dieciséis años —repetíamos una y otra vez—. Pensó que podía convertirse en una isleña. Nosotras sabíamos que no.

Pese a todo, nos sentimos fatal cuando entró en el cuarto una Fifi lívida por el agotador interrogatorio al que Mami la había sometido en la habitación de tía Carmen.

No nos dice nada, sólo abre el clóset y empieza a hacer el equipaje. Por un instante nos invade el pánico. ¿Irá a fugarse con Manuel?

—¿Qué haces, Fifi? —le pregunta Yoyo.

Fifi sigue empacando el reguero de prendas que volcó de las gavetas al piso. Silencio.

—¿Fifi? —Carla le toca el hombro—. ¿Qué pasó? —Se refiere obviamente a qué pasó en el patio. Sin embargo, su expresión ausente y desanimada da a entender que antes había pasado algo peor.

Fifi nos mira, con ojos rojos y llorosos.

—Traidoras —dice.

El sonido de la maleta al cerrarse da a esa acusación una vehemencia aterradora. En la puerta levanta la barbilla con gesto de orgullo, luego oímos sus pasos resonando por el pasillo hacia la habitación de nuestra prima Carmencita.

Nos miramos, sabemos que se le pasará. Y con eso nos referimos a Manuel, a su furia contra nosotras, al miedo que le produce su propia vida, al igual que las nuestras, está ante ella como una tierra desconocida justo antes de que el primer explorador ponga un pie en la arena virgen.

Hija de la invención, Mami, Papi, Yoyo

Durante una temporada, después de su llegada a Estados Unidos, Laura García estuvo tratando de inventar algo. Sus ideas solían nacer cuando regresaba de las excursiones que hacía por las tiendas, junto a sus hijas, para descubrir las maravillas del nuevo país. Siempre que Carlos tenía el domingo libre, llevaba a las niñas a ver la estatua de la Libertad, o el puente de Brooklyn o el Rockefeller Center, sin embargo, Laura opinaba que ésas eran maravillas para hombres. Los verdaderos tesoros que buscaban las mujeres se encontraban entre los pequeños electrodomésticos y artilugios para el hogar.

Laura y sus hijas subían las escaleras automáticas maravilladas con su movimiento, ella bromeaba diciendo que así debía de ser la escala de Jacob, por la que vio subir y bajar a los ángeles del cielo. En el momento en que se detenían ante algún aparato, una animada vendedora se les acercaba, pensando que, sin duda, una madre joven con cuatro muchachitas era la clienta perfecta para comprar el nuevo refrigerador con descongelado automático o la lavadora con el ciclo de remojado de ropa. Laura dedicaba toda su atención a las demostraciones de los vendedores y hacía preguntas inteligentes, pero, al final, decía que tenía que discutirlo con su marido. En el camino de regreso a casa, las hijas no lograban involucrar a su madre en la conversación, daba igual de lo que hablaran, porque lo que acababa de ver en los comercios la había inspirado y estaba inventando.

Hasta la noche, cuando ya tenía todo en orden, no escribía nada sobre un papel. Hacía horas que su marido dormía, en su lado de la cama, con el periódico en español doblado sobre el pecho, y los lentes en la mesita de noche, vigilando la habitación como una especie de guardaespaldas incorpóreo. En su propio lado, iluminado por una lámpara, Laura apoyaba la espalda sobre las almohadas e inventaba. En el regazo tenía uno de los innumerables cuadernos que su marido llevaba a la casa del consultorio, regalo de algún laboratorio farmacéutico, y que anunciaban tranquilizantes o antibióticos o crema facial. Allí trabajaba en el boceto de algún objeto común con una perspectiva muy cercana que le permitiera añadir una boquilla especial o un asa más cómoda, lo que confería al objeto una apariencia extraña. Sus hijas se reían al ver esos garabatos que encontraban en las gavetas de la cocina o en el estante de atrás del baño de abajo. Una vez, Yoyo estuvo segura de que su madre había dibujado el «tú sabes qué» de un hombre. Les mostró el hallazgo a sus hermanas y, con expresión tímida y evasiva, le preguntaron a su madre qué andaba planeando. ¡Ay!, les explicó que era uno de sus fracasos: un vaso infantil, con dos compartimentos para bebidas y un enorme sorbete incorporado.

Sus hijas la buscaban por las noches, cuando pensaban que tendría un momento libre para hablar: ya podía ser que quisieran contarle un problema del colegio o pedirle que convenciera a su padre para que las dejara ir a la ciudad, o a un centro comercial, o al cine, ¡en pleno día, Mami! Laura las sacaba de su cuarto. «Niña, su problema es que…» El problema siempre se resumía en el hecho de que ellas querían comportarse como americanas y, sin embargo, su padre y su madre no lo aceptaban.

—¡Me van a volver loca, niñas! —les gritaba si insistían—. ¡Cuando me metan en el manicomio de Bellevue se arrepentirán!

Cuando discutía con ellas hablaba en inglés mezclando expresiones y dichos, lo que hacía patente que, como decía, «aún estaba en pañales».

Su esposo insistía en que les hablara en español, para que no olvidaran su lengua materna, pero ella le respondía:

—Allá donde fueres haz lo que vieres.

Yoyo, que nunca temía abrir su bocota, se había convertido en la vocera de sus hermanas, y hacía valer su opinión en aquella habitación.

—¡No pensamos volver a esa escuela, Mami!

—Tienen que ir. —Abría los ojos con preocupación—. Aquí está prohibido no ir a la escuela. ¿Acaso quieren que nos expulsen del país?

—¿Quieres que nos maten? ¡Los niños nos han tirado piedras!

—A pedradas necias, oídos sordos —entonó. Sin embargo, Yoyo se daba cuenta, por su expresión, de que una de las piedras que lanzaron contra sus hijas también la había golpeado a ella. No obstante, la madre siempre daba a entender que la culpa era de ellas—. ¿Qué hicieron ustedes para provocarlos? Dos no riñen si uno no quiere.

—¡Muchas gracias, *mom*! —Yoyo salía apresuradamente de la habitación. Las niñas nunca la llamaban *mom*, salvo cuando querían hacerle sentir que las había decepcionado. Era una buena madre, tenía todo en orden, sabía regañar y dar consejos, pero nunca supo ser amiga de sus hijas. En eso era un fracaso.

Laura volvía al lápiz y el papel, garabateaba, examinaba los dibujos y arrancaba las hojas. Se daba por vencida y empezaba a leer el *New York Times*. Sin embargo, había noches que creía tener una buena idea, entonces corría al cuarto de Yoyo, con expresión emocionada y el cuaderno en la mano, golpeaba ligeramente la puerta antes de abrirla y le decía: «¡Tengo una cosa para mostrarte, Cuquita!».

Precisamente, ése era el momento que Yoyo reservaba para sus cosas, una vez había terminado con sus tareas, mientras sus hermanas veían la televisión. Encorvada sobre su pequeño escritorio, con la lámpara del techo apagada y el flexo apuntando directamente al papel, escribía poemas secretos en su nueva lengua, dentro de la habitación envuelta en una oscuridad cálida, mullida y difusa.

—¡Te dañarás la vista! —soltaba Laura, encendiendo de golpe la luz del techo y, de paso, espantando cualquier rastro de tímida pasión que Yoyo estuviera empezando a sacar del laberinto de sus sentimientos y que fluía en el hilo azul de la escritura.

—¡Ay, Mami! —se quejaba Yoyo, volviéndose hacia su madre—. Estaba escribiendo.

—¡Ay, Cuquita! —Ése era el apodo cariñoso que utilizaba con las cuatro—. Cuquita, cuando gane un millón de dólares, te compraré una máquina de escribir. (Yoyo insistía en que quería una como la que su padre había comprado para cubrir las recetas médicas.) Te contrataré una mecanógrafa.

Se dejaba caer en la cama y le mostraba el cuaderno.

—Adivina, Cuquita, ¿qué es esto? —Yoyo estudiaba el boceto un momento. ¿Era jabón que salía por el cabezal de la ducha al girar la llave en un sentido determinado? ¿O acaso café instantáneo ya mezclado con la crema? ¿O cápsulas que liberaban agua cada cierto tiempo para regar las plantas automáticamente? ¿O un llavero con cronómetro que indicaba cuándo se terminaba el tiempo del parquímetro? (Además, el tic-tac serviría para encontrar fácilmente las llaves en caso de extraviarlas.)

El más famoso de sus dibujos, famoso únicamente con la perspectiva del tiempo, era el del mamarracho que tiraba de un cuadrado con una cuerda: ¿una maleta con ruedas?

—Pues claro —decía Yoyo para animar a su madre—. Lo que todo hogar necesita: una ducha que parece un lavacarros, llaves que hacen tic-tac como una bomba de relojería, maletas con correa, ¡como los perros!

Para entonces, aquello ya se había convertido en una especie de chiste familiar: la madre inventora como Thomas Edison o Benjamin Franklin.

Laura ponía cara larga.

—A ver, usa la cabeza. —Tras otro intento fallido de adivinar, pasaba a mostrar a Yoyo, señalando con el lápiz, los diferentes aspectos de la nueva maravilla—. ¿Recuerdas aquella vez que fuimos a la Montaña del Oso y allí nos dimos cuenta de que habíamos olvidado llevar un abrelatas, y cuando quisimos comer no teníamos con qué abrir las latas? ¿Ahora ya sabes lo que es? —Yoyo negó con la cabeza—. Es el búmper de un carro, pero mira, aquí tiene una partecita desprendible que se convierte en un abrelatas. ¡La cosa más sencilla y necesaria!, ¿no te parece?

—Seguro, Mami. Deberías patentarlo. —Yoyo se encogía de hombros mientras su madre arrancaba la hoja y la doblaba con cuidado, juntando una esquina con la otra, como si fuera a guardarla. No obstante, cuando salía de la habitación la tiraba a la papelera y soltaba una risita como para restarle importancia.

—No es ni una cosa ni la otra, sino todo lo contrario.

Ninguna de las hijas la alentaba mucho en ese terreno, al contrario, les dolía que dedicara tanto tiempo a esas absurdas invenciones. Allí estaban ellas, tratando de encajar en América y de integrarse con los americanos; necesitaban ayuda para definir quiénes eran y por qué los niños de antepasados irlandeses las llamaban *spics*, cuando también insultaron a sus abuelos en el momento en que desembarcaron en ese país. ¿Por qué habían tenido que ir a parar a ese país? Eran asuntos importantes, cruciales, definitivos, y allí estaba la madre sin un segundo libre para ayudarles a descifrar el misterio, inventando artefactos con los que hacer la vida más fácil a las mamás americanas.

A veces Yoyo la cuestionaba:

—¿Por qué, Mami? ¿Para qué lo haces? Con esto nunca te harás rica. Los americanos ya pensaron todo antes que tú, y lo sabes.

—Quizá no. Tal vez hayan pasado por alto algo importante. Con paciencia y calma, hasta un burro se sube a una palma. —Ése era uno de los muchos refranes dominicanos que había logrado importar a su revoloteado inglés.

—¿Pero de qué te sirve? —insistía Yoyo.

—¿Es que acaso todo tiene que servir para algo? ¿Para qué escribes poemas?

Yoyo debía admitir que su madre tenía razón en eso. Sin embargo, en la jerarquía de las cosas, un poema parecía mucho más importante que una bacinilla que tocaba música cuando se sentaba en ella un bebé que aprendía a ir al baño solo.

Las cuatro comentaban eso y a menudo charlaban sobre las muchas cosas desconcertantes de ese nuevo país.

—Ella prefiere reinventar la rueda antes que ponerse en nuestros pellejos —observaba Carla, la mayor. En la restringida área de una familia nuclear en Estados Unidos, la prodigiosa energía de la madre se estaba convirtiendo en un agujero por el que se escapaba toda la determinación de las niñas.

—Dejémosla que tenga un proyecto. ¿Qué tiene eso de malo? Además, necesita ese reconocimiento. Es algo que le viene directamente de su patria, de ser una De la Torre.

«García de la Torre», decía Laura, pronunciando cuidadosamente su apellido de soltera junto con el de casada, cuando llegaron a vivir a Estados Unidos. Pero las sonrisas huecas jamás habían oído esos nombres. Ella les demostraría lo que era capaz de hacer una mujer inteligente armada de lápiz y papel.

En una ocasión casi lo logra. Le gustaba leer el *New York Times* todas las noches en la cama, antes de apagar la luz, para informarse de los asuntos americanos. Una noche se le escapó un gritito y despertó a su marido, que dormía junto a ella. «¿Qué pasa? ¿Qué pasa?», se sobresaltó. El terror se oía en su voz, el mismo miedo que ella supo que sentía en la República Dominicana antes de abandonar la isla. Allá los habían tenido vigilados, por supuesto, no podían hablar, pero de noche, asustados, susurraban en la cama con la habitación a oscuras. Ahora en Estados Unidos estaba a salvo, incluso tenía éxito. En el centro médico del Bronx se agolpaban los enfermos y los nostálgicos de su país. Pero en sueños, volvía a esos días y a las largas noches horribles. El grito de su mujer le confirmaba el miedo secreto: en definitiva, no habían logrado escapar. El SIM, así llamaban al Servicio de Inteligencia Militar, los había capturado.

—¡Ay, Cuco! ¿Recuerdas que te mostré una maleta con rueditas que evitaba cargar con bultos a la hora de viajar? ¡Pues alguien me robó la idea y se ha hecho millonario! —Sacudió el periódico ante la cara de su marido—. ¡Mira, mira! ¡Este hombre no fue ningún bobo! No puso todos los huevos en la misma canasta. Siempre te digo, ¡uno de estos días se me escapará la oportunidad de mi vida! —Meneó el dedo índice ante su marido y sus hijas mientras reía con carcajadas perturbadas como la de los locos de las películas. Las cuatro niñas habían entrado en la habitación. Miraron a su madre y luego intercambiaron miradas entre sí. Tal vez todas pensaban lo mismo: «¿No sería extraño y triste que Mami terminara internada en el sanatorio de Bellevue?»—. ¡Ya, ya! —Las hizo salir del cuarto—. De nada sirve tratar de beber la leche derramada, seguro que no.

Fue la maleta con ruedas la que detuvo la mano de Laura. Su veleta se había alterado con una pequeña tormenta de ideas. Y sin embargo, el plagiador se llevó la fama y el dinero. ¿De qué servía tratar de competir con los americanos? Ellos siempre tendrían ventaja porque, al fin y al cabo, estaban en su país. Mejor sería mantenerse cerca de casa. Así que dirigió la mirada a su alrededor, sus hijas hicieron lo posible para esquivarla, y cayó en la cuenta de que en el consultorio de su marido hacía falta que echara una mano. Varios días a la semana, vestida de profesional, con una bata blanca que llevaba un distintivo con su nombre en la solapa, y cargando la bolsa de la compra llena trapos y materiales de limpieza, iba con su esposo hasta el Bronx. Por el camino, organizaba el contenido de la guantera o quitaba de las revistas destinadas a la sala de espera las etiquetas con la dirección de la casa, porque había leído en alguna parte que con ellas los pacientes drogadictos averiguaban dónde viven los médicos y se metían en sus casas para robar jeringas. Por las noches, ponía al día los libros de contabilidad. Con tanto quehacer, ¿quién tenía tiempo para andar inventando tonterías?

Volvió a empuñar el lápiz y el papel sólo una vez más, pero fue para ayudar a una de sus hijas. En noveno grado, la profesora de inglés, la hermana Mary Joseph, eligió a Yoyo para pronunciar el discurso del día del maestro. En la República Dominicana, Yoyo había sido una pésima estudiante, nadie logró que se concentrara frente a un libro. Pero en Nueva York necesitaba encontrar su propio lugar, los nativos no se mostraban muy amistosos y el país era inhóspito, así que se interesó por la lengua. Cuando acabó el bachillerato, las monjas leían sus cuentos y redacciones delante de toda la clase.

No obstante, la idea de leer un discurso de alabanza a los profesores le paralizó la imaginación. Al principio se negó a escribirlo, luego pareció que no podría hacerlo. El asunto la mortificaba pese a que, como había dicho su padre, debiera considerarlo «un gran honor». Todavía tenía un ligero acento, y no le gustaba hablar en público ni exponerse a hacer el ridículo delante de sus compañeras. Tampoco hacía falta ser muy inteligente para darse cuenta de que pronunciar una sarta de elogios sobre un montón de monjas locas, viejas y obesas no era la mejor manera de ganarse el respeto de sus compañeras.

Sin embargo, no sabía cómo zafarse del asunto. Noche tras noche se sentaba ante su escritorio tratando de elaborar un discursito breve y vago, pero no lograba poner nada por escrito.

El fin de semana anterior al acto escolar, que sería el lunes por la mañana, Yoyo se encontró presa del pánico. Pediría a su madre que llamase al colegio y que dijera que estaba hospitalizada, en coma.

Laura trató de tranquilizarla.

—Recuerda lo que le ocurrió al presidente Lincoln, no sabía qué decir en Gettysburg y, de pronto, ¡bang! le salieron aquellas palabras que hoy todo el mundo en este

país sabe de memoria: *Four score and once upon a time ago**.
—Empezó a recitar el famoso discurso—. Si te tranquilizas, algo se te ocurrirá, como se dice aquí, la necesidad es la hija de la invención. Yo te ayudo.

Ese fin de semana, su madre volcó toda su energía en ayudar a Yoyo a escribir su discurso.

—Por favor, Mami, déjame sola, por favor —le suplicaba Yoyo. Sin embargo, con eso sólo conseguía librarse de un obstáculo pequeño y darse de bruces con otro mayor, porque, si lograba quitarse a su madre de encima, era su padre quien asomaba la cabeza por la puerta para averiguar si Yoyo ya había «cumplido con sus obligaciones», una expresión que usaba cuando las niñas eran más pequeñas para preguntarles si habían ido al baño antes de un trayecto largo en carro. Varias veces durante ese fin de semana, incluso en la mesa a la hora de comer, recitó el discurso que él había pronunciado en su ceremonia de graduación. Le dio a Yoyo indicaciones para ser una buena oradora, comentando los trucos de los grandes maestros en la materia: humildad, alabanzas

---

* Como sucede con tantas otras cosas que cita, Laura García no acierta con las primeras palabras del discurso que Abraham Lincoln pronunció en Gettysburg, donde se libró una de las grandes batallas de la Guerra de Secesión, que dicen: *Four score and seven years ago* [Hace ochenta y siete años], refiriéndose al momento de la independencia de Estados Unidos, y las mezcla con el comienzo tradicional de los cuentos de hadas *Once upon a time* [érase una vez] para terminar con algo que en español podría traducirse como «Hace ochenta años, había una vez…», y que no tendría mucho sentido en boca de Lincoln. (*N. de la T.*)

y guardar silencio en actitud emocionada eran sus preferidos.

Laura estaba al otro lado de la mesa, y parecía ser la única en escucharlo. Yoyo y sus hermanas iban olvidando el español y la dicción formal y florida de su padre les resultaba difícil de entender. Pero Laura sonreía suavemente para sí, y empujaba la bandeja giratoria colocada en el centro de la mesa haciéndola dar vueltas y vueltas, como si fuera el primer motor, el primer mecanismo de su atención.

Ese domingo por la noche, Yoyo estaba leyendo poesía para inspirarse: eran poemas de Whitman, un viejo libro con las tapas grabadas que su padre había conseguido en una chamarilería, situada junto al consultorio. «Me celebro y me canto a mí mismo... Más honra a mi estilo quien aprenda con él a destruir a su maestro...» Las palabras del poeta la escandalizaban y la entusiasmaban. Se había acostumbrado a las monjas, a la literatura que hablaba de sentimientos apropiados, a poemas con mensaje, textos expurgados. Pero aquí estaba un hombre de carne y hueso, lanzando eructos y carcajadas, sudando en sus poemas. «Aquel que toca este libro, toca un hombre.»

Esa noche, por fin, empezó a escribir, temerariamente, tres, cinco páginas, apenas alzó la vista en una ocasión y se topo con su padre pasando de puntillas por el pasillo. Cuando terminó, leyó todo de nuevo y la emoción le inundó los ojos. ¡Al fin tenía una voz propia en inglés!

Tan pronto como terminó el primer borrador, llamó a su madre. Laura escuchó atentamente la lectura que Yoyo hizo del discurso, cuando terminó, también sus ojos brillaban. Mostraba una cara radiante de emoción y orgullo.

—¡Ay, Yoyo, tú pondrás nuestro apellido bajo los reflectores de la fama en este país! Es un discurso precioso, bellísimo, y quiero que tu padre lo oiga antes de que se duerma. Después te lo paso a limpio, ¿te parece?

Madre e hija se encaminaron por el pasillo, sonrojadas de satisfacción, hacia la alcoba principal, donde Carlos tumbado sobre las almohadas, aún despierto, leía los periódicos dominicanos, sin importarle que estuvieran atrasados. Tras la caída de la dictadura, se había vuelto a interesar por el destino de su país. El Gobierno interino tenía previsto organizar las primeras elecciones libres en treinta años. ¡La historia se estaba escribiendo y la esperanza y la libertad se sentían nuevamente en el aire! Aún le daba vueltas en la cabeza la idea de regresar con su familia. Pero Laura se había acostumbrado a la vida de Estados Unidos. No quería volver a su tierra donde, por mucho que fuera una De la Torre, se convertiría simplemente en esposa y madre —además, madre fracasada, porque no había conseguido tener un hijo varón—. Era preferible ser una mujer común y corriente pero independiente que una esclava doméstica de clase alta. No se oponía directamente a los planes de su marido; en lugar de eso, montaba un escándalo por el hecho de que leyera esos tabloides extranjeros mal impresos en la cama, ensuciando las sábanas. «¡El *New York Times* no es tan terrible!», se defendía cuando su marido, bromeando, le decía que compartían el mismo sucio hábito.

En el momento en que vio a su mujer y a su hija, dejó el periódico y se le iluminó el rostro, como si, al fin, su esposa hubiera dado a luz al varón anhelado, y ésa era la noticia que traía. Sus dientes sonreían desde el vaso de agua que tenía junto a la lámpara de la mesilla, así que ceceó al pedir que le leyeran el discurso.

—Es tan bello, Cuco —lo animó Laura, mientras bajaba el volumen de la televisión. Se sentó a los pies de la cama. Yoyo se puso en pie frente a ambos, impidiéndoles ver las imágenes de soldados en helicópteros aterrizando entre explosiones y tiros silenciados. Unas semanas antes había sido en las costas de la República Dominicana. Ahora, el papel de salvadores lo desempeñaban en las selvas del Sureste asiático. Su madre le hizo un gesto con la cabeza para que empezara a leer.

Yoyo no necesitaba que la alentaran. Metió la nariz al fuego, como hubiera dicho su madre, y leyó de principio a fin sin mirar al frente. Cuando terminó, se sentía ligeramente avergonzada por el orgullo que le producían sus propias palabras. Fingió no estar segura de una o dos frases, y luego miró a su madre, inquisitiva. El rostro de Laura estaba radiante. Yoyo miró a su padre para compartir con él su orgullo.

La expresión que tenía pintada en la cara conmocionó a madre e hija. La boca desdentada de Carlos había colapsado en un cero oscuro. Su mirada perforó a Yoyo y luego pasó a Laura. En un español que apenas se podía oír, como si hubiera micrófonos escondidos o espías en todas partes, le susurró a su esposa:

—¿Vas a permitir que lea eso?

Las cejas de Laura se dispararon hacia arriba, su boca se abrió. En la vieja isla, cualquier rumor de desafío a la autoridad podía atraer a la policía secreta en sus negros

Volkswagen. Pero estaban en Estados Unidos, donde la gente podía decir lo que pensaba.

—¿Qué tiene de malo el discurso? —preguntó Laura en inglés.

—¿Que qué tiene de malo el discurso? —contestó con su fuerte acento, meneando la cabeza. Su ira producía más miedo en inglés, con los defectos de pronunciación y gramática. Era como si mutilara el idioma con su furia y no quedara nada para escudarse de su enojo puro y sordo—. ¿Qué tiene de malo? Te lo diré. No muestra ni una pizca de gratitud. Suena fanfarrón. ¿Me celebro a mí misma? ¿El mejor estudiante aprende a destruir al maestro? —remedó las palabras que Yoyo había plagiado—. Eso es insubordinación, no es lo adecuado. Le falta el respeto a sus maestras... —Furioso como estaba, había olvidado el temor a los espías: con cada nuevo defecto que enunciaba, su voz subía un tono más. Por último, gritó a Yoyo—: ¡Soy tu padre y te prohíbo leer ese discurso!

Laura se puso en pie de un salto, lo que significaba que pronunciaría su propio discurso. Era una mujer baja, siempre exponía su punto de vista de pie, ya fuera para proyectarse mejor o como remanente de su niñez en colegios de monjas, donde uno pedía la palabra y se ponía en pie para hablar. Se plantó junto a Yoyo, hombro con hombro. Ambas miraron a Carlos.

—Ésas no son formas de decirlo... —comenzó.

Sin embargo, en ese momento, Carlos estaba verdaderamente enfurecido. Ya era suficiente que su hija se mostrara rebelde, como para que también su esposa la respaldara. En poco tiempo estaría rodeado por un grupo de mujeres americanizadas e independientes. Se levantó rápidamente de la cama, retirando las sábanas. Los periódicos en español volaron por el cuarto. Le arrebató el discurso a Yoyo, sostuvo los papeles ante los ojos de su hija, con una mirada vengativa y demente en los suyos, y rasgó las hojas, una, dos, tres, cuatro veces, hasta cansarse y dejarlas destrozadas.

—¿Estás loco? —lo embistió Laura—. ¿Acaso perdiste la razón? ¡Has roto su discurso de mañana!

—¿Te has vuelto loca tú? —preguntó, zafándosela de encima—. ¡Ibas a permitir que leyera ese…, ese insulto a sus profesoras!

—¿Insulto a sus profesoras? —la expresión de Laura le arrugó la cara, como si fuera una hoja de papel. En esa hoja había escrito un mensaje amoroso para su marido, un hombre infeliz y atormentado—. ¡Estamos en Estados Unidos, Papi, Estados Unidos! ¡Ya hemos abandonado nuestro atrasado país!

Mientras tanto, Yoyo había caído de rodillas, llorando desesperada, y recogía las trizas del discurso, con la esperanza de poderlas pegar nuevamente antes del acto escolar. Pero ni siquiera una sibila hubiera podido encontrar el sentido a esos diminutos pedazos de papel. Las esperanzas se habían perdido.

—Lo rompió, lo rompió —gimió levantando un puñado de trocitos.

Si lo hubiera pensado mejor, tal vez no habría actuado como después lo hizo. Se habría dado cuenta de que su padre había perdido hermanos y amigos por mandato de Trujillo. Durante el resto de su vida lo atormentarían la sangre en las calles y las desapariciones nocturnas.

Incluso después de tantos años, se estremecía si un Volkswagen negro lo adelantaba en la calle. Temía a todos los uniformados: desde la muchacha que entregaba los tickets de los parqueos hasta el vigilante de un museo que se le acercaba para advertirle que no debía aproximarse tanto a su Van Gogh preferido.

Arrodillada en el suelo, Yoyo pensaba en lo peor que podía decirle a su padre. Reunió un puñado de trozos de papel, se levantó, y se los lanzó a la cara. Con un susurro grave y horrísono, pronunció el temido apodo de Trujillo:

—¡Chapita! ¡No eres más que otro Chapita!

Su padre tardó un instante en reconocer el odiado apodo antes de salir persiguiéndola. Corrieron por el pasillo, pero Yoyo fue más veloz y logró meterse a su cuarto justo a tiempo para cerrar la puerta, antes de que su padre tratara de abrirla con todas sus fuerzas. Le lanzó todo tipo de maldiciones, y le exigió, como padre y figura de autoridad, que le abriera la puerta. Sacudió el pomo pero no sirvió de nada. El amor de su madre por los aparatos salvó a Yoyo esa noche. Laura había contratado a un cerrajero para instalar buenas cerraduras en todas las puertas después de que los ladrones entraran en casa cuando la familia estaba de viaje. Si volvían a meterse, y la familia estaba dentro, había un segundo juego de cerraduras.

—Lolo —dijo, tratando de calmarlo—. No dañes mis cerraduras nuevas.

Finalmente se calmó. Su ira se desaguó. Yoyo oyó las pisadas de ambos que se alejaban por el pasillo y su puerta se cerró. Luego, las voces amortiguadas, la de su madre que se hacía más aguda por la ira intentando persuadirlo, los murmullos graves de su padre, explicando y defendiéndose. La casa quedó en silencio un instante antes de que Yoyo escuchara, a lo lejos, los balazos, las explosiones y las voces serias e importantes de los presentadores de informativos comentando la guerra en televisión.

Un rato después, sonó un golpe quedo en la puerta de Yoyo, seguido de un tímido tanteo de la perilla.

—¿Cuquita? —susurró su madre—. Ábreme, Cuquita.

—Déjame en paz —lloriqueó Yoyo, pero ambas sabían que se alegraba de que su madre estuviera ahí y que sólo era necesario un momento de protesta para mostrarse dura.

Entre las dos compusieron un discurso: dos breves páginas de elogios de manual y de corteses lugares comunes dirigidos a los maestros, un texto dictado por la necesidad y con poca creatividad, redactado en uno de los cuadernos que Laura había usado antes para sus propios inventos. Cuando terminaron el borrador, Laura lo mecanografió mientras Yoyo seguía a su lado, corrigiendo los términos confusos y los refranes que su madre citaba al revés.

Yoyo volvió a casa el día siguiente con la buena noticia de su éxito en el colegio. Las monjas se habían sentido halagadas, el público se había puesto de pie para aplaudir y brindarles «una ovación a las dedicadas maestras», que era lo que Laura había sugerido que hicieran al terminar el discurso.

Mientras Yoyo le contaba lo sucedido, la madre aplaudía de gozo.

—¿Te acuerdas de eso? Lo tomé del discurso de tu padre. ¿Te acuerdas que lo decía al final? —Lo citaba en español y luego lo traducía para Yoyo.

Esa noche, Yoyo lo observó desde la ventana del cuarto de estar del segundo piso, adonde fue a refugiarse cuando oyó el carro de su padre llegar frente a la casa. Lo vio acercarse lentamente por el camino hasta la puerta, con una expresión sombría en el rostro y las manos ocupadas con una gran caja de cartón que pesaba mucho. En la puerta, puso la caja con cuidado en el suelo y tanteó todos los bolsillos en busca de las llaves (¡ojalá hubiera tenido el llavero que hacía tic-tac inventado por Laura!). Yoyo distinguió el chasquido de las cerraduras al abrirse. Oyó a su padre luchar para meter la caja por la estrecha entrada. La llamó varias veces por su nombre, pero ella no le respondió.

—Hija mía, tu padre... te quiere mucho —dijo en su inglés defectuoso desde el pie de las escaleras—. Sólo quería protegerte.

Al final, su madre subió y le pidió a Yoyo que bajara e hicieran las paces.

—Tu padre no quiso hacerte daño. Debes perdonarlo. Lo pasado, enterrado está, ¿no?

Abajo, Yoyo encontró a su padre instalando una máquina de escribir eléctrica nuevecita en la mesa de la cocina. Era incluso mejor que la suya. Se había excedido con todos los accesorios extra: un estuche de plástico para transportarla con las iniciales de Yoyo en una calcomanía junto al asa, un soporte metálico para mantener la hoja en posición vertical mientras mecanografiaba, un cartucho para borrar, un tabulador automático, una cubierta de plástico para protegerla del polvo. ¡Ni siquiera su madre hubiera podido inventar semejante máquina!

Pero los días de inventora de Laura habían terminado, así como los de Yoyo estaban por empezar tras su éxito en el colegio. Mientras todos recuerdan la maleta con ruedas como la última invención, Yoyo opina que fue su discurso. Era como si, después de eso, su madre hubiera entregado a Yoyo el lápiz y el cuaderno diciendo: «Bueno, Cuquita, hasta aquí llegué yo, ahora es tu turno».

Intrusión, Carla

El día que los García cumplieron un año viviendo en Estados Unidos, hubo una celebración a la hora de la cena. Mami había preparado un apetitoso flan y le puso una velita en el centro.

—¡A que no saben qué día es hoy! —Miró las sorprendidas caras de sus hijas.

—Un año atrás —empezó Papi con tono de discurso—. Un año atrás llegamos a las playas de este gran país. —Cuando terminó de citar mal el poema que hay inscrito al pie de la estatua de la Libertad, Fifí, la menor, preguntó si podía soplar la vela, y Mami respondió que sólo después de que cada uno pidiera un deseo.

¿Qué puede desear uno en la primera celebración del día que perdió todo?, se preguntó Carla. Los demás a su alrededor tenían los ojos cerrados, como si no fuera difícil decidir qué pedir. Carla cerró los ojos también. Debía hacer un esfuerzo para no desear el mismo deseo de siempre provocado por la nostalgia de su país. Pero esta vez decidió que se lo permitiría: «Dios mío —no podía acostumbrarse a ese uso americano de pedir deseos sin traer a Dios a colación— permite que volvamos a casa, por favor», pensó, en una combinación de oración y deseo. Era algo que parecía una posibilidad cada vez más remota. De hecho, sus padres estaban echando raíces en el nuevo país. Hacía cosa de un mes, se habían mudado de la ciudad a un suburbio en Long Island, para que así las niñas tuvieran un jardín en el que jugar, había dicho Mami. Los reducidos cuadrados verdes que había alrededor de las casas idénticas parecían más alfombras que había que mantener limpias que patios de juego. Los árboles no eran más altos que la pequeña Fifi. Carla pensó con nostalgia en la exuberante hierba y los gruesos árboles cargados de enredaderas que habían dejado en el residencial de su país natal. Bajo el árbol de amapola, su prima y mejor amiga, Lucinda, y ella se habían contado lo que sabían sobre cómo se hacían los bebés. ¿Qué estaría haciendo Lucinda en ese preciso momento?, se preguntó Carla.

Al final de la calle, el barrio terminaba abruptamente en un terreno baldío, abandonado que, según había leído Mami en el periódico comunitario, los urbanizadores estaban tratando de adquirir. Detrás de la cerca coronada por alambres de púas crecían hierbas, árboles y arbustos de verdad, protegidos por el gran letrero que prohibía el paso: *Private. No trespassing*. El aviso sorprendió a Carla, porque *trespass* era una palabra que sólo había oído en el Padrenuestro en inglés, la oración dice *forgive us our trespasses*, que corresponde a perdónanos nuestras ofensas. Le señaló el anuncio a Mami en una de sus primeras caminatas hasta la parada del autobús.

—¿No es curioso, Mami? Es como un aviso para que seamos buenos. —Su madre no entendió al principio, hasta que Carla le explicó lo del Padrenuestro. Mami rió.

Las palabras a veces significaban dos cosas diferentes en inglés. Esa ofensa se refería a que estaba prohibido meterse a ese terreno porque no era público, como un parque, sino privado y quien lo hiciera sería considerado un intruso. Carla asintió, decepcionada. Nunca llegaría a entender a ese nuevo país.

Mami la acompañó hasta la parada del autobús durante el primer mes que asistió a la escuela en la parroquia vecina. La primera semana, incluso hizo todo el trayecto con ella, cambiando de autobuses, yendo y viniendo, dos veces al día, hasta que Carla aprendió el camino. Sus hermanas se habían matriculado en el colegio católico del barrio, a una calle de la casa que los García habían alquilado a finales del verano. Pero, para entonces, no había plaza para Carla en séptimo grado. La monja directora sugirió que Carla perdiese un año y entrara en sexto grado, porque en ese curso había dos plazas libres. Sin embargo, con doce años, Carla sería al menos un año mayor que el resto de sus compañeras de sexto, y le mortificaba el hecho de tener que repetir otro año más. Todas habían tenido que atrasarse un curso al llegar a Estados Unidos. Claro, Carla podía aprovechar ese año para practicar inglés, pero eso también significaba que estaría en el mismo grupo que su hermana menor Sandi, y no podía soportarlo.

—Por favor —le suplicó a su madre—. Déjame ir al otro colegio. —La escuela pública estaba a dos calles del colegio católico, pero Laura García no quería ni oír hablar de esa alternativa. Había aprendido de otros padres católicos que en las escuelas públicas estudiaban los delincuentes juveniles y los maestros les enseñaban esas nuevas ideas sin sentido como que todos descendemos de los monos. No permitiría que una hija suya olvidara su apellido y creyera que es pariente lejana de un orangután.

Al poco tiempo Carla aprendió de memoria la ruta al colegio o, como se dice en inglés, *by heart*, de corazón. Fue una expresión que usó durante semanas cuando la conoció. De camino al colegio, primero caminaba *de corazón* por su calle, observando las mínimas diferencias de las casas idénticas: cortinas de colores distintos, una azalea en el lado izquierdo de la puerta y no en el derecho, un buzón o una puerta con algún detalle peculiar. Luego, *de corazón* caminaba la larga milla a lo largo del terreno baldío con el aviso gracioso. Por último, un giro a la derecha la llevaba por el callejón de servicio a la avenida principal donde, *de corazón*, se montaba al autobús. «Toda una señorita», le dijo su madre la primera mañana que Carla anduvo el camino sola, con el corazón golpeándole en el pecho. Era una caminata larga y atemorizante, pero no se quejaba pues eso era preferible a la vergüenza de que la atrasaran un año. Y lo agradecía.

A medida que pasaban los meses, tampoco se quejó de otras cosas que le producían más miedo. Todos los días, en el patio y en los pasillos de su nuevo colegio, una pandilla de muchachos la perseguía y la insultaba con algunas expresiones que ella había oído en boca de esa señora mayor, la vecina del apartamento que tuvieron alquilado en la ciudad. Cuando no les veían las monjas, los muchachos le lanzaban piedras, apuntando a los pies para que no se le notaran los moretones. «¡Vuelve al lugar de donde viniste, sucia *spic*!» Uno de ellos, que estaba detrás de ella en la fila, le tiró de la blusa, se la sacó de la falda y la levantó. «No tiene tetas», se mofó. Otro le bajó las medias, descubriéndole las piernas donde había empezado a crecer un vello negro y suave. «¡Patas de mono!», les gritó a sus compinches.

—¡Basta! —lloró Carla—. Por favor, ¡paren!

Los muchachos la remedaron, burlándose de su acento hispano.

Habían sacado a la luz su vergüenza más íntima: su cuerpo estaba cambiando. La niña que había sido en la isla, en español, estaba desapareciendo. En su lugar, casi como si las feas palabras de los muchachos y sus provocaciones tuvieran el poder de los hechizos, aparecía una adulta velluda, con un asomo de senos, que nadie amaría jamás.

Cada día, Carla emprendía el largo camino al colegio con una hueste de sentimientos encontrados. Ante todo estaba ese cuerpo cuyos cambios observaba día a día tras la puerta cerrada del baño, hasta que una de sus hermanas golpeaba para avisarle que su turno había terminado. Hubiera querido envolverse de pies a cabeza tal como había oído que hacían las chinas con los pies, para evitar crecer. Así seguiría siendo ella misma: una muchachita delgada y rápida, de ojos castaños y una trenza que le caía por la espalda, una niña que apenas había empezado a darse cuenta de que podía lograr cosas en este mundo.

También sentía cierto alivio por ir a su propio colegio y al curso que le correspondía, lejos de la multitud de su familia. Luego podía regresar a casa y contar lo que había sucedido sin tener un coro de tres contradictoras corrigiéndola todo el tiempo. Sin embargo, el pavor resurgía. En el patio del colegio, la pandilla de cuatro o cinco muchachos, rubios, altaneros, de cara pecosa, la estaría esperando. Se veían insulsos e inescrutables, al igual que el resto de los americanos. Sus rostros no dejaban traslucir el menor indicio de calidez humana. Sus ojos eran demasiado claros para abrigar miradas afectuosas o cómplices. Sus cuerpos pálidos no parecían reales sino que eran como disfraces que estuvieran usando para hacer el papel de sus perseguidores.

Ella los observaba. En clase, se inclinaban sobre sus textos o ponían cara de susto cuando la hermana Beatrice, su maciza profesora que no aceptaba tonterías, los regañaba por no hacer la tarea. A veces, Carla los espiaba en el patio de recreo, cuando, a través de la reja formada por eslabones de cadena, miraban los carros estacionados en la acera. Para sorpresa de Carla, esos carros tenían nombres además de color o tamaño. Todo lo que ella sabía del de su familia, por ejemplo, es que era un carro negro grande, donde las cuatro hermanas cabían en el asiento de atrás, aunque Fifi siempre armaba alboroto y terminaba sentada delante. Carla sí podía identificar los Volkswagen, siempre de color negro, eran los carros que usaba la policía secreta en la isla. Cada vez que Mami veía uno, se santiguaba y rezaba una oración por tío Mundo, que no había obtenido permiso para salir de la República Dominicana. Al margen de los Volkswagen, de los carros azules medianos y de los negros grandes, Carla no distinguía ninguno.

Pero los niños en la reja hablaban entusiasmados de los Ford y los Falcon y los Corvair y los Valiant Plymouth. Discutían cuáles eran los más veloces y qué modelos eran los mejores. Carla, a veces, imaginaba que la llevaban al colegio en un lujoso carro rojo y que todos los muchachos la admirarían, sin embargo, no conocía a nadie que pudiera llevarla. Su padre, un inmigrante de grueso bigote, con acento y traje de tres piezas, sólo serviría para hacerla caer en un ridículo aún mayor. Su madre no sabía manejar. A pesar de que Carla podía pensar que su familia tuviera un carro muy costoso, no lograba imaginar que sus padres fueran diferentes. Eran algo que le había sido dado y que, como ese nuevo cuerpo en el que se estaba convirtiendo, no podía cambiar.

Un día, cuando llevaba alrededor de un mes asistiendo al Sagrado Corazón, un carro la siguió a lo largo del trecho entre la parada del autobús y su casa. Era un carro verde limón, mediano y con trompa larga. Si hubiera sido una persona, Carla lo habría descrito como narizón. Un carro narizón, verde limón. Se movía lentamente, siguiéndola. Carla imaginó que el conductor buscaba una dirección, como cuando Papi andaba despacio y los demás le tocaban la bocina, porque iba leyendo los letreros de las tiendas antes de detenerse frente a una en particular.

Un quejido de la bocina hizo que Carla se estremeciera y se volviera a mirar el carro, que se había detenido, un poco más adelante. Podía ver al conductor con toda claridad, de los hombros para arriba. Era un hombre vestido con una camisa roja, más o menos de la edad de sus padres, aunque a Carla le costaba adivinar la edad de los americanos. En su opinión, eran como los carros. Podía identificarlos por el color de la ropa y por ciertos parámetros de edad: niños menores que ella, niños de su

191

edad, un joven de bachillerato, y luego estaba el grupo indistinguible de adultos.

Ese adulto americano de la edad de sus padres le hizo señas para que se acercara a la ventanilla. A Carla le daba terror que le preguntaran cómo llegar a alguna parte, se habían mudado a esa zona poco antes de que empezara el año escolar, y todo lo que sabía era la ruta de la casa a la parada del autobús. Además, sólo manejaba el inglés que había aprendido en clase, una lengua extranjera. Sabía frases sosas y neutras: cómo pedir un vaso de agua, cómo dar los buenos días y decir buenas tardes y buenas noches. Cómo dar las gracias y responder de nada. Pero si un adulto americano de edad indeterminada le pedía indicaciones para llegar a alguna parte, hablando invariablemente rápido, ella no tendría más remedio que encogerse de hombros y sonreír a modo de disculpa. «No hablo mucho inglés», diría excusándose con una tímida vocecita. Era algo que detestaba admitir, semejante confesión no hacía más que probar de manera incuestionable lo que decía la pandilla de muchachos: que ella era una intrusa y no pertenecía a ese lugar.

Mientras Carla se acercaba, el conductor bajó el vidrio de la ventanilla del pasajero. Ella se inclinó como si fuera a hablarle a un niño y miró hacia el interior. El hombre le sonreía amistosamente, pero había algo extraño en esa sonrisa que Carla no lograba determinar: tenía un matiz de vergüenza, de sonrisa herida, como si el hombre hubiera sido una víctima a lo largo de toda su vida y por eso su gesto no era amigable sino buscaba aplacar a los demás. Tenía la camisa roja desabotonada, lo que podría considerarse normal ese día excesivamente cálido. De hecho, si a ella no le hubiera empezado a salir vello en las piernas, se habría quitado las medias verdes hasta la rodilla del uniforme del colegio para hacer el camino a casa sin ellas.

El hombre se dirigió a ella:

—¿Adóndevas? —preguntó, uniendo las palabras como lo hacían todos sus compatriotas. Igual que siempre, Carla no estaba segura de haber entendido bien.

—¿Perdón? —preguntó cortésmente, apoyándose en el carro para oír mejor el murmullo del hombre. Algo le llamó la atención, miró hacia abajo y no pudo desviar la vista, horrorizada.

El desconocido se había recogido los faldones de la camisa justo por encima de la cintura y de ahí para abajo estaba desnudo. Alrededor de la cintura tenía una cuerda, cuyos extremos se ataban al frente y luego bajaban para rodearle el pene. Mientras Carla miraba, su enorme cosa chata creció y se hinchó hasta llenar y tensar el lazo que lo atrapaba.

—¿Adóndevas? —Su voz sonó más lenta esta vez, y Carla estuvo segura de haberle entendido. Clavó la mirada en los ojos del hombre.

—¿Perdón? —repitió aturdida.

El hombre se inclinó hacia la puerta del pasajero y la abrió.

—Venacá. —Hizo un gesto para señalar el asiento a su lado—. Ven —gimió. Se cubrió la cosa con la mano como si fuera una llama que pudiera apagarse.

Carla agarró su montón de libros con más fuerza. La boca se le abrió. No se le ocurría ninguna palabra, ni en inglés ni en español. Retrocedió para alejarse del carro

193

grande y verde, mientras seguía mirando fijamente al hombre, en cuya cara se fue dibujando, de una forma cada vez más evidente, una expresión dolida, apremiante, como un ruego al que Carla no sabía qué responder. Su brazo hizo ademán de bombear algo que ella no alcanzaba a ver y luego, tras mucha agitación, quedó en silencio. Su rostro se relajó como si estuviera en paz. El hombre bajó la cabeza, como si rezara. Carla se dio la vuelta y huyó calle abajo, con el montón de libros golpeándole la pierna como un látigo que le impedía correr más y más rápido.

Su madre llamó a la policía tras reconstruir la historia entrecortada y frenética que Carla le relató. La enormidad de lo que había visto iba a ser superada por la aún mayor enormidad de involucrar a la policía. Carla y sus hermanas temían a la policía de Estados Unidos casi tanto como al SIM de la isla. Su padre también se mostraba incómodo cuando había policías cerca. Si había una patrulla tras él en medio del tráfico, miraba continuamente por el espejo retrovisor e insistía en que guardaran silencio para poder pensar. Si había oficiales en la acera cuando caminaba, les hacía una especie de venia obsequiosa al pasar. En su país, la policía secreta lo había seguido durante meses y la familia a duras penas logró escapar el último día que pasaron en la isla. Claro está que Carla sabía que los policías de Estados Unidos eran «buenos tipos», no obstante, pese a todo, se sentía incómoda cuando los tenía cerca.

El timbre de la puerta sonó apenas unos minutos después de que su madre hubiera llamado a la comisaría.

Ése era un barrio de familias respetuosas con la ley, y nadie quería que un pervertido anduviera suelto, menos aún la policía. Su madre abrió la puerta, Carla se quedó en la cocina, con el corazón desbocado, escuchando las explicaciones que su madre les daba. La voz de Mami se oía aguda, vacilante y con tono de disculpa, una vocecita femenina con acento marcado entre las resonantes e impersonales voces masculinas que la interrogaban.

—Mi hija, volvía a casa...

—¿Dónde, exactamente? —preguntó una voz masculina.

—Por esa calle, ¿sabe? —La madre de Carla debió de haberla señalado—. La que sube desde la avenida, no sé cómo se llama.

—Será el callejón de servicio —dijo otra voz masculina más afable, tratando de ayudar.

—Eso, el callejón. —La jubilosa voz de su madre pareció dar por concluido el problema, cualquiera que éste fuera.

—Continúe, señora, por favor.

—Bueno, mi hija... Me dijo que ese..., ese hombre loco en su carro... —Bajó la voz. Carla sólo escuchaba retazos de la conversación— ...que se subiera al carro...

—¿Dónde está su hija ahora, señora? —preguntó la voz autoritaria.

Carla se encogió tras la puerta de la cocina. Su madre había prometido que no la involucraría, que ella se encargaría de todo.

—No es más que una niña —la excusó su madre.

—Pues, señora, si quiere presentar cargos, tenemos que hablar con ella.

—¿Presentar cargos? —No conocía la expresión en inglés—. ¿Qué quiere decir con eso de presentar cargos?

Se oyó un suspiro exasperado. Una voz excesivamente paciente, que marcaba muy bien las pausas, le explicó los procedimientos legales como si estuviera repitiendo una lección de historia que la madre de Carla debía haber sabido antes de molestar a la policía o de mudarse a ese barrio.

—No quiero meterme en problemas —protesto la madre—. Únicamente creo que ese hombre es un loco que no debería andar por la calle.

—Tiene toda la razón, señora, pero no podemos hacer absolutamente nada a menos que usted, como ciudadana responsable, nos ayude.

No, no, gimió Carla, ahora le tocaría a ella. Las palabras mágicas habían sido pronunciadas. Los García sólo eran residentes legales, no ciudadanos, pero el hecho de que la policía hubiera considerado ciudadana a Mami suponía un cumplido demasiado grande como para ahorrarle a la niña la incomodidad de hablar con la policía.

—¡Carla! —llamó su madre desde la puerta.

—¿Cómo se llama la niña? —preguntó el oficial con la voz de mando.

La madre repitió el nombre completo y se lo deletreó al agente, luego volvió a llamarla con voz autoritaria.

—¡Carla Antonia!

Lentamente, a regañadientes, Carla asomó la cabeza por la puerta de la cocina.

—¿Sí, Mami? —respondió en español, con voz cortés y respetuosa, para impresionar a los policías.

—Ven acá —dijo su madre haciendo un gesto para que se acercara—. Estos amables señores necesitan que les expliques lo que viste. —En su cara se pintó una expresión de disculpa—. Ven, Cuca, no tengas miedo.

—No hay nada que temer —dijo el policía con voz ruda y aterradora.

Carla mantuvo la cabeza baja mientras se acercaba a la puerta, levantó la vista fugazmente cuando los policías se presentaron. Uno era vergonzosamente joven, no parecía mucho mayor que los muchachos de la escuela, sin embargo tenía un enorme cuerpo fornido de adulto. El otro, también grande y de piel clara, parecía mayor, con rasgos afilados y malvados, como los de un animal de fábula que, con sólo verlo en la ilustración, un niño sabe que no es de fiar. Alrededor de las caderas tenían cinturones, con pistolas asomando por las cartucheras. Su masculinidad ofendía y amenazaba. Eran tan grandes, tan fuertes, tan varoniles, tan americanos.

Tras anotar algunos datos sobre ella, el agente del rostro malvado, la voz atronadora y la libreta le preguntó si podría responder unas cuantas preguntas. Carla asintió sumisa, al borde de las lágrimas, sin saber que podía negarse.

—¿Podría describir el vehículo que conducía el sospechoso?

Carla no entendió bien las palabras «vehículo» y «sospechoso» en inglés. Su madre se las tradujo en términos más sencillos.

—¿Cómo era el carro del hombre, Carla?

—Era un carro grande, verde —murmuró.

Como si no hubiera contestado en inglés, su madre repitió la respuesta a los policías.

—Era un carro grande, verde.

—¿De qué marca? —quiso saber el agente.

—¿Marca? —preguntó Carla sin entender la palabra en inglés.

—Marca: si era un Ford, un Chrysler, un Plymouth. —El hombre concluyó la lista con un suspiro. Carla y su madre le estaban haciendo perder el tiempo.

—¿Qué clase de carro? —dijo su madre en español, aunque sabía que Carla no identificaría la marca. Carla negó con la cabeza, y su madre le explicó al oficial, ayudándole a guardar las apariencias—. No lo recuerda.

—¿La niña no puede hablar? —dijo bruscamente el policía rudo. El de aspecto de niño le preguntó directamente:

—Carla —se dirigió a ella pronunciando su nombre de tal manera que se sintió bañada en algo tibio y demasiado dulce—. Carla, ¿puedes describirnos al hombre que viste? —interrogó con voz persuasiva.

La imagen de la cara del hombre huyó de su memoria. Se acordaba únicamente de la sonrisa herida y de unos mechones de pelo rubio y sucio dispuestos con cuidado sobre un cráneo calvo. No recordaba cómo se decía «calvo», así que declaró:

—No tenía casi nada en la cabeza.

—¿Es decir, no usaba sombrero? —le sugirió el policía afable.

—Casi no tenía pelo —explicó, mirando hacia arriba como si estuviera adivinando y quisiera saber si acertaba.

—¿Calvo? —El policía rudo señaló una franja peluda de su muñeca, más abajo del puño de su camisa de uniforme, y luego mostró la palma rosada y sin pelos.

—Calvo, sí —asintió Carla. La vista de los pocos pelos oscuros del hombre la había disgustado. Pensó en sus propias piernas de las que brotaba vello negro, en los cambios que sucedían en secreto en su cuerpo, y que la estaban convirtiendo en una persona adulta. No era de extrañar que los muchachos con voces agudas, mejillas suaves y lampiñas la odiaran. Podían ver que su cuerpo ya la estaba traicionando.

El interrogatorio prosiguió con una descripción de la apariencia del hombre, y luego surgió la temida pregunta.

—¿Qué fue lo que viste? —inquirió el policía con cara de niño.

Carla bajó la vista hacia los pies de los oficiales. Las negras puntas de sus zapatos se asomaban por debajo de las perneras de los pantalones como hocicos de animales arteros.

—El hombre estaba desnudo allí abajo —señaló con un ademán—. Y tenía un cordel en la cintura.

—¿Un cordel? —La voz del hombre era como una mano que tratara de tomarla por la barbilla para que mirara hacia arriba. Precisamente eso hizo su madre cuando el hombre repitió la pregunta—. ¿Un cordel?

Carla tuvo que enfrentarse por fuerza al rostro del policía. Sin duda, era una versión adulta de las caras paliduchas de los niños del patio. Así serían cuando crecieran. No había maldad en esa cara, tampoco amabilidad. No parecía darse cuenta de la difícil situación en la que se encontraba teniendo que describir lo que había visto con su limitado vocabulario en inglés. Era como si el rostro de alguien en una película le preguntara: «¿Qué hacía el hombre con la cuerda?».

Ella se encogió de hombros, y las lágrimas se asomaron a sus ojos.

Su madre intervino.

—La cuerda mantenía en alto el…, su…

—Por favor, señora —dijo el policía que tomaba notas—. Permita que sea su hija la que describa lo que vio.

Carla pensó mucho con qué palabra designar los genitales de un hombre. Habían llegado a ese país antes de alcanzar la pubertad en español, así que muchas de las palabras clave que hubiera podido aprender durante el último año le habían pasado desapercibidas. Ahora estaba aprendiendo inglés en un colegio católico, donde ninguna monja había mencionado jamás la palabra que ella necesitaba.

—Tenía un cordel alrededor de la cintura —explicó. Por la facilidad con que el hombre tomaba notas, supo que lo que decía sonaba lógico—. Y terminaba al frente. —Mostró con gestos sobre su cuerpo—. Y estaba amarrado como un… —Con los dedos formó un cero.

—¿Una lazada? —tanteó el policía amable.

—Una lazada, y su cosa… —Carla apuntó a la entrepierna del oficial. El que estaba escribiendo frunció el ceño—. Su cosa estaba metida en la lazada y fue creciendo y creciendo —barruntó, con la voz temblorosa.

El policía amistoso levantó las cejas y empujó la gorra hacia atrás. Su enorme mano limpió las perlas de sudor que se le habían acumulado en la frente.

Carla rezó sin pensar en una oración determinada, pidiendo que esa entrevista se interrumpiera de inmediato. Lo que empezaba a temer era que su foto, pese a que no había nadie allí para tomársela, apareciera en el periódico al día siguiente y la pandilla de muchachos bellacos la atormentara con lo que había visto. Se preguntó si podría denunciarlos a los policías. «Por cierto…», empezaría a decir. El poli rudo tomaría nota. Tendría las palabras para describirlos: sus caras malvadas y burlonas que conocía de memoria, o *de corazón*. Sus cuerpos idénticos de palidez enfermiza. Sus voces agudas que chillaban de gusto cuando Carla pronunciaba mal una palabra que la habían obligado a repetir.

Poco después de la descripción del incidente, la entrevista terminó. El oficial cerró su libreta y se despidieron. Se alejaron en el coche patrulla, por toda la calle, las cortinas volvieron a su lugar y las persianas entreabiertas se cerraron, como ojos que no han visto el mal.

Durante los siguientes dos meses, antes de que Carla fuera a la escuela pública que estaba cerca de casa, para cursar allí la segunda mitad de séptimo grado, su madre la acompañó al colegio en autobús, y a la salida la iba a buscar. Las burlas y persecuciones terminaron. Los muchachos debieron pensar que Carla se había quejado y su madre acudía a defenderla. Incluso durante las clases, cuando su madre no estaba con ella, la pasaban por alto, sus miradas afiladas y claras recorrían el aula en busca de otra víctima, alguien demasiado gordo, o demasiado feo, o muy pobre o muy diferente. Carla se había desvanecido en las paredes.

Pero sus rostros no se desvanecieron tan pronto de la vida de Carla. Se colaron como intrusos en sus sueños y en sus vigilias. A veces, cuando abría los ojos en la oscuridad, estaban posados a los pies de su cama, un triste coro de caras de pillos, niños sin cuerpo que canturreaban sin palabras: «¡Vete de aquí! ¡Vete de aquí!».

Para no verlos, Carla cerraba los ojos y formulaba el deseo ferviente de que se fueran. En la oscuridad que creaba con los ojos cerrados, rezaba, nombraba primero a sus hermanas y seguía con todos a los que quería encomendar especialmente a Dios, ya fueran de Estados Unidos o de la isla. La lista de nombres familiares parecía no tener fin y la incitaba a dormirse con la sensación de estar a salvo, en un mundo aún poblado por aquellos que la amaban.

Nieve, Yolanda

Durante nuestro primer año en Nueva York, alquilamos un apartamento pequeño cerca de una escuela católica donde enseñaban las Hermanas de la Caridad, corpulentas mujeres vestidas con hábitos negros largos y tocas, parecían seres muy extraños, como muñecas enlutadas. Pronto me encariñé con ellas, especialmente con mi maestra de cuarto grado, la hermana Zoe, siempre la imaginé como una especie de abuela. Decía que mi nombre era muy lindo y me propuso que enseñara a toda la clase cómo se pronunciaba correctamente. *Yo-lan-da*. Yo era la única inmigrante de mi clase, motivo por el que me ofrecieron sentarme en un lugar especial, en primera fila, junto a la ventana, separada de las demás niñas, para que, de este modo, la hermana Zoe pudiera ocuparse de mis estudios sin molestar a mis compañeras. Con parsimonia, pronunciaba palabras en inglés que yo debía repetir: *laundromat, corn flakes, subway, snow.*

Pronto supe el inglés suficiente como para darme cuenta de que en el ambiente se respiraba el temor a un holocausto. La hermana Zoe explicó a un aula de niños boquiabiertos lo que sucedía en Cuba. Allí se ensamblaban misiles soviéticos que, supuestamente, se programarían para que impactaran contra Nueva York. El presidente Kennedy apareció, también con aspecto preocupado en la tele que teníamos en casa diciendo que cabía la posibilidad de que declarásemos la guerra a los comunistas. En la escuela hacíamos simulacros de bombardeo aéreo: sonaba una campana de mal agüero y salíamos todos en fila hacia el pasillo, allí nos tendíamos en el suelo y nos cubríamos la cabeza con el abrigo, mientras imaginábamos que se nos caía el pelo y se nos reblandecían los huesos de los brazos. En casa, Mami, mis hermanas y yo rezábamos el rosario por la paz mundial. Percibí todo un vocabulario nuevo: *bomba atómica, lluvia radioactiva, refugio antibombas.* La hermana Zoe explicó cómo sería una explosión atómica. Dibujó un hongo en el pizarrón y luego cubrió los alrededores con puntos, para representar el polvo de la lluvia radioactiva que nos mataría.

Los meses se hicieron más fríos, noviembre, diciembre. Cuando me levantaba aún era de noche, y cuando seguía a mi aliento hacia la escuela todo estaba cubierto de escarcha. Una mañana, mientras miraba por la ventana y soñaba despierta sentada a mi pupitre, vi unas partículas en el aire como las que la hermana Zoe había dibujado: primero unas cuantas dispersas y luego más y más. Grité despavorida: «¡La bomba! ¡La bomba!». La hermana Zoe se volvió de inmediato, su amplia falda negra se infló al girar, y corrió a mi lado. Algunas de las niñas empezaron a llorar.

Entonces, la expresión atónita de la hermana Zoe se desvaneció. «¡Yolanda, mi niña, pero si es nieve! —Se rió—. Nieve.»

«Nieve», repetí. Con cautela miré por la ventana. Durante toda mi vida había oído hablar de los cristales blancos que caían del cielo en invierno, en Estados Unidos. Desde mi pupitre, vi cómo el fino polvo recubría la acera y los carros estacionados. Cada copo era diferente, había dicho la hermana Zoe, como una persona, irremplazable y hermosa.

Espectáculo, Sandi

—Nada de codos, ni de Coca Colas, sólo leche o...
—Mami hizo una pausa. ¿Cuál de las cuatro niñas podía
leer la siguiente recomendación de la lista sobre lo que
debían y no debían hacer para comportarse bien en el
restaurante con los Fanning?

—No poner los codos en la mesa —se aventuró
Sandi.

—Eso ya lo dijo —contraatacó Carla.

—¡Sin pelear, niñas! —las regañó Mami siguiendo
con el sermón.

—Sólo leche o agua con hielo. Y yo pido por ustedes, ¿queda claro?

Las cuatro cabezas con trenzas y cintas asintieron.
En momentos como ése, en que las cuatro niñas parecían
formar parte de un solo organismo, Sandi sentía el deseo
de adentrarse sola por Estados Unidos y no volver a ser
nunca más la segunda niña de cuatro hermanas casi de la
misma edad.

Sin embargo, esta vez asintió. El tono de voz de
Mami no invitaba a llevarle la contraria. Les había expli-
cado tantas veces durante los días pasados, y sobre todo
ese mismo día, las estrictas reglas de cómo comportarse

durante la importante cena con los Fanning, que no tenía sentido hacer payasadas para lograr que su madre fuera menos severa.

—Por favor, Mami, no pidas algo que no me guste —suplicó Sandi. Siempre había sido caprichosa para comer y, ahora que vivían en Estados Unidos, parecía que en su plato se amontonaban muchas más cosas que era incapaz de probar.

—Pescado no, Mami —le recordó Carla—. Me da dolor de estómago.

—Y nada con mayonesa —añadió Yoyo—. No puedo comer...

—¡Niñas! —La madre levantó las manos, igual que los policías de tránsito en la isla, para indicarles que no escucharía una petición más. En su rostro se pintó la expresión asustada que mostraba desde que habían llegado a Nueva York, tres meses atrás, después de escapar milagrosamente de la policía secreta. A la menor provocación, estallaba en llanto, o perdía el control, o amenazaba con acabar en el sanatorio de Bellevue, donde ingresaban a los locos de este país.

—¿No pueden hacer un pequeño esfuerzo esta noche? —Su voz era tan triste que Fifi, la menor, empezó a llorar.

—No quiero ir —gimió—. No quiero ir.

—¿Y por qué no? —preguntó Mami. La cara se le iluminó. Parecía sinceramente perpleja, como si no llevara días aterrorizándolas con la idea de aquella salida, que más bien parecía una visita al médico para que les inyectase el refuerzo de las vacunas que una cita para cenar—. Será muy divertido. Los Fanning nos llevarán a un restaurante español muy especial que salió en una revista. A ustedes les va a encantar, seguro que sí. Además, habrá un espectáculo…

—¿Qué es eso? —Sandi, que ya no intentaba asegurarse de que le gustara el menú, y había empezado a jugar con la cinta del pelo, levantó la vista—. ¿Qué es un espectáculo?

Una expresión juguetona apareció en la cara de su madre. Levantó los hombros, arqueó los brazos por encima de su cabeza y batió palmas, para luego zapatear cada vez más rápido, rápido, rápido, como si estuviera apagando una hoguera.

—¡Baile flamenco! ¡Olé! ¿Se acuerdan de aquellas bailarinas? —Sandi asintió. El año pasado, en la Feria del Mundo Dominicano, vieron a unas bailarinas españolas que las dejaron fascinadas.

Mientras Mami explicaba que en el restaurante habría un espectáculo de flamenco y una deliciosa comida, se oyó una serie de golpes desde el piso de abajo.

Las niñas se miraron entre sí y luego volvieron la vista hacia su madre, quien alzó los ojos al cielo.

—La Bruja —les explicó—. Me he olvidado de la Bruja.

La anciana que vivía en el apartamento de abajo, que se peinaba en la peluquería con una especie de casco de pelo azulado, se había quejado en varias ocasiones al administrador de la comunidad desde que se instalaron allí. Pretendía que echara del edificio a los García. Argumentaba que su comida olía mal, que hablaban muy alto y en idioma extranjero, que las niñas parecían una manada de burros salvajes. Alfredo, el administrador puertorriqueño, aparecía delante de su puerta casi todos los días pidiendo que la señora García bajara el volumen de la radio.

Un día, Alfredo apareció pidiendo a la señora García que controlara mejor a las niñas porque habían despertado a la vecina con el ruido de los zapatos.

—Si yo las controlo —se excusó la madre… Luego Sandi escuchó cómo se defendía con la voz quebrada—: Pero es que no podemos dejar de caminar, no podemos dejar de respirar.

Alfredo examinaba el descansillo del cuarto y tras haber comprobado que no le escuchaba nadie murmuraba entre dientes.

—La entiendo, la entiendo. —Se encogía de hombros, impotente—. Este país es un lugar difícil hasta que uno se acostumbra. No se tome las cosas de manera personal. —La madre asentía en silencio. Luego con voz amable añadía—: ¿Y cómo están las pequeñas señoritas? —Alfredo saludaba a las crías por encima del hombro de la señora García. Éstas sonreían, tal y como les habían enseñado, pero Sandi, burlona, bizqueaba. No le caía bien Alfredo. Había algo en su excesiva amabilidad y en el modo en que se dirigía a ellas en inglés, pese a que la lengua de todos era el español, que le producía desazón. A la Bruja de abajo la consideraba el mismo diablo, y el hecho de que viviera por debajo de ellas daba fuerza a esa idea. En ocasiones, cuando Sandi, jugando, toreaba a Yoyo con una toalla, gritaba «¡Olé!» cada vez que escapaba de la muerte, y zapateaba de alegría, levantando el brazo derecho hacia un público imaginario. Después de hacerlo sentía remordimiento, pero no podía evitarlo.

Un día, poco después de haberse instalado allí, la Bruja detuvo a la madre y las niñas en la entrada y les escupió las mismas horribles palabras que los niños a veces usaban en el colegio: «¡*Spics*! ¡Lárguense al lugar del que vinieron!».

Cuando Papi llegó tras terminar su turno en el hospital, se dio una ducha, cantando una de sus canciones favoritas de la isla. Las niñas reían mientras se ponían los vestidos de fiesta. Habían descubierto que el apellido de los Fanning sonaba parecido a una palabra que habían aprendido en el patio de la escuela: *fanny*, trasero, y esto las había animado. Así que, riendo, empezaron a decir frases jugando con las dos palabras: «Iremos a cenar con los señores *Trasero*».

Papi salió del baño peinándose los rizos mojados hasta alisarlos. Miró a las niñas y les hizo un guiño.

—Su Papi es un hombre apuesto, ¿no es cierto? —Posó frente al espejo del pasillo, mirándose de uno y otro lado—. Qué hombre hay más guapo que Papi.

Las niñas le respondieron con gritos de «¡Ay, Papi!». Era la primera vez, desde que llegaron a Nueva York, que veían a su padre de buen humor. Casi siempre se mostraba preocupado por *la situación* en la isla. Algunos de los tíos tenían problemas. Tío Mundo estaba en la cárcel, y tío Fidelio quizá estuviera muerto. Papi no había logrado convalidar el título para ejercer de médico en Estados Unidos y el dinero se les estaba terminando. El doctor Fanning trataba de ayudarles a conseguir trabajo, pero antes Papi debía aprobar el examen de convalidación. El doctor Fanning fue quien organizó lo de la beca que les permitió salir de su patria. Y ahora, el matrimonio Fanning invitaba a toda la familia a un restaurante caro de la ciudad para darles la bienvenida, pues sabían que los García no podían permitirse un lujo semejante en esos momentos. Mami decía que era una pareja tan agradable que le hacía creer què, en el fondo, los americanos eran personas de buen corazón.

—Pero tienen que portarse bien —insistió Mami volviendo a la carga—. Deben mostrarles que vienen de buena familia.

Mientras Mami y Papi acababan de vestirse, las niñas los miraban. Les sorprendían los pantys, una nueva prenda de vestir muy incómoda que ahora se veían obligadas a usar. Esas cosas formaban bolsas en los tobillos y se escurrían en la entrepierna, dando la sensación de que se caían. Se comparaban con las momias vendadas de los museos. Sandi, opacando el vidrio de la vitrina con el vaho de su respiración, se preguntaba «si alguien quitase las vendas a las momias, surgirían egipcios morenos o, tras tanto tiempo aprisionados, tendrían la piel blanca. Eso mismo les pasaba a los americanos que pasaban los inviernos ocultando la piel bajo la ropa gruesa».

Sandi apoyó los codos en el tocador y observó a su madre peinándose el pelo oscuro frente al espejo. Esa noche volvía a ser la belleza que había sido en la isla. Su cara se veía pálida y dramática. Sus ojos, al contraluz, brillaban como ámbar. Llevaba un vestido negro con escote en la espalda y los hombros descubiertos, su cuello parecía el de un cisne nadando en el lago. Alrededor del cuello brillaba su collar más elegante, con diamantes de verdad.

—Si las cosas empeoran de verdad —decía como una burla triste—, vendemos el collar y los aretes que Papito me regaló. —Papi la regañaba y le advertía que no dijera disparates.

Sandi pensaba que si las cosas llegaran a ponerse tan mal, ella vendería la pulsera de dijes, la que tenía un molino que siempre se le enredaba en la ropa. Incluso se cortaría el pelo para venderlo, pues una sirvienta, en la isla, le había dicho que las niñas con pelo bonito siempre podían hacer eso. No tenía idea de quién lo compraría. No había visto que en los grandes almacenes, a los que Mami las llevaba para conocer el nuevo país, se vendiera pelo. No importa, Sandi haría los sacrificios necesarios. Esta noche, pensó, demostraré a los Fanning que soy una hija dispuesta a sacrificarme. Quizá la adoptasen, le darían la paga, como la que les daban los padres a sus hijas en Estados Unidos, y ella la entregaría a su familia. Si le permitían ver de vez en cuando a sus padres y a sus hermanas, esa vida no parecía mala, sería la hija única de una familia americana elegante y rica.

Abajo, Ralph, el portero, que había llegado desde Irlanda cuando era niño, se detuvo junto a la puerta para hacer una exagerada reverencia al paso de cada niña. Siempre jugaba con ellas, las llamaba Misses Garcías como si fueran hijas de una familia acaudalada. Mami a menudo comentaba que, probablemente, Ralph ganara más dinero que Papi con la beca. Gracias a Dios que el abuelo les ayudaba. «Sin Papito —decía a las niñas, tras haberles hecho jurar que jamás lo repetirían a su padre—. Sin Papito tendríamos que vivir del *welfare*.» Las niñas sabían que el *welfare* era un dinero que se entregaba a los

necesitados del país para que no se convirtieran en pordioseros, como los que había a la entrada de la Catedral,
en Santo Domingo. Papito pagaba el alquiler, les había
comprado la ropa de invierno y, una vez, las llevó al Lincoln Center a ver bailarinas que danzaban sobre las puntas de los pies, como las muñecas.

—¿Le busco un taxi, Doc? —preguntó Ralph, cosa
que hacía cada vez que la familia salía engalanada. Por lo
general Papi respondía que no, caminaban hasta la esquina y allí cogían el autobús. Sin embargo, esa noche,
para sorpresa de Sandi, el padre decidió derrochar.

—Sí, Ralph, por favor, un taxi para todas mis niñas.
—Sandi no podía creer lo feliz que parecía su padre.
Deslizó su manita en la de él, y él le dio un apretón antes
de soltarla. No era un hombre a quien le gustara hacer
demostraciones de cariño en tierras extrañas.

Mientras el taxi emprendía el camino, Mami tuvo
que repetirle la dirección al chofer porque no entendía
el acento de Papi. Sandi supo, con una punzada de dolor,
qué había echado de menos durante los últimos meses:
este tipo de atenciones. En la isla, siempre había un chofer que les abría la puerta o un jardinero que saludaba
quitándose el sombrero y media docena de sirvientas y
niñeras comportándose como si la salud y el bienestar de
los niños García de la Torre fueran un asunto de interés
público. Claro, por lo general eran los niños De la Torre, y no las niñas, quienes recibían un trato especial. Sin
embargo, a las niñas con el apellido De la Torre, también se les hacía sentir personas importantes.

El restaurante tenía un toldo blanco con el nombre
escrito en letras rojas, El Flamenco. Un portero, vestido

como algún tipo de dignatario, con una banda roja que le atravesaba la pechera de volantes blancos, les abrió la puerta del carro. Una alfombra sobre la acera llevaba hasta la entrada del restaurante, y desde el vestíbulo se alcanzaba a ver un gran salón de mesas cubiertas con manteles blancos y servilletas dobladas en forma de mitras de obispo. La cubertería y los vasos brillaban como ornamentos. Alrededor de las mesas ocupadas, se reunían unos cuantos camareros, con el pelo tirante recogido atrás para formar una coleta como la de los toreros. Llevaban faja y camisas blancas con volantes, hombres atractivos como el que un día se casaría con Sandi. Lo mejor de todo eran los deliciosos olores conocidos a ajo y cebolla, y la cadencia melódica del español que hablaban los camareros de ojos negros, a Sandi le recordaron a sus tíos.

A la entrada del comedor, el *maitre* explicó que Mrs. Fanning había llamado para decir que su marido y ella estaban de camino, que los García se sentaran y pidieran algo de beber. Los guió, en una procesión de seis, hasta una mesa cercana a una plataforma. Retiró la silla de cada uno para que se sentaran, les entregó la carta abierta, insinuó una ligera inclinación y se alejó. Tres mozos aparecieron para llenar los vasos de agua, acomodar los cubiertos y los platos. Sandi permaneció muy quieta y observó los hermosos dedos largos en su rápida labor.

—¿Puedo ofrecerle algo de beber, señor? —dijo uno de ellos, dirigiéndose a Papi.

—¿Puedo pedir una Coca Cola? —interrumpió Fifi, quien inmediatamente se dio cuenta de lo que había hecho, cuando su madre y sus hermanas la miraron—. Quiero leche con chocolate.

Su padre se rió bonachonamente, consciente del camarero que aguardaba.

—No creo que tengan leche con chocolate aquí. Pueden pedir Coca Cola esta noche, ¿no es cierto, Mami?

Los ojos de Mami se elevaron al cielo mostrando una exasperación fingida. Estaba demasiado bella esa noche para ser su madre y para imponer las reglas de siempre.

—¿Se dan cuenta? —susurró a Papi cuando el mozo se retiró con la orden de las bebidas. Las niñas se acercaron para oír mejor. Ahora que vivían en Estados Unidos, Mami era la que dirigía porque *había ido* al colegio allí y *hablaba* inglés sin acento—. Miren el menú. ¡No tiene precios! Apuesto que una Coca Cola cuesta dos dólares.

Sandi quedó boquiabierta.

—¡Dos dólares!

Su madre la hizo callar con una mirada disgustada.

—No nos hagas pasar vergüenza, Sandi, ¡por favor! —dijo, y luego se rió cuando Papi le recordó que el español no era un idioma con el que pudieran hablar en secreto en ese lugar.

—¡Ay, Mami! —Le cubrió la mano fugazmente con la de él—. Ésta es una noche especial. Quiero que pasemos un buen rato. Necesitamos celebrar algo.

—Supongo que sí —respondió Mami suspirando—. Y pagan los Fanning.

La expresión de Papi se tensó.

—No hay nada de qué avergonzarse —le recordó Mami—. Cuando ellos estuvieron en la isla, los tratamos como a reyes.

Era cierto. Sandi recordaba cuando el famoso doctor Fanning había ido a la República Dominicana a enseñar a los mejores médicos del país los nuevos procedimientos en cirugía cardiaca. Habían invitado al residencial familiar al alto y delgado señor junto a su esposa tontorrona. Organizaron parrilladas que convertían el camino a las casas en una hilera de carros alineados y había un ejército de choferes intercambiando noticias y chismes bajo las palmas.

Cuando las bebidas llegaron, Papi hizo un brindis gracioso, en español, y en voz lo suficientemente alta como para que los camareros lo escucharan, pero eran demasiado profesionales y, si alcanzaron a oír, ninguno se rió. Cuando todos levantaron los vasos, Mami se inclinó sobre la mesa.

—Ya llegan…

Sandi se dio la vuelta y vio al *maitre* que se acercaba junto a una mujer alta y muy emperifollada, seguida de un hombre mucho más alto que parecía preocupado. Tardó un momento en reconocer a esas personas como las de la isla, allí pasaban el tiempo alrededor de la piscina, con la boba apariencia que proporcionan las gafas de sol, los grandes sombreros, la nariz untada de crema bronceadora, y se dirigían a los sirvientes en un español francamente deficiente.

Siguió un momento de saludos y disculpas. Papi se levantó, y Sandi, que no sabía qué debía hacer en esa situación, también se levantó, pero una mirada de su madre la hizo sentar de nuevo. El doctor y su esposa se detuvieron junto a cada niña, «para verlas bien» y recordando que cada una de ellas era apenas así de alta la última vez que se habían visto.

—¡Qué mujercitas más lindas! —bromeó el doctor Fanning—. Carlos, ¡tiene todo un harén! —Las cuatro niñas vieron la sonrisa pícara que se pintó en su cara.

En los primeros minutos, los adultos intercambiaron noticias. El doctor Fanning contó que había hablado con un amigo, gerente de un hotel importante, que necesitaba un médico de planta. «El trabajo era sencillísimo —explicó el doctor—. Más que nada ocuparse de que las viudas millonarias tuvieran su dosis de Valium. Pero la paga sí que era buena, de verdad.» El padre de Sandi bajó la vista a su plato, agradecido, pero también avergonzado por estar en apuros y en deuda con él.

Las bebidas de los Fanning llegaron a la mesa. La señora se tomó la suya en varios tragos ávidos, y luego pidió una segunda. Había estado callada durante la emoción de la llegada, pero ahora rebosaba de preguntas, arqueaba las cejas y ponía cara triste cuando la señora García le explicaba que no habían podido saber nada más de la familia desde el bloqueo informativo de hacía dos semanas.

Sandi examinó cuidadosamente a la señora. ¿Por qué el doctor Fanning, que era alto y hasta cierto punto bien parecido, se había casado con esta mujer tan sosa y de grandes dientes? A lo mejor ella era de buena familia, en la isla, ésa era la razón por la que los hombres se casaban con mujeres sosas y con dientes de conejo. A lo mejor Mrs. Fanning venía junto con todas las joyas que llevaba encima, y al doctor le había deslumbrado el brillo, igual que los pececitos cuando se envuelve papel de aluminio en una cuerda y se deja caer en los pozos poco profundos.

El doctor abrió la carta.

—¿Qué querrán tomar? ¿Niñas? —Éste era el momento para el que se habían preparado con tanto cuidado. Mami pediría por ellas, y no debían ser groseras o directas ni decir qué plato querían o cuál no. Además, a medida que Sandi intentaba leer la carta, con ayuda del dedo índice, pronunciando las sílabas, se daba cuenta de que no reconocía los nombres de los platos.

Su madre le explicó al doctor Fanning que las niñas compartirían dos pastelones.

—Ya, pero el marisco es tan bueno aquí —comentó el doctor en tono de súplica, mirando a Mami por encima de sus anteojos, que se le habían escurrido nariz abajo como los de un maestro de escuela—. ¿Qué tal una paella, niñas? ¿O camarones a la vinagreta? —preguntó diciendo los nombres de los platos en español.

—No les gustan los camarones —respondió su madre, Sandi se sintió agradecida viendo que su madre la defendía y no tendría que comer esa especie de gusanos. Por otro lado, a Sandi le hubiera gustado pedir algo diferente, para ella sola. Pero recordó las advertencias de su madre.

—Mami —susurró Fifi—. ¿Qué son los pastelones?

—Pastelón, Cuca. —Mami explicó que eran algo parecido al pastel que Chucha preparaba en la isla, con arroz y carne molida—. Es muy sabroso. Sé que a ustedes les va a encantar, niñas. —Y luego las miró enfáticamente, de manera que ellas interpretaron que más valía que la comida les gustara.

—Sí —contestaron amablemente cuanto el doctor Fanning les preguntó si de verdad querían pastelón.

—¿Sí qué? —las alentó Mami.

—Sí, gracias —dijeron a coro. El doctor rió y les hizo un guiño cómplice.

Una vez pidieron y con bebidas renovadas en la mesa, los adultos cayeron en el ritmo monótono de la conversación de la gente mayor. De vez en cuando, la alteración en la cadencia de una historia que empezaba hacía que Sandi se enderezara para oír mejor. Si no, seguía sentada en silencio, jugando con los sobrecitos de azúcar hasta que su madre la hizo parar. Observó las distintas mesas alrededor de la suya. Todos los demás comensales eran blancos y hablaban en voz baja y fría. Americanos, con seguridad. Sandi pensó que todos ellos hubieran podido ir a cenar a otra parte, pero habían preferido un lugar español. Así que la Bruja estaba equivocada. La gente pagaba por estar cerca del español.

Su mirada cayó en un camarero joven cuya tarea parecía ser rellenar de agua las copas de las mesas, a medida que se vaciaban. Cada vez que se cruzaban las miradas, ella desviaba la vista avergonzada, pero el aburrimiento la fue haciendo más audaz. Inició una especie de coqueteo. Él le sonreía, y cuando ella le respondía, se acercaba con su jarra de plata para llenarle nuevamente la copa de agua. Su madre se dio cuenta y la regañó con una indirecta: «Se les va a secar el pozo».

De hecho, Sandi había tomado tanta agua que, según le explicó en voz baja a Mami, iba a tener que ir al baño. Su madre le lanzó otra de sus miradas enojadas. Les había advertido que no debían hacer ninguna petición esa noche durante la cena. Sandi se removió en su asiento, sin querer levantarse sin una autorización cariñosa.

Papi se ofreció a acompañarla.

—Podría aprovechar para ir al baño yo también. —Mrs. Fanning igualmente se puso de pie, diciendo que ella podría ir y aligerarse un poco. El doctor le lanzó una mirada de advertencia, no muy diferente de la que Sandi se había ganado de su madre.

Los tres marcharon hacia el fondo del restaurante, hacia donde el *maitre* les indicó, y bajaron por unas escaleras estrechas, mal iluminadas por lamparitas que colgaban de los arcos. En el sótano medio en penumbras, Mrs. Fanning entrecerró los ojos esforzándose ante los letreros que había en las puertas, en español. «¿Damas? ¿Caballeros?» Sandi contuvo un impulso de corregir la pronunciación de la señora.

—¡Oye, Carlos, vas a tener que traducirme para que no acabe contigo en el lugar equivocado! —La señora meneó las caderas graciosamente, como alguien que tratara de mantener un hula-hula en la cintura.

Papi bajó la vista. Sandi ya había notado antes que su padre era otra persona frente a las americanas. Encorvaba la espalda y se volvía de una cortesía estirada, como la de los sirvientes.

—Sandi le mostrará —dijo, poniendo a su hija entre él y Mrs. Fanning, quien se rió al comprobar la incomodidad de Papi.

—Adelante, corazón de melón. —Sandi abrió la puerta que decía «Damas» y la sostuvo para que pasara la señora. Al darse vuelta para seguirla, Mrs. Fanning se inclinó hacia el padre de Sandi y rozó sus labios con los de ella.

Sandi no supo si quedarse allí como una idiota o entrar al baño y dejar que la puerta se cerrara en ese instante tan incómodo. Al igual que su padre, bajó la vista a los pies y aguardó a que la risueña señora pasara a su lado. Incluso en ese lugar tan mal iluminado, Sandi alcanzó a percibir que el rostro de su padre se ruborizaba.

Las dos se vieron en un bonito y pequeño salón, con un sofá y lámparas y una pila de toallas perfumadas. Sandi espió los cubículos en el área contigua y se metió rápidamente en uno para desahogar su vejiga. Una vez aliviada, sintió todo el sorprendente peso de lo que acaba de presenciar. ¡Una americana casada había besado a su padre!

Mientras salía de su cubículo, oyó que Mrs. Fanning seguía ocupada en el suyo. Rápidamente terminó de subirse las estúpidas medias, luego se enjuagó las manos y cuando empezaba a secárselas con el vestido, se acordó de las toallas. Tomó una de la pila, se enjugó las manos, y luego se dio unos golpecitos en la cara, tal como había visto hacer a Mami con la mota de los polvos. Al mirarse en el espejo la sorprendió ver a una niña bonita que le devolvía la mirada. Era una niña que habría podido pasar por americana, con ojos azules y piel blanca, rasgos que en todas las reuniones familiares decían que se debía a una tatarabuela sueca. Se quitó el flequillo de la frente: su cara se veía delicada como la de una bailarina de ballet. Y, de repente, cayó en la cuenta de que era bonita, como si algún americano importante, alguien como el doctor Fanning lo hubiera afirmado. Lo había oído decir antes, pero el halago era siempre un cumplido de grupo, dirigido a todas las hermanas, así que pensaba que se trataba de una cortesía de los amigos de sus padres hacia las niñas. Como hubieran podido decir «qué grandes son» o «qué listos son», de los hijos varones. Al ser bonita, no tendría que volver al lugar de donde venía. La belleza hablaba las dos lenguas. La belleza pertenecía a este nuevo país, aunque le pesara a la Bruja. Mientras se miraba detenidamente en el espejo, la puerta del cubículo que había tras ella se abrió. Sandi dejó caer su flequillo y salió corriendo del baño.

Su padre estaba en la antesala de los baños, caminando nervioso de un lado para otro, con las manos ocupadas con las monedas que traía en los bolsillos.

—¿Dónde quedó ella? —murmuró.

Sandi apuntó hacia el baño con la barbilla.

—Esa mujer está borracha —susurró, agachándose al lado de Sandi—. Pero no puedo insultarla, imagínate, es nuestra única oportunidad en este país. —Hablaba con el tono de voz grave y bajo que había usado con Mami durante los últimos días en la isla—. Por favor, Sandi, ya eres una niña grande. No vayas a decir ni una palabra de esto a tu madre. Ya sabes cómo está estos días.

Sandi lo miró. Era la primera vez en su vida que su padre le pedía guardar un secreto. Antes de poder responder, la puerta del baño se abrió. Su padre se enderezó. Mrs. Fanning dijo en voz alta:

—¡Aquí estás, cariño!

—¡Sí, aquí estamos! —Respondió el padre en un tono excesivamente alegre—. ¡Y es mejor que volvamos

a la mesa antes de que manden a los *marines* a buscarnos!
—Sonrió maliciosamente, como si se le acabara de ocurrir este comentario que había practicado durante varias semanas.

Mrs. Fanning echó la cabeza hacia atrás y rió.

—¡Ay, Carlos!

Su padre se unió a la risa hueca de la americana, y luego se detuvo bruscamente al notar la mirada de Sandi puesta en él.

—¿Qué estás esperando? —le dijo con voz severa, señalando las escaleras con un gesto de cabeza. Sandi desvió la mirada, dolida. Mrs. Fanning se rió de nuevo e inició el ascenso por las angostas escaleras de caracol. Era como salir de un calabozo, decidió Sandi. Les contaría eso a sus hermanas y les haría desear haber ido también al baño, aunque en el fondo Sandi anhelaba no haberse despegado de la mesa. Así no habría visto lo que ahora no estaba segura de poder olvidar.

En la mesa, el joven camarero le acercó la silla para que se sentase. Seguía siendo encantador, con la piel tan suave y de ese color aceituna intenso, sus manos largas y delgadas como las de los ángeles sosteniendo los libros del coro de las ilustraciones. Sin embargo, ese hombre podía acercarse a ella, igual que Mrs. Fanning había hecho en el sótano. Podía intentar besarla, a ella, a Sandi, en los labios. Así que no permitió que su mirada volviera a encontrarse con la de él.

En lugar de eso, estudió cuidadosamente a los Fanning, en busca de claves que explicasen el misterioso comportamiento. Notó que la señora bebía mucho vino y que cada vez que hacía señas al camarero para que le rellenara la copa, el doctor Fanning le decía algo susurrando. En un momento determinado, cuando el camarero se inclinaba ante la copa vacía, el doctor la cubrió con la mano.

—Ya es suficiente —espetó, y el mozo se apartó al instante.

—Qué aguafiestas tan cascarrabias —exclamó Mrs. Fanning, lo suficientemente alto como para que toda la mesa se enterara. Por suerte, las niñas no entendían esas palabras en inglés. Mami empezó a alborotar alrededor de Sandi y sus hermanas, fingiendo no darse cuenta del malhumorado intercambio de murmullos entre los Fanning. Pero la pequeña Fifi no quería perder detalle de la escena que tenía lugar en el extremo de la mesa: los miraba con los ojos muy abiertos mientras peleaban, y luego se giró hacia Mami con expresión de que iba a estallar en llanto. Mami le guiñó el ojo y le sonrió con una alegría radiante para hacerle sentir que no había que tomar muy en serio a estos americanos.

Afortunadamente, llegaron los platos en manos de un cortejo de camareros encabezado por el *maitre*, muy atento siempre. La tensión se despejó a medida que las dos parejas probaban pequeñas porciones de los diversos servicios. Brotaron elogios y juicios por toda la mesa. Sandi encontró incomibles la mayor parte de las cosas que llenaban su plato. Pero también contenía una generosa hoja de lechuga decorativa, bajo la que podría esconder buena parte de la carne apelmazada y el arroz grasiento.

Esa noche se sentía por encima de sus padres: se daba cuenta con claridad de que eran gente insignificante comparada con los Fanning y había presenciado una escena que si la revelaba traería problemas. ¡Qué le importaba que le exigieran comer todo el pastelón! Les diría simplemente, como cualquier niña americana, «No quiero. No pueden obligarme. Éste es un país libre».

—Sandi, ¡mira! —Su padre trataba de amistarse con ella. Señalaba el escenario donde las luces se estaban atenuando. Seis señoritas con vestidos largos ajustados con falda de volantes y castañuelas en las manos salieron dando giros al escenario. El guitarrista apareció y rasgueó una melodía que atrajo la atención del público. Unos hombres guapos, vestidos de toreros, se unieron a las mujeres. Zapatearon para saludarlas, ellas devolvieron el zapateo. Seis damas y seis caballeros comenzaron una complicada serie de pasos, las castañuelas de las mujeres marcaban un compás seductor, los hombres respondían a sus movimientos con pavoneos sensuales y zapateaos. Éstos no eran los giros castos y los movimientos delicados de las bailarinas de Lincoln Center. Estas mujeres parecían querer desnudarse delante de los hombres (Sandi no sabía decirlo de otro modo).

Yoyo y Fifi estaban próximas al escenario, y Mami permitió que Carla y Sandi acercaran sus sillas para formar el grupito de hermanas. Los bailaores batían palmas y daban grandes pasos, cabeceando osadamente como caballos. El corazón de Sandi flotaba de la felicidad. Este baile salvaje y hermoso procedía de hispanos, como ella, danzaban al son de una dicha extraña e inquietante que le provocaba fuertes sensaciones.

—Las niñas se están divirtiendo tanto —oyó que su madre decía a Mrs. Fanning.

—Yo también —observó la señora—. Estos hombres son algo increíble. Mira, Lori, mira qué apretados tiene los pantalones aquél.

—Muy bonito —dijo la madre de Sandi, con voz fría.

El doctor le dijo entre dientes a su esposa:

—Sylvia, ya basta.

A medida que el espectáculo avanzaba, Sandi veía los rostros de los bailaores perlarse de gotas de sudor. Parches húmedos se extendían bajo sus brazos, y las sonrisas se mostraban tensas. Sin embargo, aún eran bellos cuando cada pareja, una por una, se adelantaron para ejecutar un solo. Luego, los hombres retrocedieron y de alguna parte sacaron rosas, que entregaron a sus parejas. Las mujeres iniciaron una danza en la que sostenían las rosas entre los dientes, y con las castañuelas tocaban un agradecimiento inclemente a los hombres.

Detrás de Sandi, se oyó una silla raspar el suelo y otra caer; dos figuras se movían. Eran Mrs. Fanning, ¡perseguida por el doctor! La señora logró subir a la tarima, batiendo palmas por encima de la cabeza, el doctor trató de impedírselo, pero no lo consiguió, la mujer escapó hacia el centro del escenario. Los bailaores le abrieron paso de buena gana. El doctor Fanning no la siguió, regresó a la mesa encogiéndose de hombros, enojado.

—Déjela que se divierta —dijo la madre de Sandi. Su voz estaba cargada de entusiasmo fingido—. Lo está pasando muy bien.

—Bebió más de la cuenta, eso es lo que pasa —soltó el doctor.

El restaurante se avivó con las payasadas de la señora. Tenía su talento histriónico cuando chocaba sus caderas con los bailaores y ponía los ojos en blanco. Los demás comensales reían y aplaudían. La administración del restaurante, pensó que era un buen momento y enfocó un reflector hacia la señora Fanning. El guitarrista avanzó al frente, rasgueando una canción americana conocida pero con un toque español. Uno de los bailaores se adelantó para bailar con Mrs. Fanning, que avanzó hacia él mientras éste retrocedía en una especie de persecución de dibujos animados. Los comensales rieron aprobando la pantomima.

Todos menos Sandi. Mrs. Fanning había roto el hechizo de los bailaores salvajes y bellos. Sandi no soportaba verla. Volvió su silla para quedar nuevamente frente a la mesa y se concentró en su copa de agua, haciendo girar el pie y dejando anillos húmedos en el mantel.

Con una ronda de aplausos, Mrs. Fanning volvió a la mesa escoltada por su pareja. El padre de Sandi se levantó y le retiró la silla para que se sentara.

—Vámonos —dijo el doctor, buscando al camarero para pedirle la cuenta.

—Ay, anda, cariño, relájate, ¿quieres? —trató de convencerlo su mujer. Una de las bailarinas le había dado su rosa, y la señora quiso colocarla en la solapa de su marido. El doctor entrecerró los ojos al mirarla pero, antes de poder contestar, una botella de champaña llegó a la mesa, como obsequio de la administración. Con el ruido del descorche, unos cuantos comensales aplaudieron y levantaron sus copas brindando por Mrs. Fanning.

—¡Un brindis por todos nosotros! —dijo la señora, con la copa en alto—. A ver, niñas —las animó. Las hermanas de Sandi levantaron sus copas de agua y las entrechocaron con la de la señora.

—¡Sandi! —dijo su madre—. Tú también.

A regañadientes, levantó su copa.

El doctor Fanning elevó la suya y trató de infundirle un carácter serio al asunto:

—Por ustedes, los García. Bienvenidos a este país. —Ahora los padres alzaron las copas, en los ojos del padre se vio gratitud, y en los de la madre, una humedad que indicaba lágrimas a duras penas contenidas.

Mientras el doctor Fanning hablaba con uno de los camareros, una de las bailaoras se acercó a la mesa, cargando una gran canasta que se sostenía con una tira que pendía de su cuello. Inclinó la canasta hacia las niñas y sonrió con calidez a los dos señores. En la canasta había una docena de muñecas Barbie de pelo oscuro, vestidas de flamencas. La bailaora sacó una de las muñecas y le esponjó la falda del vestido de manera que se abrió como una hermosa flor.

—¿Te gustaría tener una como ésta? —le preguntó a la pequeña Fifi. La mujer habló en inglés, pero su voz tenía un acento tan marcado como el del doctor García.

Fifi asintió ansiosa, y luego miró a su madre, que tenía la vista clavada en ella. Lentamente, Fifi negó con la cabeza.

—¿No? —preguntó la bailaora con voz sorprendida, arqueando las cejas. Miró a las otras niñas y su vista se topó con la de Sandi—: ¿Quieres una?

Por supuesto que Sandi recordaba la advertencia de su madre respecto a no pedir comidas especiales ni ningún tipo de regalos. Los García no podían permitirse extras y no querían poner a sus anfitriones en la incómoda situación de tener que pagar más de la cuenta. Sandi miró la muñeca. Era una réplica perfecta de las hermosas bailaoras, con su traje largo y brillante, una peineta de carey en el pelo, de la que caía una diminuta mantilla de encaje. En los pies tenía zapatitos negros de tacón, como los de las bailaoras. Sandi no hizo caso de la fiera mirada que le lanzaba su madre y alcanzó la muñeca.

Con la punta de su uña pintada, la bailaora-vendedora le mostró las castañuelas minúsculas que la muñeca llevaba en las manos. Sandi sintió una ternura semejante a la que experimentan las madres cuando abren por primera vez los pequeños puños de su hijo recién nacido. Se volvió hacia su padre, haciendo caso omiso de la mirada furibunda de su madre.

—Papi, ¿me puedo quedar con ella? —Su padre miró a la linda vendedora y sonrió. Sandi supo que quería causar una buena impresión.

—Claro —asintió antes de añadir—: Todo lo que mi niña quiera. —La vendedora sonrió.

De inmediato se oyó el grito de las otras tres:

—¡Yo también, Papi! ¡Yo también!

Su madre se estiró y tomó la muñeca de manos de Sandi.

—Bajo ningún concepto, niñas. —Hizo un gesto negativo a la bailaora, que trataba de sacar otras tres muñecas de su canasta.

Mientras tanto, había llegado la cuenta y el doctor Fanning la estaba revisando y apilando billetes en la bandejita. Mientras lo hacía, Papi clavó la vista en el mantel. En su país, todos se disputaban el honor de pagar la cuenta. ¿Qué podía hacer él en este otro país, donde no sabía si tenía suficiente efectivo en el bolsillo para pagar las cuatro muñecas que ahora se veía comprometido a comprar para sus hijas?

—Conocían las reglas —las riñó Mami.

—Por favor, Mami, por favor —suplicó Fifi, sin entender que el hecho de que la mujer le ofreciera una muñeca no quería decir que ésta fuera gratis.

—¡No! —dijo Mami tajante—. Y hasta aquí llegó la discusión, niñas. —El tono cortante de su voz hizo que Mrs. Fanning levantara la vista, estaba absorta recogiendo sus cosas.

—¿Qué sucede? —preguntó a Mami.

—Nada —respondió y sonrió tensa.

Sandi no iba a perder su oportunidad. Esta mujer había besado a su padre. Esta mujer había echado a perder el espectáculo de las bellas bailaoras. Desde su punto de vista, esta mujer estaba en deuda con ella.

—Queremos una de esas muñecas. —Y señaló la canasta en la que la bailaora estaba arreglando las muñecas rechazadas.

—¡Sandi! —le gritó su madre.

—¡Pero si es una idea estupenda! ¡Un *souvenir*! —Mrs. Fanning hizo un gesto a la bailaora para que volviera a la mesa, y ésta se acercó con su canasta rebosante—. Déle una muñeca a cada niña y cárguelas a la cuenta, cariño. —Se volvió hacia su marido, que acababa de cerrar la pequeña carpeta—: ¡Aguarda un momento!

—Bajo ningún concepto… —Papi se enderezó, llevándose la mano a su billetera.

—¡No te molestes! —Mrs. Fanning lo hizo callar. Le tocó la mano para impedir que abriera su billetera.

Papi se estremeció y luego trató de ocultar su reacción zafándose de la mano de la señora.

—Yo las pago.

—No le coja el dinero —ordenó Mrs. Fanning a la bailaora, que sonreía sin comprometerse.

—Pues claro —dijo el doctor Fanning, de acuerdo con su esposa—. Queríamos darles algo a las niñas, pero no sabíamos qué. Esto es perfecto. —Sacó otros cuatro billetes de diez de su fajo de dinero. Papi intercambió una mirada impotente con Mami.

Mientras las hermanas armaban alboroto escogiendo las muñecas, Sandi cogió la que estaba vestida exactamente igual que las bailaoras del espectáculo. Puso la muñeca de pie sobre la mesa, le levantó un brazo por encima de la cabeza y el otro lo extendió hacia el frente, de manera que quedó inmóvil en la posición de las bailaoras españolas.

—Son ustedes demasiado amables —dijo la madre a Mrs. Fanning, y luego, con un tono de voz duro que dejaba entrever el futuro castigo, se dirigió a las niñas—: ¿Qué se dice?

—Gracias —respondieron las hermanas de Sandi a coro, en inglés.

—¿Sandi? —incitó su madre.

Sandi la miró. Los ojos de su madre eran oscuros y bellos como los de la diminuta bailaora que tenía en las manos.

—¿Sí, Mami? —preguntó educadamente, como si no hubiera oído la orden.

—¿Qué le dices a Mrs. Fanning?

Sandi se volvió hacia la mujer, cuya mirada vidriosa, alcohólica, y su sonrisa irónica insinuaban las cosas que Sandi estaba empezando a aprender, cosas que los bailaores sabían muy bien, por eso bailaban con semejante vehemencia y pasión. Hizo que su muñeca diera un salto hacia la señora, y luego una reverencia. Mrs. Fanning rió y devolvió la reverencia con la cabeza. Sandi no se detuvo ahí. Acercó más la muñeca, de manera que la señora remedó una mirada sorprendida, bizca. Sostuvo su nueva muñeca contra la cara de la americana y la inclinó para que la cabeza tocara la mejilla sonrojada de la mujer, y Sandi imitó el sonido de un beso.

—Gracias —dijo en español, como si la muñeca Barbie tuviera que ser fiel a su traje de española.

TERCERA PARTE

1960-1956

La sangre de los conquistadores,
Mami, Papi, las cuatro niñas

1

Carlos está en la despensa, sirviéndose un vaso de agua del filtro cuando ve a dos hombres que se acercan por el camino a la casa, vestidos de caqui almidonado. Cada uno lleva lentes de sol reflectores, y el brillo de sus monturas hace juego con el de las hebillas de las fundas de sus pistolas. Si no fuera por las armas, podrían ser capataces que llegaban a cobrar una cuenta o a supervisar un trabajo realizado con el sudor de otros hombres. Pero las pistolas los delatan.

Al lado de Carlos, Chucha, la vieja cocinera se apresura a traer un platito para el vaso. Con un movimiento de cabeza hacia la ventana la alerta. Ella mira y ve a los dos hombres. Lentamente, para que al acercarse no se den cuenta del movimiento, Carlos se lleva el dedo a los labios. Chucha asiente. Paso a paso, con mucho cuidado, retrocede para salir de la despensa, y una vez en el pasillo, que no tiene ventanas que den al camino, emprende una vertiginosa carrera hacia el dormitorio. Pasa por el patio, donde las cuatro niñas están jugando a las estatuas con sus primos.

El juego las absorbe completamente y no ven el celaje de su cuerpo que pasa a la carrera. Sólo Yoyo, congelada en medio de un giro, mira en su dirección y lo ve.

Nuevamente, se lleva el dedo a los labios. Yoyo baja la cabeza, intrigada.

—¡Yoyo! —grita uno de los primos—. ¡Yoyo se movió!

La discusión estalla justo en el momento en que llega a la puerta de su habitación. Espera que Yoyo no diga una palabra. Con seguridad los hombres la interrogarán después de inspeccionar la casa. Los niños y la servidumbre son los dos grupos a los que siempre interrogan.

En la habitación, abre el enorme clóset-vestidor y la luz interior se enciende. Cuando cierra la puerta, ésta se apaga. Alcanza la linterna y la prende. A lo lejos, oye a los niños peleando y luego el sonido del timbre de la puerta. El corazón le late tan aprisa que lo siente como algo atrapado en su pecho, no su corazón. Calma, calma.

Se dirige hacia el fondo del clóset, detrás de una fila de vestidos de Laura. Lo reconforta el olor a talco mezclado con el olor a sol de la piel de su mujer, y el perfume de los trajes de fiesta. Se asegura de no desalinear la fila de zapatos en el suelo, y pasa sobre ellos para zafar el panel posterior. Descubre un cubículo con un conducto de ventilación que va a dar al baño, sobre la ducha. Eso proporciona aire y algo de luz. Dentro hay dos toallas, una almohada, una sábana, una bacinilla, un recipiente con agua filtrada, aspirina, pastillas para dormir y hasta una imagen de San Judas, patrono de las causas imposibles, pegado a una de las paredes. El pequeño revólver que Vic le dio en secreto (por si acaso) está envuelto en una camisa de color oscuro que descansa junto a unos pantalones del mismo tono para escapar de noche. Carlos entra al cubículo, coloca la linterna en el suelo, y vuelve a poner el panel, encerrándose en el interior.

Cuando ve a su padre pasar corriendo, Yoyo piensa que está jugando uno de sus juegos que nadie celebra y que a Mami le parecen de pésimo gusto. Como cuando dice «¿Quieres oír la voz de Dios?», uno tiene que apretarle la nariz y él se tira un pedo. O cuando pregunta una y otra y otra vez «¿De qué color era el caballo blanco de Napoleón?», después de haberle contestado «blanco». O cuando hace la prueba para saber si uno heredó la sangre de los conquistadores, lo alza por los pies y lo sostiene así hasta que toda la sangre se va a la cabeza, mientras pregunta «¿Tienes la sangre de los conquistadores?». Yoyo siempre dice que no, hasta que no puede aguantar más porque siente como si la cabeza le fuera a estallar, entonces responde que sí. En ese momento, la vuelve a poner en pie y ríe con sonoras carcajadas de conquistador que vienen desde las lejanas colinas de España, la Madre Patria.

Pero Papi no está jugando al escondite, porque poco después de que pasa corriendo, suena el timbre, y Chucha deja entrar a esos dos hombres de pinta aterradora. Son de color café con leche y el caqui de su ropa es del mismo color que su piel, de manera que se ven color crema de pies a cabeza, un color que nadie escogería como su preferido. Los hombres llevan gafas oscuras de espejo. Lo que llama la atención de Yoyo son los cinturones con las fundas de pistolas y el bulto negro y brillante de las armas que se asoman.

Ahora sabe que las armas son ilegales. Sólo los guardias uniformados pueden llevarlas, así que estos hombres o bien son criminales o algún tipo de policía secreta vestida de civil. Mami le ha contado que esos policías pueden estar en todas partes y en cualquier momento, como ángeles de la guarda, sólo que éstos no están allí para impedir que uno haga algo malo sino para atraparlo haciéndolo. Mami ha bromeado con Yoyo, diciendo que más vale que se porte bien, porque si los policías secretos la encuentran haciendo algo malo, la van a llevar a una cárcel para niños donde el menú es una lista de todo lo que a Yoyo no le gusta comer.

Chucha habla alto y repite todo lo que los hombres dicen, como si fuera sorda. Debe de querer que Papi alcance a oírla desde donde quiera que esté escondido. Esto tiene que ser algo serio, como aquella vez que Yoyo le contó a su vecino, el viejo general, una historia inventada sobre que Papi tenía una pistola, cosa que resultó ser cierta porque Papi en realidad tenía un arma escondida por alguna razón. Después, la niñera, Milagros, fue con el cuento de que Yoyo le había dicho todo eso al general, y sus padres le pegaron con una correa en el baño, con la ducha abierta para que nadie oyera sus gritos. Luego Mami tuvo que verse con tío Vic, en medio de la noche, para darle la pistola que llevaba oculta bajo su capote, quería sacarla de casa por si la policía llegaba a hacer una requisa. Fue algo grave. Mami aún habla de ello diciendo «cuando Yoyo casi hizo que mataran a su padre».

Entran los hombres y se sientan en la sala que da al patio interior, tratando de hacer que los niños participen en la conversación. Yoyo no dice ni palabra. Está segura de que estos hombres vienen por la historia de la pistola.

El hombre más alto con el diente de oro le pregunta a Mundín, el único niño, sobre dónde está su padre. Mundín explica que probablemente aún siga en la oficina. Así que el hombre le pregunta por su madre, y Mundín responde que cree que está en la casa.

—La muchacha dijo que no estaba —suelta el más bajo con cara ancha y voz desafiante.

Es un deleite verlo un momento después, cuando cae en la cuenta de que se ha equivocado, al oír a Mundín responder:

—¡Ah!, se refiere a tía Laura. Yo vivo en la casa de al lado.

—Aaaaah —dice el bajo, alargando la palabra, con la boca redonda como el cañón del revólver que les muestra después de haberlo descargado y que los niños se pasan de mano en mano para sostenerlo. Yoyo lo toma, se asoma al agujero del cañón con un estremecimiento. A lo mejor está cargado, a lo mejor si se disparara a la cabeza, todos la perdonarían por haber inventado esa historia de la pistola.

—Entonces, ¿cuáles son las niñas que viven en esta casa? —pregunta el alto. Carla levanta la mano como si estuviera en el colegio. Sandi también, imitándola, y dice a Yoyo y a Fifi que hagan lo mismo.

—Cuatro niñas —dice el gordo, poniendo los ojos en blanco—. ¿Y ningún niño? —Niegan con la cabeza—. Más vale que su padre consiga buenas cerraduras para las puertas.

239

Una expresión preocupada pasa por la cara de Fifi. Unos días atrás se le atascó la manija y luego no pudo recomponerla ni abrir la puerta. Un trabajador de la fábrica de Papito tuvo que venir y desmontar la cerradura completa, haciendo un agujero en la puerta, para dejar salir a la histérica Fifi.

—¿Cerraduras? ¿Por qué? —pregunta con el labio inferior tembloroso.

—¿Que por qué? —ríe el gordo. El rollo de grasa que rodea su cintura se sacude—. ¿Por qué? —sigue repitiendo y soltando nuevas carcajadas—. Ven acá, cielito lindo, y déjame enseñarte por qué tu Papi tiene que poner pestillo en la puerta. —Le hace señas a Fifi con su chueco dedo índice para que se acerque. Fifi dice que no con la cabeza y empieza a llorar.

Yoyo también quiere llorar, pero está segura de que si lo hace, los hombres van a sospechar algo y se van a llevar a su padre, quizá a toda la familia. Yoyo se ve en una celda, en la cárcel. Sería como *Felicidad*, el canario de Mami, en su jaula. Los guardias meterían sus rifles por entre los barrotes para hostigarla, igual que le hace ella a *Felicidad*, con palitos, cuando nadie la ve. La idea la atemoriza tanto que está al borde de las lágrimas, de pronto, oye un carro por el camino, tiene que ser, tiene que ser...

—¡Mami llegó! —grita, con la esperanza de que la buena noticia detenga las lágrimas de su hermanita.

Los dos hombres cruzan una mirada y devuelven los revólveres a sus fundas.

Chucha, con expresión sombría igual que siempre, entra y anuncia en voz muy alta:

—Doña Laura llegó. —Al salir deja caer un fino polvillo. Sus labios se mueven todo el tiempo como si estuviera mascullando entre dientes, cosa que hace habitualmente, pero Yoyo sabe que está haciendo un ensalmo para quitarles todo su poder a los hombres e inmovilizarlos.

Cuando Laura se acerca por el camino, hace sonar la bocina dos veces para alertar al vigilante y que éste le abra el portón. Pero, para su sorpresa, ya está abierta. Chino está fuera de su garita hablando con un hombre vestido de caqui. Más adelante, Laura vislumbra el Volkswagen negro, y el corazón se le zambulle hasta los pies. A su lado, en el asiento del pasajero, va Inmaculada, una jovencita campesina a la que ha tardado meses en convencer para que se monte al carro. Le dice:

—Doña, hay visita.

Laura le sigue el juego, controlando el temblor en su voz:

—Sí, tenemos compañía. —Se detiene y le hace señas a Chino para que se acerque—. ¿Qué hay, Chino?

—Buscan a don Carlos —dice Chino tenso. Baja la voz y mira a Inmaculada quien baja la vista hacia sus manos—. Llevan un rato aquí. Hay dos más esperando en la casa.

—Voy a hablar con ellos —le contesta Laura, y luego añade mirándolo a los ojos rasgados que le hicieron ganar su apodo—: Tú ve a casa de doña Carmen y dile que llame a don Víctor, que le diga que venga acá a recoger sus tenis. Sus tenis, ¿me oíste? —Chino asiente. Lo ha entendido. Vive con la familia desde siempre, bueno,

241

quizá un poco menos tiempo que Chucha, que llegó a la casa cuando la madre de Laura estaba embarazada de ella. Chino llama al hombre de caqui, que tira su cigarrillo a la hierba que hay tras él y se acerca al carro. Mientras lo saluda, Laura ve a Chino atravesando el césped hacia casa de don Mundo.

—Doña, disculpe que le caigamos así —dice el hombre con falsa cortesía, como si la estuvieran exprimiendo y saliera a borbotones—. Necesitamos hacerle unas cuantas preguntas al doctor García, y en la clínica nos dijeron que estaba en casa. Su muchacho (¿Chino, un muchacho? Si pasa de los cincuenta) dice que el doctor no está, que aún no ha llegado, así que lo esperaremos. Seguro que viene de camino… —El guardia mira al cielo, cubriéndose los ojos: el sol está en pleno centro del firmamento, sobre su cabeza. Es mediodía, hora de comer, hora de que todo hombre se siente a su mesa a partir el pan y a dar gracias a Dios y a Trujillo por la abundancia que se disfruta en el país.

—Por supuesto, espérelo, pero no bajo este sol. —Laura usa el tono de gran dama. Sabe que eso, por lo general, desarma a estos pobres lacayos campesinos que se han unido al SIM, la mayoría de ellos con la intención de llevar dinero al bolsillo, comida y ron al estómago, y una pistola a la cadera. Pero en el fondo, siguen siendo los muchachitos harapientos que le tumban cocos al patrón cuando visita las fincas con su familia los domingos—. Pase y tome algo frío.

El hombre hace una inclinación de cabeza para agradecer. Pero no, debe quedarse fuera, son órdenes. Laura promete mandarle una cerveza fría y sigue hacia la casa. Se pregunta si Carmen habrá podido localizar a Víctor. Al primer indicio de problemas, había dicho Víctor, búsquenme, la clave es *tenis, zapatos tenis*. Y él cumple su palabra. No fue su culpa que el Departamento de Estado se acobardara a la hora de llevar a cabo la conspiración que le encargaron planificar. Había prometido sacar a los hombres sanos y salvos y así lo hizo. A todos salvo a Fernando, claro. Pobrecito, terminar como terminó, ahorcándose con su propio cinturón en la celda para evitar revelar los nombres de los demás bajo la tortura que los esbirros de Trujillo le infligían. Fernando ya llevaba un mes en su tumba, ¡San Judas, protégenos!

En la puerta, le indica a Inmaculada que saque la compra del carro y que se asegure de llevarle al hombre del portón una botella de Presidente, la cerveza corriente que todos toman. Luego se persigna y entra en casa. En la sala, los dos hombres se levantan para saludarla; Fifí corre hacia ella bañada en lágrimas; Yoyo va detrás, con los ojos muy abiertos, asustada. Laura ha criado a sus hijas al estilo americano, para lo que leyó toda la información sobre el tema que pudo. Reconoce que no debió pegar a Yoyo cuando la niña les metió semejante susto. Pero en este infierno dislocado uno pierde la cabeza, de verdad que sí, y se aplican reglas diferentes. Ahora, por ejemplo, está pensando en hacer algo desquiciado y descabellado, fingir un desmayo tal como solían hacerlo las mujeres en las películas antiguas cuando querían desviar la atención de algún asunto candente, desabotonándose la blusa y ofreciéndoles a los hombres satisfacer sus caprichos si permiten que el marido y sus niñas escapen a salvo.

—Señores, por favor —dice Laura, invitándolos a sentarse, y luego con una mirada les da a entender a los niños que salgan de la habitación. Todos la obedecen, salvo Yoyo y Fifi, que se quedan una a cada lado de su madre, sin pronunciar palabra—. ¿Hay algún problema? —comienza Laura.

—Simplemente tenemos unas cuantas preguntas que hacerle a don Carlos. ¿Lo está esperando a almorzar?

En ese instante se le ocurre una manera de entretener a los hombres. Confía en que Vic esté llegando, él sabrá cómo manejar todo este lío.

—Mi marido iba a jugar tenis con Víctor Hubbard —pronuncia el nombre despacio, para que lo registren—. Probablemente el juego se alargó. Siéntanse como en su casa, por favor. Mi casa es su casa —dice, recitando la tradicional bienvenida dominicana.

Si la disculpan un momento les traerá una bandeja con algo para picar. Los hombres le piden que no se moleste. En la despensa, Chucha está sola pues Inmaculada ha ido a llevarle la cerveza al guardia. La anciana negra y la joven señora intercambian una mirada.

—Don Carlos —susurra Chucha—, en el cuarto.

Laura asiente. Sabe donde está, y aunque le espanta el hecho de que apenas separen unos pasos a esos hombres del compartimiento secreto y sellado, también da gracias porque esté tan cerca, donde ella casi podría extender el brazo y tocarlo.

De vuelta en la sala les ofrece a los hombres una bandeja con platanitos caseros, maní y cazabe, les sirve a cada uno una Presidente en los vasos ordinarios que usa la servidumbre. Al ver que los hombres miran los platos con curiosidad, recuerda lo que se cuenta de Trujillo. Éste obliga a sus cocineros a probar la comida antes de comerla él. Laura parte un pedazo de cazabe para Fifi, que permanece junto a ella y otro para Yoyo. Luego, coge un puñado de maníes y se los va llevando a la boca uno por uno, como una colegiala. Los hombres alargan la mano y comen.

Cuando suena el teléfono en casa de doña Tatica, siente el timbre en el fondo de su estómago irritado. Malas noticias, piensa. Candelario, no me abandones. Levanta el auricular como si éste tuviera garras para atacarla, y anuncia con una vocecita tímida, muy poco típica de ella:

—Buenos días, El Paraíso, para servirle.

La voz al otro lado de la línea es la de la secretaria americana, una voz que no se anda con rodeos, de una mujer demasiado preparada, que no se molesta en devolver el saludo.

—Asuntos de la Embajada —espeta la voz—, por favor, ponga a don Víctor al teléfono.

Tatica hace eco de la insolencia de la secretaria:

—En este momento, no puedo molestarlo.

La voz replica:

—Urgente. —Y Tatica debe obedecer.

Se dirige hacia la casita #6, atravesando el patio. Tatica, ya de por sí grande, con un macizo cuerpo de color caramelo, se esfuerza por parecer más voluminosa, vistiéndose siempre de color rojo. Es una promesa que le hizo a su santo, Candelario, para que la curase del terrible

245

ardor que siente en las entrañas. El médico hizo su incursión y le cortó parte del estómago y toda la maquinaria femenina, pero Candelario se quedó junto a ella, llenando el vacío de espíritu. Ahora, siempre que percibe acercarse los problemas, siente un reflejo de ese antiguo ardor en la huella de ciempiés que le quedó en la barriga. Algo muy malo se avecina porque a cada paso que da, el dolor se agita en sus tripas y el problema se muestra a cabalidad.

Bajo el árbol de amapola, el muchacho del jardín está holgazaneando con el chofer del americano. Cuando la ve, rápidamente se apresura a podar un seto descuidado. El chofer le da los buenos días y se lleva la mano a la gorra, ella levanta la cabeza para mostrarse superior al empleado del funcionario. La casita #6, que es la habitual de don Víctor, está justo al frente. El aire acondicionado está funcionando. Tatica tendrá que golpear con la fuerza que no tiene para hacerse oír.

En la puerta se detiene. Candelario, ruega mientras levanta el puño para golpear, porque el ardor se ha extendido.

—Urgente —grita, refiriéndose ahora a su propia circunstancia, pues todo su cuerpo se siente bañado en un dolor ardiente, como si su vestido color de fuego se hubiera encendido.

Un maldito golpe suena contra la maldita puerta.
—Teléfono, urgente, señor Hubbard.
Vic sin perder el ritmo responde:
—Un minuto. —Acaba con lo que está haciendo y sacude la cabeza al ver a la criatura dulce y risueña. Añade—:

Excusez moi, por favor. —Casi nunca sabe si se expresa en español, gracias al curso intensivo que recibió en la CIA, en el latín que aprendió durante el bachillerato, o en el francés de la universidad. Pero los *güevos* y los dólares son los que habla en El Paraíso, así que da igual.

Cuando llegó a ese nuevo destino, no sabía lo caliente que resultaría. De inmediato buscó a Mundo, un antiguo compañero de clase que provenía de una de esas familias acaudaladas que mandaban a sus hijos a estudiar el bachillerato a Estados Unidos y, si son varones, también la carrera universitaria. Este viejo amigo lo introdujo en la sociedad dominicana y así llegó a conocer a todos los activistas de clase alta que el Departamento de Estado quería que reclutara para una revolución. Estos hombres le presentaron a Tatica, quien ha sabido ofrecerle numeritos candentes con muchachitas de las que le gustan, oscuras y dulces como tazas de cafecito, tan llenas de maldita cafeína y azúcar de la isla que le dejan a uno tembloroso el resto del día.

Vic se viste rápidamente y, una vez con el traje puesto, se convierte de nuevo en un hombre de negocios.

—Hasta luego —se despide de la niña que permanece sentada, haciendo unos pucheros encantadores—. Pórtate bien —añade en broma. Ella, traviesa, levanta la barbilla. «Francamente, estas niñitas son una ricura», piensa.

Abre la puerta para encontrarse con una Tatica que se le derrumba encima, doscientas libras caen repentinamente en sus brazos. Mira alrededor y ve por encima del hombro de la mujer a su chofer y al joven jardinero que se apresuran a ayudarlo. Tras él, sobre el rugido del aire acondicionado, alcanza a oír el grito de la niña que llama a doña Tatica y ésta, como si la hicieran salir del infierno de su dolor, pone los ojos en blanco y entreabre la boca.

—Teléfono, urgente, Embajada —le susurra a don Vic, quien sale corriendo, dejándola que colapse en brazos de su chusma.

Vic va primero a casa de Mundo, porque la llamada que recibió era de Carmen, y la encuentra a ella en el patio con un sinfín de niños almorzando en la gran mesa. Carmen lo recibe apresurada.

—Gracias a Dios, Vic —le dice a modo de saludo. Un encanto esta menuda señora, y con buenas piernas también. Desafortunadamente, las monjas la reclutaron pronto. Vic ha tenido que hacer esfuerzos para no dormirse, en varias ocasiones, mientras recibía lecciones de catecismo disfrazadas de conversaciones de sobremesa. Se pregunta si se dará cuenta de dónde viene, y sonríe disimulando, pensando en el dulce bomboncito que acaba de dejar, no mucho mayor que algunas de las sirenitas de alrededor de la mesa.

—Tío Vic, tío Vic —lo llaman. «Francamente, amárrenme a un poste», piensa.

Una mirada rápida alrededor de la mesa. No hay señales de Mundo. Quizá tuvo que refugiarse en el escondite temporal que Vic les aconsejó que construyeran en el clóset. Sonríe a Carmen para animarla, ésta le responde con una mueca de miedo.

—En el estudio —dice para orientarlo.

Los niños continúan reclamándolo para que se acerque a la mesa, ellos tienen prohibido levantarse. Él les hace un gesto con la mano.

—Adelante, mis soldados —dice al pasar. Por encima de su hombro oye que Carmen le pregunta:

—¿Ya almorzaste, Víctor?

Estas mujeres latinas, incluso mientras las balas pasan silbando y las bombas llueven de lo alto, quieren asegurarse de que uno tenga el estómago lleno, la camisa bien planchada y un pañuelo limpio. Eso es lo que hace que las niñas bonitas de la buena sociedad se conviertan en excelentes anfitrionas, y que las chicas de Tatica sean amantes tan complacientes.

Golpea a la puerta, dice su nombre, espera, lo dice de nuevo, un poco más alto esta vez pues está funcionando el aire acondicionado. La puerta se abre como por arte de magia, sola, no hay nadie que lo invite a pasar. Entra, la puerta se cierra tras él, y el seguro de una pistola se desactiva.

—¡Guao, señores! —grita, alzando las manos para mostrar que es el mismo amigo de siempre y está desarmado. Las celosías permanecen cerradas y los hombres están dispersos por el cuarto, como si se hubieran asignado puestos de observación. Mundo sale de detrás de la puerta, y Fidelio, el más nervioso, está de pie junto a los estantes, sacando y metiendo libros como si fueran palancas que pudieran abrir una vía de escape para este momento angustiante. Mateo está en cuclillas, como si encendiera una fogata. Al lado de cada una de las ventanas está apostado uno de los hombres. Dios, parecen un montón de conejos asustados.

—Pensamos que era el SIM —dice Mundo para explicar la ligereza de su pistola. Alcanza una silla a su compañero. Todas las sillas del estudio llevan el escudo de su alma máter, Yale. Vic se ha fijado que la familia lo pronuncia *jail*, cárcel.

—¿Qué sucede? —pregunta Vic en un español cargado de acento.

—Problemas —dice Mundo—. Problemas con P mayúscula.

Vic asiente.

—Entonces, en marcha —dice al grupo—. Operación Zapatos Tenis. Luego hace lo que siempre ha hecho desde que de niño, en Indiana, la mierda le empieza a salpicar: se suena los nudillos y sonríe sarcástico.

Carla y Sandi están almorzando en casa de tía Carmen, lo que no significa que se puedan romper las reglas, porque, número uno, Mami les dijo con la mirada que SE LARGARAN y, número dos, la regla establece que, a menos que estén castigadas, pueden comer en la casa de cualquiera de las tías si antes avisan a Mami, lo que remite a la regla número uno, Mami les dio a entender que SE LARGARAN, y ya hace más de una hora que han debido de almorzar en su casa.

Algo huele mal, como cuando Mami llega y todas esconden lo que no quieren que vea, ella se lleva los dedos a la nariz como formando una pinza y dice: «Algo me huele mal». Eso de que tío Mundo llegue a almorzar y ni siquiera se siente a la mesa sino que vaya derecho al estudio, y que luego *todos* los tíos lleguen como si fueran a celebrar una fiesta o como si hubiera que tomar una decisión familiar importante sobre el hábito de beber de Mamita o los negocios de Papito mientras él está fuera, son cosas que huelen mal. Tía Carmen da un brinco cada vez que suena el timbre, y cuando vuelve junto a los niños, repite la misma pregunta que acaba de hacerles: «Entonces, ¿estaban jugando a las estatuas cuando los dos hombres llegaron?». Mundín está parloteando sobre la pistola que le dejaron sostener. Cada vez que menciona el asunto, Carla ve que la tía se estremece, como cuando sopla la brisa de las montañas y todas las tías se ponen unos chales preciosos. Hoy, en cambio, hace tanto calor que permitieron que los niños se bañaran en la piscina por la mañana, antes de ir a jugar a las estatuas, y la tía dice que si se portan bien, podrán bañarse de nuevo una vez que terminen de hacer la digestión. Bañarse dos veces en la piscina el mismo día y los escalofríos de la tía con este calor. Hay algo que huele muy mal aquí.

La tía hace sonar la campanita de plata y viene Adela, recoge los platos, y trae el postre, que siempre incluye la caja de chocolates Russell Stover con el lazo de cinta pintado. Cuando la caja circula de mano en mano, uno tiene que adivinar por la apariencia qué bombón tendrá nuez dentro o cuál estará relleno de coco o de caramelo, y esperar no llevarse una sorpresa mordiendo uno esponjoso que desearía escupir de inmediato.

La caja está casi vacía porque nadie ha ido a Estados Unidos a comprar chocolates desde hace bastante tiempo. Papito y Mamita se fueron después de Navidad, como es costumbre, pero aún no han regresado. Y ya es agosto. Mami dice que es por causa de la salud de Mamita, que tiene que ver especialistas, pero Carla oyó susurros de que Papito renunció a su puesto en Naciones Unidas y que el Gobierno ya no lo tiene en mucha estima. Cada tanto tiempo los guardias aparecen con sus jeeps ruidosos, saltan y rodean la casa de Papito, luego Chino llega corriendo y se lo dice a Mami, quien llama al tío Vic para que vaya a recoger sus tenis. Carla jamás ha visto que tío Vic lleve otros zapatos a la casa diferentes de los habituales con hoyitos. Siempre llega en una de esas limusinas, que Carla sólo ha visto en las bodas y cuando Trujillo preside un desfile. Tío Vic habla con el guardia al mando, le da dinero, todos suben de nuevo a los jeeps y abandonan el lugar. En realidad, parece cosa de películas. Sin embargo, Mami dice que no deben contarles a sus amigas ni una palabra de eso. «En boca cerrada no entran moscas», le explica a Carla cuando ésta pregunta: «¿Y por qué no podemos decir nada?».

La caja de Russell Stover ya dio la vuelta y llega de nuevo a manos de la tía, que saca una de las canastitas de papel, y suspira cuando los niños discuten por quién se la quedará. Tío Vic aparece, con una sonrisa irónica, y le alborota el pelo a Mundín, pone la mano sobre el hombro de la tía y pregunta a toda la mesa:

—¿Quién quiere ir a Nueva York? ¿Quién quiere ver el Empire State Building? —Siempre les habla en inglés, para que practiquen—. ¿Y qué tal visitar la Estatua de la Libertad?

Al principio, los primos se miran unos a otros, pues no quieren pasar la vergüenza de gritar «¡Yo, yo!», para que luego el tío les responda que era broma, una inocentada. Pero Carla, muy lentamente, después Sandi y, por último, Lucinda levantan la mano. Como una reacción en cadena, las manos se van levantando una tras otra, algunas aún con su chocolate Russell Stover.

—¡Yo, yo, yo quiero, yo quiero! —Tío Vic levanta las manos, con las palmas hacia los niños para tratar de hacerlos que bajen la voz.

Cuando están otra vez en silencio, a la espera de que elija al ganador, mira a tía Carmen y le dice:

—¿Qué opinas, Carmen? ¿Quieres venir?

Los niños canturrean:

—¡Sí, tía, sí!

Carla también, hasta que se da cuenta de que las manos de su tía tiemblan al cerrar la tapa de la caja vacía de chocolates.

Laura siente terror de decir algo que no debiera. Estos dos matones la han estado interrogando durante media hora. Gracias a Dios que Yoyo y Fifi se quedaron allí, gimoteando. Ha hecho todo un número preguntándoles qué les pasa, otro para que les reciten a los señores y para tratar de que la huraña Fifi le sonría al gordo detestable.

Finalmente, ¡qué alivio!, ve a Vic llegando por el jardín con Carla y Sandi aferradas a cada una de sus manos. Los dos hombres se vuelven y casi por reflejo se llevan la mano a las fundas de sus armas. Su gesto recuerda al de un hombre que se acaricia los genitales. Puede ser que esta vaga sexualidad que hay tras la violencia sea lo que le ha empujado a negarse a hacer el amor durante todos estos meses.

—¡Víctor! —lo llama, y luego en voz más baja explica a los hombres, como si no quisiera avergonzarlos por no saber quién es este personaje tan importante—: Es Víctor Hubbard, el cónsul de la Embajada Americana. Con su permiso, señores. —Sale al patio y le da a Vic un besito en la mejilla, a la vez que le susurra—: Les dije que estaba jugando a tenis contigo. —Vic le responde con un movimiento imperceptible de cabeza, y no deja de sonreír, como si sus dientes estuvieran en exhibición.

Laura saluda efusivamente a Carla y a Sandi.

—Mis niñas, mis dulces Cuquitas, ¿ya comieron? —Las dos asienten y la observan con atención. Mami siente una punzada de dolor. Con gran rapidez están aprendiendo el lenguaje nacional de un estado policial: cada palabra, cada gesto es un posible campo minado, así que hay que tener cuidado con lo que se dice y pensar bien adónde se va.

Víctor se muestra alegre con los hombres. Les da palmaditas en la espalda, les pregunta dos veces sus nombres, como si tuviera la intención de transmitir un cumplido o una queja. Los hombres se remueven en sus asientos, nerviosos por vez primera, según nota Laura con alegría.

—El doctor, vinimos a hacerle unas preguntas, pero parece que ha desaparecido.

—De ninguna forma —los corrige Víctor—. Estábamos jugando al tenis. Llegará en cualquier momento. —Los hombres se enderezan, alerta. Vic continúa diciendo que si hay algún problema, quizá él pueda resolverlo. Al fin y al cabo, el doctor es su amigo personal. Laura observa las reacciones de los dos mientras Vic les proporciona noticias que también ella desconoce. El doctor ha ganado una beca para trabajar en un hospital de Estados Unidos, y Vic acaba de enterarse de que los documentos de la familia recibieron el visto bueno del director de Inmigración. Así que, ¿para qué iba el buen doctor a meterse en problemas?

«Ya —piensa Laura—, entonces los papeles están en regla y nos vamos.» Ahora todo lo ve con mayor nitidez, como a través de unos gemelos: las orquídeas que cuelgan en sus canastas de fibra natural, la hilera de frascos de botica que Carlos consiguió en viejas farmacias del campo, los intensos rayos de sol surcados por polen dorado. Echará de menos esta luz gloriosa que calienta más allá de la piel y que cuaja los árboles de joyas, la hierba, el estanque con nenúfares más allá del seto. Piensa en sus ancestros, esos conquistadores de piel blanca que llegaron a este Nuevo Mundo sin saber que el oro que buscaban era esta luz deslumbrante. Y hay que ver lo que iniciaron, piensa Laura, al levantar la vista y detectar el destello de oro en la boca de uno de los guardias, que se abre en una sonrisa asustada.

Esa mañana, cuando el maricón de la esquina les vendió los billetes de lotería, les dijo: «Tengan cuidado, que la candela de sus santos arde justo por encima de sus cabezas. La mano de Dios desciende y algunos son llevados a lo alto, pero otros… —miró a Pupo y a Checo—, otros quedan abandonados a su suerte». Pupo le hizo caso y se persignó, pero Checo le torció el brazo por la espalda y lo amenazó con entregar su hombría a la mano de Dios. A Pupo le asusta la maldad que brota de labios de Checo, como si no fueran los dos primos campesinos que iban todos los domingos a la iglesia obligados por sus madres, que los criaron a punta de fe y de lo que se diera en su pequeño conuco polvoriento.

Pero el maricón de la lotería tenía razón. El día empezó a traerles sorpresas. Primero, don Fabio los llama. Misión especial: deben vigilar las idas y venidas de un tal doctor García. Lo siguiente que Pupo sabe es que Checo va manejando el jeep que lo lleva hasta la casa de los García y arma todo este número de la requisa, que no está dentro de las órdenes. Sin embargo, el asunto es que si sale algo de esa operación, su labor será alabada y recibirán una condecoración y un ascenso. Si no resulta nada y la familia tiene relaciones, ellos dos vuelven a la rutina de la prisión, a limpiar las salas de interrogatorio y a lavar las celdas que esos pobres diablos asustados ensucian al perder el control de sus esfínteres.

Desde el momento en que entran a la casa, Pupo se da cuenta, por la manera en que actúa la vieja haitiana, que están en un bastión de algo, ya sea de armas, de espíritu o de dinero. Cuando aparece la mujer, se muestra nerviosa e inquieta, con su sonrisa fingida, y soltando nombres de personajes para formar una especie de camino de migajas hacia los poderosos. Más que nada, menciona al gringo pelirrojo de la Embajada. Al principio, Pupo cree que está alardeando y empieza a felicitarse, también a Checo, por haber descubierto algo bueno. Pero luego, como era de esperar, el gringo pelirrojo hace su aparición con otras dos muñecas tomadas de la mano.

—¿Quién es su jefe? —La voz del americano es cortante. Cuando Checo se lo dice, el americano echa la cabeza hacia atrás.

—¡Ah, Fabio, pues claro! —Pupo ve que la boca de Checo se estira en una sonrisa, como un elástico a punto de reventar. Han retenido a una señora de una familia prestante. Puede ser que hayan estado ladrando junto al árbol equivocado. Lo único que Pupo sabe es que don Fabio va a caerles encima, sobre sus espaldas ya surcadas de cicatrices—. Ya sé qué podemos hacer —les ofrece el cónsul americano—. Llamaré al viejo Fabio ahora mismo. —Pupo levanta los hombros y hunde la cabeza como si la sola mención del nombre de su superior pudiera hacerla rodar. Checo asiente.

—A sus órdenes.

El americano llama desde el teléfono que hay en el pasillo, donde Pupo puede oírlo hablar su español pedregoso. Hay un silencio mientras aguarda a que le comuniquen, pero luego su voz se entusiasma.

—Fabio, con respecto a este pequeño malentendido, lo que puedo hacer es hablar yo mismo con migración, así sacaré al doctor del país en cuarenta y ocho horas.

Al otro lado, don Fabio debió de hacer un chiste porque el americano empieza a reírse, y luego pasa a Checo el teléfono para que su jefe le hable. Pupo oye el poco frecuente tono de disculpa de su compañero.

—Sí, sí, cómo no, don Fabio, inmediatamente.

Pupo se siente avergonzado y arrinconado entre esos desconocidos blancos. Ya alcanza a sentir el látigo que cae como un juicio en su espalda desnuda. Todos están extrañamente callados, atentos al tono de voz de Checo que trata de rehuir su responsabilidad, y cuando queda en silencio, sólo oye la respiración de todos mientras la mano de Dios se acerca. Pupo no sabe bien si esa mano irá a escoger a los que se salvan o a lanzar lejos a los condenados, por eso toma su vaso vacío y juguetea con el hielo para consolarse.

Mientras los hombres se despedían en la puerta, Sandi se quedó en el sofá, sentada sobre sus manos. Fifi y Yoyo seguían pegadas a Mami, arrugándole la falda para mantenerse aferradas a ella, Fifi rompía en llanto cada vez que el guardia gordo se agachaba para que ella le diera un beso de despedida. Carla, que por ser la mayor sabía más de la vida, les dio la mano e hizo una pequeña reverencia, tal como les habían enseñado que debían hacer a los invitados. Luego, todos volvieron a la sala, Mami miró al tío Vic y puso los ojos en blanco, como hacía cuando hablaba por teléfono con alguien con quien no quería hablar. Al momento, tenía a todo el mundo en movimiento: las niñas debían ir a sus cuartos y hacer una pila con sus mejores ropas y escoger un solo juguete que quisieran llevarse en este viaje a Estados Unidos. Nivea, Milagros y Mami los empacarían más tarde. Luego, Mami desapareció en su habitación con tío Vic.

Sandi siguió a sus hermanas hacia las habitaciones, todas contiguas. Formaron un grupito asustado, y tuvieron buen cuidado de no molestarse entre ellas.

Yoyo se volvió hacia Sandi.

—¿Qué vas a llevar? —Fifi ya había decidido que sería su muñeca y Carla estaba revisando su cofre de prendas y recuerdos. Yoyo había tomado su revólver.

Para Sandi fue raro darse cuenta de que, al pensar en esa frase, «el juguete que más quiero», y pasar revista a todo lo que tenía, nada llenaba el hueco que se estaba abriendo en su interior. Ni la muñeca de larga melena a la que podía peinar de complicadas maneras, ni el telar para hacer agarraollas, que luego Mami agradecía tanto, ni la esfera de vidrio a la que se le daba la vuelta y los copos de nieve caían sobre una casita roja en el bosque. Nada alcanzaba a llenar ese vacío y durante años nada se lo llenaría a la bonita mujer en la que, para su sorpresa, se convertiría. Ni los premios escolares, ni las becas para estudiar algo que no se decidía a elegir, ni los hombres que la abrazaban, aunque éstos casi la convencían cuando sus bocas se acercaban a los labios de Sandi y la besaban con fuerza; pero al final, nunca quedaba convencida de que eso era lo que ella había echado de menos.

Desde la oscuridad del clóset, Carlos ha oído las voces, pero no lo que dicen; ha sentido presencias, pero no ha distinguido a las personas. Se pregunta si así se siente un niño pequeño antes de que las impresiones y las entonaciones y las presencias se recubran con recuerdos, recuerdos que son, más que otra cosa, las historias que las personas cuentan de su pasado. Es el menor de los treinta y cinco hijos de su padre, veinticinco de ellos legítimos y quince de su madre, la segunda esposa; no tiene un pasado propio. No es sólo un legado, un futuro, lo que no se recibe por ser el menor. La primogenitura es también una tabula rasa en la que el mayor construye el pasado a partir de nada más que murmullos, presencias y voces lejanas. Esos tenues recuerdos más antiguos se han dispersado como los reflejos en un estanque bajo el influjo de una mano que agita la superficie, la mano de un hermano o una hermana mayor que le dice, «me acuerdo del día en que comiste veneno para ratones, Carlos», o «me acuerdo de cuando te caíste por las escaleras»…

Ha oído a Laura en la sala, hablando con dos hombres, uno de ellos con una voz finita, engañosa, y el otro con una voz más gruesa, una risa resonante, sin duda un hombre de gran tamaño. Fifi está ahí y Yoyo también. Las otras dos niñas desaparecieron en el alboroto de primos poco antes. Fifi lloriquea periódicamente, y Yoyo les recitó algo a los hombres, porque reconoció el sonsonete característico. La voz de Laura se oye tensa y clara como un cuchillo recién afilado, cada vez que abre la boca corta una delgada tajada a su dominio de sí misma. Carlos piensa, «no aguantará, no aguantará. San Judas, no permitas que se derrumbe».

Luego, en esa oscuridad sofocante, necesita orinar pero no se atreve a hacerlo en la bacinilla, por temor a que los hombres alcancen a oír un goteo en las paredes, y eso que, bien lo sabe Dios, Mundo y él aislaron completamente ese compartimiento.

En medio de la creciente claustrofobia, oye claramente que Laura dice:

—¡Víctor! —Sí, al momento se acerca la voz monótona y confusa del cónsul americano a la sala.

A estas alturas, ya todo el mundo sabe que su cargo de cónsul sólo es una fachada. En realidad, Vic es un agente de la CIA, llegó con unas órdenes y éstas se modificaron a medio camino, pasaron de «organice un movimiento clandestino que saque del poder a ese hijo de puta» a «mejor esperemos, veamos qué nos conviene más».

Cuando oye que se abre la puerta del dormitorio, Carlos pega la oreja contra el panel frontal. Entran pasos al baño, se abre la ducha y luego el ventilador del techo para impedir que se oiga la conversación. El efecto inmediato es que empieza a circular aire fresco en el reducido compartimiento. La puerta del clóset se abre, Carlos distingue la respiración de su mujer muy cerca, al otro lado de la pared.

2

Soy la única que no recuerda nada de ese último día en la isla porque soy la menor, mis tres hermanas siempre me han contando lo que pasó. Dicen que casi hice que mataran a Papi porque fui muy mala con uno de los policías secretos que vinieron a buscarlo. Era un tipo raro que pretendía sentarme sobre la erección que escondía entre sus piernas y fingir que jugábamos a montar el caballito sobre su muslo. Entonces, cuando empezamos a hablar de los recuerdos del último día en la isla y alguien dice, «Fifí, casi haces que maten a Papi por ser tan grosera con ese tipo de la Gestapo», Yoyo suelta que fue ella la que casi hizo matar a Papi cuando contó la historia de la pistola, años antes de nuestro último día en la isla. Es como si todas estuviéramos compitiendo. A ver quién tiene el pasado más lleno de recuerdos que la obsesionan.

Pero sí puedo contarles una cosa que recuerdo de antes de abandonar la isla. Estaba la vieja señora, Chucha, que había trabajado para la familia de Mami desde siempre y tenía una cara como si alguien la hubiera retorcido después de lavarla para tratar de quitarle un poco de negrura. Lo que quiero decir es que Chucha era muy arrugada y de color negro azulado como los haitianos, y no negro café con leche, como los dominicanos. Chucha era haitiana de verdad, por eso no podía pronunciar ciertas palabras como «perejil» o cualquier nombre que tuviera la letra «j», la familia tuvo que adaptarse y todos acabamos con apodos que Chucha pudiera pronunciar. Siempre estaba de mal humor, no exactamente malo, pero era imposible hacerla sonreír o llorar o gritar. Era como si todas sus emociones se hubieran gastado por lo que sufrió de joven. Mucho antes de que Mami naciera, Chucha había aparecido, una noche, en la puerta de casa de mi abuelo, suplicando que la acogieran. Esa noche resultó ser la de la masacre, cuando Trujillo decretó que los haitianos que estuvieran en nuestro lado de la isla debían ser ejecutados al amanecer. Los cuerpos los lanzaron a un río y se supone que aún hoy, cincuenta años después, sus aguas bajan rojas. Chucha había escapado de un batey en una plantación de caña y pedía refugio. Papito la recibió, pobre muchachita escuálida, y supongo que Mamita le enseñó a cocinar, planchar y limpiar. Chucha era como una monja que hubiera ingresado en el convento del clan De la Torre. Jamás se casó, nunca salía a ninguna parte, ni siquiera sus días libres. En lugar de eso, se encerraba en su cuarto y rezaba por el alma de cualquier De la Torre que pudiera estar varada en el purgatorio.

De cualquier modo, ese último día en la isla, estábamos las cuatro niñas en nuestros cuartos contiguos, sacando la ropa para irnos a Estados Unidos. Los dos espías horribles ya se habían ido, y Mami y tío Vic estaban en el dormitorio. Le contaban a Papi, que se había escondido en el clóset secreto, que todos iríamos en la limusina de tío Vic al aeropuerto para tomar un vuelo que el tío nos conseguiría. Ya sé, ya sé que suena como algo que uno puede haber visto en *Miami Vice*, sin embargo, no hago más que repetir lo que he oído contar.

Pero esto es lo que yo recuerdo de mi último día en la isla. Chucha vino a nuestros cuartos con un envoltorio entre sus manos y Nivea, que nos ayudaba a empacar, le dijo con voz hostil:

—¿Qué quiere, vieja? —A ninguna de las muchachas del servicio le gustaba Chucha, la consideraban inferior por ser tan negra y haitiana y demás. Sin embargo, Chucha simplemente le lanzó a Nivea una de sus miradas de brujería y, de pronto, ésta recordó que tenía que planchar la ropa que nos pondríamos para el viaje.

Chucha empezó a deshacer su bulto, todas supusimos que nos haría una ceremonia vudú de despedida. Chucha siempre tenía algún trabajo de vudú en marcha, algún hechizo o un espíritu al que atraer o un castigo contra un enemigo. Lo que quiero decir es que podía ser que al abrir un clóset nos encontráramos, en una esquina tras la fila de zapatos, un jarro de algo malvado que no debíamos tocar. O podía ser que hubiera una vela encendida en

263

su cuarto, frente a la foto de alguien, o un platito con tabaco, o guirnaldas blancas y rojas festoneando su cuarto en determinados días. Mami tuvo que darle una habitación para ella sola, porque ninguna de las demás muchachas quería dormir con Chucha. Y puedo entender por qué le tenían miedo. Decían que los espíritus se le montaban. Que las embrujaba. Y además, dormía en su ataúd. Y no es broma. Teníamos prohibido entrar a su cuarto, pero siempre nos escabullíamos para echar un vistazo. Había un mosquitero sobre el ataúd, así que no parecía tan horrible como una caja abierta con un cadáver dentro.

Al principio, Mami no le permitió dormir en su ataúd. Le dijo a Chucha que las personas civilizadas dormían en camas y que los ataúdes eran para los cadáveres. Pero ella le respondió que quería prepararse para la muerte y que por qué no iba a ser posible que uno de los carpinteros de la fábrica de Papito la midiera y le hiciera una caja de madera que sirviese de cama en vida y luego de ataúd. Mami siguió repitiendo que eran disparates y que Chucha no debía ser tan dramática.

El caso es que resultaba imposible detener a Chucha, ni siquiera Mami lo lograba. Al poco tiempo había jarros en el clóset de Mami, y una foto suya de cuando era bebé, en brazos de Chucha, estaba en su altar personal junto a un platito de aluminio con mentas al frente y un velón encendido constantemente. En cosa de una semana, Mami cedió. Dijo que la pobre Chucha jamás había pedido nada a la familia, que siempre había sido buena y leal, por lo tanto, ¡qué importancia tenía!, si dormir en su ataúd alegraba a la pobre vieja, Mami le mandaría hacer una bonita caja, y así fue. Era de madera de pino, como Chucha lo quería, pero dentro Mami lo mandó forrar con una tela púrpura acolchada, el color preferido de Chucha, y lo ribeteó con ojalillo blanco.

Y esto es lo que recuerdo de ese último día. Una vez que Nivea salió del cuarto, Chucha nos puso a todas frente a ella.

—Chachas. —Siempre nos llamaba así, por «muchachas», por eso terminamos llamándola Chucha, como una especie de eco—. Se van a una tierra extranjera. —O algo parecido, no recuerdo las palabras exactas. Pero sí recuerdo la mirada penetrante que me lanzó, como si de verdad fuera a meterse dentro de mi cabeza—. Cuando era niña, también dejé mi país y jamás regresé. Jamás volví a ver a mi padre o a mi madre o a mis hermanos. Sólo traje esto conmigo. —Levantó el envoltorio y sacó un objeto cubierto con una sábana blanca. Era una estatua de madera, como las que luego vi en los libros de antropología que solía devorar, creía que esos talismanes de madera eran mi Magdalena particular, la que despertaría mi pasado, al igual que le sucedió a Proust con el bollo de ese nombre. Pero los dioses de los libros jamás despertaron siete volúmenes de recuerdos en mi memoria. Sólo este momento que narro aquí.

Chucha instaló la figura marrón en el tocador de Carla. La cara mostraba un gesto triste, con profundas ranuras a modo de ojos, nariz y labios, como si estuviera haciendo un gran esfuerzo obligada por el estreñimiento. Sobre la cabeza de la figura había una pequeña plataforma, y en ella Chucha puso una tacita de agua. Al poco tiempo, supongo que a causa del calor, el agua empezó a evaporarse y salieron gotas de las ranuras talladas en la cara de madera, de forma que la estatua parecía llorar. Chucha sostuvo la cabeza de cada una de nosotras entre sus manos y gimió un rezo. Estábamos acostumbradas a cosas extrañas por el contacto cotidiano con ella, pero quizá, puesto que ese día sentíamos una especie de final en el aire, empezamos a llorar, como si Chucha finalmente hubiera liberado sus propias lágrimas en las de cada una de nosotras.

Se fueron en los carros que vinieron a buscarlas, conducidos por pálidos americanos vestidos con uniformes blancos adornados con trenzas doradas sobre los hombros y en las gorras. Demasiado pálidos para estar vivos. Del color de los zombis, un país de zombis. Me preocupan las niñas, doña Laura, rodeadas de hombres del color de los muertos vivientes.

Todas las niñas lloraron, especialmente la chiquita, que se aferraba a mi falda. Doña Laura lloraba tanto, con el pañuelo en la mano, que insistí en volver a su gavetero a traerle uno nuevo. No quería que llegara a su nuevo país con un pañuelo sucio porque yo sé de las lágrimas que la esperan allí. Pero evitémosle eso ahora, que todo vendrá a su debido tiempo. Sus nervios jamás han sido muy resistentes.

Se fueron, y sólo queda el silencio, el silencio profundo y vacío en el que puedo oír las voces de mis santos instalándose en los cuartos, de mi loa que me cuenta lo que está por venir.

Después de que doña Laura y las niñas se fueran con los blancos zombis americanos, oí una puerta que se abría en el dormitorio principal, salí al pasillo para asegurarme de que no había nadie. Vestido todo de negro, vi el loa de don Carlos que se llevaba el dedo a los labios imitando el último gesto que él me hizo esa mañana. Le respondí con una señal y caí de rodillas para verlo salir por la puerta trasera a través del guayabal. Poco después, oí que un carro se encendía. Y luego, el silencio profundo y vacío de la casa deshabitada.

Debo cerrar la casa e ir a ayudar a donde doña Carmen hasta que ellos también se vayan, y luego a donde don Arturo, que se marcha también. Más que nada, debo ocuparme de esta casa. De sacudir el polvo y airear los cuartos. Todos menos Chino fueron despedidos, y a mí me confiaron las llaves. De vez en cuando vendrá don Víctor, cuando pueda zafarse de sus muchachitas, para ver cómo va todo y pagarme el salario mensual.

Ahora oigo las voces que me dicen que la hierba va a crecer en los jardines descuidados, que las orquídeas colgantes de doña Laura van a reventar sus canastas de alambre, y sus frágiles retoños serán devorados por los insectos; que las jaulas quedarán vacías luego de haber guardado en su interior las tórtolas y las guineas que don Carlos tanto se empeñó en criar; que las piscinas se van a llenar de basura y hojas y cosas muertas. Chino y yo nos quedaremos en estas casas que se irán deteriorando hasta ese día que veo ahora, cuando cierro los ojos, en que los guardias las allanen, y rompan ventanas y se lleven la platería y las vajillas, los cuadros y el espejo con los bebés alados que disparan flechas, y las sillas con medallones pintados en los espaldares, la caja que hace música y la otra, la mágica que muestra imágenes. Van a despojar los estantes de las niñas de todos los juguetes que su abuela les trajo desde ese lugar del que siempre me contaban, donde caen flores de polvo talco de las nubes y los edificios tocan el cielo de Dambala, un lugar embrujado e incierto en el que ahora deben construir su vida.

Les he rezado a todos los santos, a los loas, y al Gran Poder de Dios, deteniéndome en cada cuarto, regando humo purificador para sacar a los malos espíritus que llenaron la casa en este día, y fijando en mi mente los distintos objetos y su lugar, de manera que si cualquier trabajador se mete en la casa y roba algo, sabré lo que falta. En los cuartos de las niñas las recuerdo a cada una como un cierto peso, bien sea en mi corazón, o en mis hombros, en mi cabeza o en mis pies. Siento sus ausencias que se apilan como la tierra sobre una caja que ha sido puesta en su sepultura. Veo su futuro, la complicada vida que les espera. Las perseguirán lo que recuerden, y también lo que no. Pero tienen espíritu, e inventarán lo que necesitan para sobrevivir.

Se fueron y la casa queda cerrada y el aire bendecido. Cierro la puerta trasera y paso frente al cuarto de las muchachas, donde veo a Nivea, a Inmaculada y a Milagros empacando para irse al amanecer. No necesitan mis adioses. Me meto en mi cuarto, ése que doña Laura hizo especialmente para mí, para que pudiera estar en paz con mis santos sin tener que soportar la insolencia y la molestia de las jóvenes que no tienen fe en los espíritus. Purifico el aire con incienso y enciendo seis velas, una por cada una de las niñas, una por doña Laura, a quien le cambié los pañales, y una por don Carlos. Y luego hago lo que siempre hago después de un día agitado: me lavo la cara y los brazos con agua florida. Tiro el agua, entonando una oración al loa de la noche que mira con ojos brillantes desde el cielo oscuro. Abro el mosquitero y me meto en mi caja, me acomodo para quedar boca arriba, con las manos plegadas sobre la cintura.

Durante unos minutos antes de dormirme, trato de acostumbrar mi carne al entierro que se avecina. Alcanzo la tapa y la bajo, encerrándome dentro. En esa oscuridad caliente y estrecha que se produce, antes de que levante nuevamente la tapa para dejar entrar el aire, cierro los ojos y me quedo tan inmóvil que la sangre que escucho circular y el corazón que oigo latir podrían ser algo que me olvidé de apagar en la casa desierta.

El cuerpo humano, Yoyo

En aquel entonces, vivíamos todos en el mismo lugar, en casas vecinas en un terreno propiedad de mis abuelos. Cada niño de la familia tenía un primo como su mejor amigo. Mi hermana mayor, Carla, y mi prima Lucinda, las dos primas mayores, tenían una amistad de risas y secreteos que hacía sentir a todos los demás como extraños. Sandi tenía a Gisela, cuyo hermoso nombre de bailarina envidiábamos todas. Mi hermanita Fifi y mi dulce prima Carmencita eran las preferidas de todos, una parejita muy bien dispuesta, buena para hacer mandados, para saltar la cuerda, y para dejarse capturar cuando el vaquero Mundín y la vaquera Yoyo transformábamos el gran jardín común en el Viejo Oeste. Éramos la única pareja de niño y niña y, a medida que fuimos creciendo, Mami y la mamá de Mundín, tía Carmen, nos empujaron a separarnos.

Pero eso era difícil de lograr. En el residencial familiar no había manera de mantener a dos personas alejadas. Cuando un primo contraía sarampión o paperas, nos ponían en cuarentena a todos, para que también nos contagiáramos y acabásemos de una vez por todas con las enfermedades infantiles. Vivíamos en las casas ajenas, nos quedábamos a comer en la mesa que estuviera más cerca al momento de la cena, y sólo nos íbamos a nuestra casa para bañarnos y acostarnos (o recibir un castigo, como cuando llegó a oídos de nuestras madres que Mundín y Yoyo habían roto con los tirapiedras la decoración de bolas de cristal que tenía tía Mimí en el jardín. «No es cierto —nos defendimos—, las rompimos con el rastrillo, ¡cuando tratábamos de tumbar unas guayabas!» O como la vez que Yoyo y Mundín usaron el esmalte de uñas de Carla para pintarse sangre en las heridas. O esa vez que Yoyo y Mundín amarraron a Fifi y a la pequeña Carmencita a la torre de agua que había en el fondo del terreno y las olvidaron allí).

Más allá de esa torre, atravesando un guayabal que tía Mimí había sembrado, vivían mis abuelos, en una enorme casa adonde íbamos a cenar los domingos, cuando ellos estaban allí. La mayor parte del tiempo lo pasaban lejos, en Nueva York, donde mi abuelo trabajaba en algún puesto para Naciones Unidas. Era un señor gentil y educado que usaba siempre un gran sombrero Panamá, lo que más le preocupaba era la digestión, y no alimentaba ambiciones políticas. Pero el tirano que había tomado el poder sentía celos de cualquiera que tuviera educación y dinero, por eso a Papito lo enviaban, a menudo, fuera del país bajo la fachada de algún puesto diplomático. Cuando regresaba a casa, la guardia allanaba su propiedad en «requisas rutinarias para su propia protección». Y siempre ocurría lo mismo, después de las requisas, la familia notaba la desaparición de objetos de plata, cigarrillos, monedas, gemelos y aretes que hubieran quedado a mano de los requisadores. «Es preferible que se lleven eso y no nuestras vidas», decía mi abuelo para consolar a la abuela, que nuevamente quería salir del país inmediatamente.

¿Pero qué sabíamos los niños de todo aquello? Para nosotros, el colmo de la violencia lo veíamos en las películas de vaqueros, importadas de Hollywood, que ponían todas las semanas en la televisión, mal dobladas al español. *Rin Tin Tin* ladraba en sincronía con quien lo doblaba, pero los vaqueros seguían hablando, a pesar de que sus bocas llevaban rato cerradas. Cuando se oían los disparos de las armas, los villanos yacían en un charco de sangre desde hacía un tiempo. Mundín y yo alargábamos el cuello todo lo que podíamos para asegurarnos de que los malos realmente estaban muertos. Respecto a la violencia que nos rodeaba, las incursiones periódicas de los guardias y los tíos a los que no se volvía a ver las caras en las fiestas familiares anuales, nosotros creíamos en lo que afirmaba el eslogan de una estación de radio: «Dios y Trujillo cuidan de usted».

Cuando le designaron por primera vez para un puesto en Naciones Unidas, mi abuelo se mostró reacio: no quería participar en el régimen corrupto. Pero la constitución tiránica de mi abuela también lo presionó. Iba envejeciendo y siempre estaba enferma: dolores, migrañas, cambios de ánimo que sólo los costosos especialistas de Estados Unidos sabrían curar. Los males, al menos eso decían los rumores de la familia, eran provocados por el hecho de que Mamita había sido muy hermosa de joven, y nunca se resignó del todo a perder su apariencia. Mi abuelo, a quien todo el mundo consideraba un santo, le daba gusto en todo y toleraba su terquedad, así que en la familia se decía que Papito era tan bueno que «orinaba agua bendita». Mamita, furiosa al oír que su marido era canonizado a costa suya, planeó su venganza. Trajo a casa un enorme envase con agua bendita de la catedral. Un domingo, durante la cena familiar de cada semana, mi madre la encontró preparando el whisky de mi abuelo con el agua del envase. «¡Carajo! —protestó—. Todos ustedes dicen que orina agua bendita. ¡Pues eso es exactamente lo que hará hoy!»

A mi abuelo le empezaron los problemas estomacales en Nueva York y, desde entonces, todos los alimentos del mundo se dividieron en los que Papito podía comer y los que no. Mi abuela supervisaba sus menús religiosamente, quizá con algo de remordimiento debido a cosas que en otros tiempos le había hecho tragar.

Cuando volvían de sus viajes a Nueva York, Mamita traía una enorme bolsa repleta de juguetes para sus nietos. En una ocasión me trajo un ruidoso tambor y, en otra, un juego de acuarelas y pinceles de diversos grosores para plasmar las cosas grandes y las delicadas del mundo. Mi traje de vaquera del Oeste era un duplicado exacto del de Mundín, salvo por la falda.

A mi madre no le gustó la idea. El traje no haría más que estimular mis juegos con Mundín y los primos varones. Ya había llegado el momento de que superara la fase de marimacho y empezase a comportarme como una señorita. «Pero si éste es para niñas —señalé—. Los niños no se ponen falda.» Mamita inclinó la cabeza hacia atrás y se rió. «Esta niña no tiene un pelo de tonta. Es tan lista como Mimí, aunque no lo saque de los libros.»

En su último viaje a Nueva York, mi abuela se había llevado consigo a su hija soltera, Mimí. Mimí era conocida como «el genio de la familia» porque leía libros, sabía latín y, durante dos años, asistió a la universidad en Estados Unidos, hasta que los abuelos le prohibieron seguir acudiendo a clase porque el exceso de educación podía dañar sus posibilidades de casarse. Pero al parecer, esos dos años hicieron suficiente mal, porque a los veintiocho Mimí era una «solterona».

«El día que tía Mimí se case, volarán las vacas », decíamos en broma los primos. A mí no me parecía que mi tía fuera menos por seguir soltera. De hecho, como niña marimacho que era yo, tenía todas las intenciones de seguir sus pasos. Pero la tía desaprovechaba de tal manera su tiempo libre que igual le hubiera dado estar casada. Leía y leía, y en los recesos de la lectura cuidaba un paraíso increíble de jardín, y luego seguía leyendo.

«¡Lee toneladas y toneladas de libros!», decía mi madre con expresión incrédula, porque los logros de su hermana no podían medirse sino por peso. Pobre tía Mimí, solterona. Yo esperaba que pronto lograra echarle el guante a alguien para casarse. No me interesaba para nada tener un nuevo tío o tenerme que poner un vestido para la ocasión, pero valdría la pena sufrir ambos inconvenientes con tal de ver una vaca volar.

Como nos lo temíamos los primos, Mamita volvió del último viaje impregnada de la idea de diversión de tía Mimí. En lugar de los enormes juguetes baratos que solía traer, de colores chillones, ruidosos, que no enriquecían la mente y sí podían dañarnos la ropa, la bolsa venía llena de útiles escolares, tarjetas de ayuda para cada asignatura y libros de ejercicios y cajas de rompecabezas que anunciaban en la tapa: «Cómo dominar los números», «Maravillas de la naturaleza», «El ABC de la lectura», «Más sonidos para repetir». Mundín y yo cruzamos una mirada triste, haciendo de tripas corazón, cuando nos entregaron nuestros regalos.

A mí me correspondió un libro de cuentos en inglés que a duras penas podía leer, pero tenía llamativas ilustraciones de una joven vestida con un blusón y unos calzones largos y una gorrita en la cabeza de la que colgaba una borla. Mundín salió mucho mejor librado, desde mi punto de vista, con un muñeco transparente, cuya mitad superior podía desprenderse. Dentro tenía toda una serie de tubos, unos resortes azules, rosas y marrones claro y piezas de forma extraña que encajaban unas con otras como un rompecabezas. Tía Mimí explicó que el juguete se llamaba «El cuerpo humano». Lo había escogido para Mundín porque, en una de esas sobremesas en las que tíos y tías interrogan a los niños sobre qué querían ser cuando fueran grandes, él había expresado interés por ser médico. Todos pensaron que eso estaba muy bien y demostraba que, en el fondo, tenía buen corazón, pero él me confesó más tarde que lo que le interesaba era poner inyecciones y abrir y cortar a las personas en la mesa de operaciones.

Examinamos el muñeco del cuerpo humano mientras tía Mimí nos leía en voz alta el folleto del juguete, que explicaba los diversos órganos y para qué servía cada uno. Una vez que aprendimos a armarlo de manera que el corazón no se enredara con los intestinos y que los pulmones no quedaran debajo de la columna vertebral,

Mundín empezó a renegar. «Un muñeco. ¿Para qué me trajeron un estúpido muñeco?»

A mí tampoco me gustaban las muñecas, pero el muñeco de Mundín era mejor que un libro como el mío y se podía tener sin perder nada de dignidad, porque, en realidad, era un niño con órganos. Sin embargo, me sorprendió que junto a los demás órganos, este niño no tuviera lo que en la época llamaba un «orinador». Los había visto en los niñitos que mendigaban desnudos en el mercado y una vez se lo vi a mi abuelo, que orinaba agua bendita, cuando entré al baño y sin querer lo encontré haciendo sus necesidades. Pero este muñeco tenía la entrepierna tan lisa como una niña recién nacida.

Mamita, que anhelaba volver a su juventud, debía recordar lo que era ser niño, tonto y adorar la diversión. Había traído a escondidas de Mimí otras chucherías más de nuestro gusto. A mí me tocó una paleta de madera que traía atada con un elástico una bolita, que yo golpeaba y golpeaba como si fuera mi libro, y a Mundín le tocó un enorme bloque de masilla rosada para modelar.

Al principio, ninguno de los dos supo lo que era el bloque rosado. Los ojos de mi primo brillaron como monedas nuevecitas. «¡Chicle!», gritó. Pero mi abuela le explicó que no, que era un nuevo tipo de masilla más fácil de moldear y procedió a mostrarnos. Tomó una buena cantidad, hizo una bola, formó una oreja a cada lado, dibujó un par de ojos con un pincho que se sacó del pelo y lo terminó poniéndole una bolita más chiquita de cola. Lo colocó sobre su mano y me lo presentó.

«¡Ah!», exclamé, en la palma de la mano tenía una especie de conejito. Sin embargo, Mundín no se dejaba impresionar. Con conejo o sin conejo, no iba a poder hacer bombas de chicle con esa masilla.

Me pasé toda la mañana detrás de él, suplicándole que me cambiara su bloque de masilla, pero a él no le interesaba lo más mínimo mi libro de cuentos, aunque sí se detuvo ante las láminas de la joven, a la que él creía en ropa interior, antes de devolvérmelo. Mi paleta de madera tampoco le parecía gran cosa. Podía ser que con ella dañara su *swing* para batear béisbol, y todo por pegarle a una pelotita de jugar *jacks*. «Una pelota de niñas», la llamó.

Al oír eso, me retiré con el orgullo herido y me fui hacia nuestro lado de la propiedad. Mundín me siguió a través de un sendero que cruzaba los setos y luego se quedó conmigo cuando me senté en una de las sillas del jardín, fingiendo mucho interés en mi libro. Dio varias vueltas a mi alrededor, pasándose la bola de masilla de una mano a otra como si fuera una pelota de béisbol. «Qué masilla más bonita —decía—. Muy bonita.» Mantuve los ojos metidos en el libro.

Y empezó a suceder algo muy extraño. Me fui interesando en esos párrafos de letra impresa oscuros y densos. La historia no era nada mala: había una vez un sultán que estaba matando a todas las jóvenes de su reino, decapitándolas, degollándolas con una espada, ahorcándolas. A una de ellas, que aparecía en las ilustraciones con blusón y calzones, cuyo nombre me parecía un error de mecanografía —She-re-zada, leí con dificultad en voz alta—, la apresó el sultán junto a su hermana. Entonces, inventaron un modo de engañarlo. Cuando el horrible sultán iba a cortarles la cabeza, la hermana le preguntó si no quería escuchar uno de los maravillosos cuentos de

Sherezada antes de morir. El sultán aceptó y aplazó la muerte hasta el amanecer. Sin embargo, cuando el sol salió, Sherezada no había terminado su fascinante historia. «Supongo que llegó la hora de morir —dijo interrumpiendo su relato—. Lástima, porque el final es fantástico. Por Alá —exclamó el sultán—. No morirás hasta que yo oiga el final de la historia.»

Una sombra se dibujó sobre la página que estaba leyendo. Levanté la vista, señalando con el índice la línea en la que me había quedado. Le habría lanzado una mirada desagradable a mi primo para seguir con la lectura de no ser por la magnífica criatura que había creado. Debió de hacer una sola espiral con toda la masilla y luego se la enrolló una y dos veces por los hombros, como la boa de un encantador de serpientes de circo. Mundín, levantó la barbilla, atravesó los setos casi rozándome y regresó a su lado del patio. Sabía que ya estaba en disposición de negociar. Puse el libro bocabajo sobre la silla y lo seguí.

Pero al otro lado del seto, Mundín encontró a un público cautivo. Fifi y Carmencita lo miraban desenrollarse la culebra del cuello, y luego le acercó uno de los extremos a su hermana chiquita, que chilló huyendo hacia la casa. Al momento oímos a la mamá de Mundín que lo llamaba con voz de castigo:

—¡Edmundo Alejandro de la Torre Rodríguez!

Entonces Fifi, que no podía vivir sin su otra mitad, mientras también se dirigía hacia la casa, anunció:

—Te acusaré.

Mundín le cortó el paso en el camino. Trató de sobornarla con un puñado de masilla.

—¡No es justo! —Corrí hacia él, haciendo a un lado a la pequeña Fifi.

No quería hacer trueques conmigo, su mejor amiga, pero sí le daba un trozo de la masilla a mi hermanita a cambio de nada.

—Está bien, está bien. —Con un gesto me indicó que bajara la voz. Me tendió la culebra—. Te la cambio.

El corazón se me hinchó en el pecho. Tenía lo que más deseaba al alcance de mi mano. Hice una oferta desesperada:

—Te doy lo que quieras.

Mundín lo pensó un rato. Una sonrisa traviesa se le pintó en los labios. Era como un líquido derramado que se fuera extendiendo y manchando algo que no debía. Bajó la voz.

—Muéstrame que eres una niña.

Atónita, miré a mi alrededor. Mis ojos cayeron en Fifi, que no perdía detalle de la transacción.

—¿Aquí?

Hizo un movimiento de cabeza para señalar la vieja carbonera en el fondo del terreno, donde el jardinero de Mamita, Florentino, guardaba sus herramientas. Como esa parte de nuestra propiedad colindaba con el palacio de la hija y el yerno del dictador, mi abuelo no había querido construir un muro alto, por temor a que lo considerase un desaire. El cerco de tía Mimí, con sus flores de ginger de un rojo brillante, nos ocultaba ligeramente la vista de aquel espantoso palacio y de las caminatas del dictador, algún domingo por la tarde, con su nieto de tres años vestido con un minúsculo uniforme de general. Desde la vez en que Mundín y yo detonamos un petardo justo cuando el general en miniatura desfilaba con su cortejo de niñeras, a los niños nos prohibieron andar por la zona de la carbonera. Papito tuvo que pasarse la noche en el cuartel del SIM, explicando que su nieto de siete años no lo había hecho con mala intención. Tal vez por estar fuera de los límites, la carbonera era el lugar que Mundín y yo preferíamos para vigilar a los indios. Detrás de un saco de fertilizante, en una ocasión encontramos una revista con fotos de mujeres desnudas y expresión maliciosa, como si acabaran de pillarlas robando esmalte de uñas o amarrando a personas a torres de agua.

Seguí a Mundín al depósito mirando hacia atrás de vez en cuando y fulminando a Fifi con la mirada porque nos seguía. En la puerta le di un empujoncito para que se marchara.

—Déjala entrar —me dijo Mundín—, si no se chivateará.

—Sí, me voy a chivar —admitió Fifi.

El interior estaba oscuro y húmedo. Una luz desvaída se colaba por las ventanas cubiertas de tela metálica sucia. El aire olía a la tierra negra que traían desde las montañas para que los helechos gigantes de tía Mimí crecieran más. En un rincón había mangueras enrolladas, como una familia de serpientes dormidas.

Fifi y yo nos quedamos juntas, en pie, apoyadas contra la pared más alejada. Mundín nos miró, y con movimientos nerviosos de las manos fue convirtiendo la culebra de masilla en una bola cada vez más redonda.

Inmediatamente, Fifi se bajó los pantalones hasta la cadera, y dejó ver lo que creyó que era el centro de la discusión: el ombligo.

Pero yo era mayor y sabía cómo eran las cosas. En las clases de religión, sor Juana nos había contado que Dios había vestido a Adán y a Eva en el Jardín del Edén después de que pecaran. «Su cuerpo es un templo del Espíritu Santo.» En casa, las tías, en un aparte, nos habían advertido, a las niñas mayores, que pronto nos convertiríamos en señoritas y, por lo tanto, debíamos guardar nuestro cuerpo como un tesoro escondido y no dejar que nadie se aprovechara. Fue más o menos en ese momento cuando empezaron a ejercer más presión para que dejase de jugar con Mundín y me uniera a los juegos de salón de belleza de las primas señoritas y a los chismorreos sobre muchachos dentro de la casa.

—Dale —ordenó Mundín impaciente. Le lancé una mirada desafiante mientras me levantaba la falda vaquera, la agarraba con la barbilla, y me bajaba los leotardos. Me armé de valor para resistir sus miradas intrusas. Pero todo lo que hizo Mundín fue encogerse de hombros decepcionado—. Las dos son como muñecas —comentó, y dividió su bola de masilla por la mitad, una parte para Fifi y otra para mí.

En segundos me vestí y me enfurecí con él.

—¡Me prometiste la masilla! —le grité—. Dejaste que viniera, vale, pero no dijiste que entraría en el trato.

—¡Edmundo Alejandro de la Torre Rodríguez! —Oímos que llamaba la mamá de Mundín desde el patio trasero de su casa. Él trató de acallar mis gritos furibundos. Estiró la mano para quitarle a Fifi su mitad, pero ella también berreó—. ¡Mundo Alejandro! —La voz se oía más fuerte e, inevitablemente, se acercaba a nosotros. Ahora era la cara de Mundín la que mostraba gran preocupación.

—Anda, por favor —trató de convencerme—. Te doy mi muñeco del cuerpo humano, ¿vale?

Lo torturé con un largo instante de meditación, y luego asentí. Él salió de la carbonera en busca del juguete.

Fifí se sorbió los mocos mientras convertía su mitad de la masilla en una bolita. Miró la mitad que yo tenía en las manos y preguntó:

—¿Cuánto te tocó a ti?

Yo estaba más que furiosa con esa criatura que había echado a perder mis posibilidades de amasar una fortuna de masilla rosada. La miré fijamente. Todavía estaba de pie en un charco de tela que salía de sus tobillos. Tenía una mancha de huevo del desayuno en la barbilla y los ojos empañados como si acabara de dejar de llorar. Fui hasta ella y tiré de sus pantalones hacia arriba. Se meció con la fuerza de mi jalón.

—¿Cuánto te tocó a ti? —insistió ella. En sus ojos vi un brillo de interés materialista que no había detectado antes.

Puse mi mitad junto a la suya.

—Lo mismo que a ti, boba.

Cuando la puerta se abrió con un crujido, estábamos seguras de que sería Mundín que volvía con el cuerpo humano. Pero dos siluetas de adulto se cernieron sobre nosotras: la figura delgada y huesuda del jardinero, con su cara morena coronada por un sombrero estropeado, y junto a él, la madre de Mundín, una mujer baja, de hombros anchos. Ambos miraban dentro de la carbonera que permanecía a oscuras.

—Me pareció que los había oído aquí, doña —dijo Florentino, el jardinero—. Les he dicho que no se metan

aquí, que pueden hacerse daño. ¡Pero no me hacen caso!
—«Qué mentiroso», pensé. Mundín y yo le mostramos la revista que habíamos encontrado y nos hizo prometer que no contaríamos nada y que él mismo se encargaría de tirar esa «basura». Desde entonces, siempre nos echaba miradas desconfiadas cuando uno de los adultos de la familia lo mandaba llamar.

Mi tía se acercó a nosotras. Sus anchos hombros le daban una apariencia oficial, como si llevara charreteras y fuera la representante de todos nuestros padres.

—¿Fifi? —preguntó con la voz conmocionada al ver allí a una de sus niñas preferida. Luego, más convencida, pronunció mi nombre. Era nuestra tía favorita, yo nunca la había visto tan enojada—. Por Dios, ¿qué están haciendo ustedes aquí?

Al instante, Fifi se echó a llorar, lo que confirmó las sospechas de mi tía: yo había arrastrado a mi hermanita hasta ese feo lugar en contra de su voluntad. Ahora sólo era a mí a quien reñía.

—¿Pero, qué estábais…?

Entonces, la puerta se abrió completamente y apareció Mundín con el muñeco en alto como si fuera un trofeo. Fue doloroso ver la transformación de su rostro, pasó de su usual sonrisa desafiante a una expresión asustada, encogida, impotente.

—¡Edmundo Alejandro! —Tía Carmen lo agarró por un brazo y lo sacudió. El cuerpo humano cayó al suelo, se abrió, y las vísceras se dispersaron por el suelo de tierra. Mi tía pisó las piezas mientras arrastraba a Mundín hacia la puerta tirando de su brazo—. ¿Qué estás haciendo aquí, jovencito? —le gritó.

—Nos escondíamos —intervine en su defensa, tras disponer de un instante para pensarlo bien. Los ojos de Mundín parpadearon sorprendidos, con la esperanza de que aún quedara una salida de ese embrollo—. La guardia… —empecé. Sabía que en nuestra familia la sola mención de la guardia recibía atención total e inmediata. Debí presentir que era el momento adecuado, porque mis abuelos acababan de regresar de viaje y de un momento a otro empezarían las requisas del dictador.

Mi tía soltó el brazo de mi primo.

—¿La guardia? —preguntó con la voz en un hilo—. ¿La guardia estuvo aquí?

Asentí.

—Por eso nos escondimos.

Mi tía miró a Florentino. El jardinero estaba arrodillado, recogiendo las piecitas del cuerpo humano. Me taladró con los ojos mientras trataba de imaginar qué me proponía. A lo mejor se acordó de la revista, porque decidió ponerse de nuestro lado.

—Esos guardias —dijo, y luego los insultó—. Se han metido tantas veces por el cerco de ginger, que la señorita Mimí ya se dio por vencida.

Sonriendo débilmente, Mundín guardó silencio justo cuando yo necesitaba que atacara con la caballería y rescatara mi historia sitiada. Su madre lo conocía bien y presintió que no teníamos buenas intenciones, pero con la guardia por los alrededores, mejor era olvidar las infracciones insignificantes: lo que había que hacer era mandar a todos a sus casas a limpiar la parte superior de gaveteros y mesas de noche, para ocultar los objetos fáciles de llevar. Mi tía nos escoltó fuera de la carbonera, hacia la casa grande.

Caminamos en fila india, rápidamente, con mi primo a la cabeza y su madre detrás, para «tenerlo bien vigilado», luego Fifi, yo a su espalda y Florentino en la retaguardia. Cuando llegamos a casa, en cada una de sus grandes manos gastadas llevaba la mitad transparente del cuerpo humano que se había roto. «Ahora no podemos perder el tiempo buscando todas las piececitas a oscuras», había dicho la tía. Más tarde, cuando Florentino trajo a la casa grande, en el hueco de su sombrero, las que encontró, la mayoría estaban mordisqueadas por los perros, o deformadas por los tacones de mi tía. No podíamos diferenciar los riñones azules de los trocitos de pulmón, o el corazón del lóbulo cerebral rosado y, pese a que Mundín y yo lo intentamos siguiendo el diagrama, no hubo manera de volver a encajar todas las piezas dentro del hombrecito.

Naturalezas muertas, Sandi

Los sábados de nueve a doce, Doña Charito recibía a aquel grupo de niñas criollas para llevarlo de la mano por el camino del arte, igual que hizo Jesús cuando sembró la fe en los paganos. Sólo era isleña por matrimonio, se había casado con don José. Procedía de algún lugar de Alemania, era una mujer culta que había visitado todos los grandes museos de Europa para así poder conocer el arte de primera mano. Esas manos con las que nos saludaba y esos dedos cortos tan imbuidos de talento artístico habían tocado las frías extremidades de los niños de mármol. No tenía caso discutir con doña Charito sobre el color bermellón del coral en las umbrosas profundidades del océano aguamarina. Tomaba el pincel de nuestra mano y nos mostraba cómo sostenerlo, mientras «ladraba» instrucciones en su español gutural haciéndonos creer que no hablábamos bien nuestra lengua materna porque no teníamos su marcado acento alemán.

Había conocido a don José en Madrid, durante una visita al Museo de El Prado. Él era un hombre joven que, pese a no tener ninguna intención de llegar a ser médico, había viajado al extranjero con una beca para la facultad de medicina. Todos los años, el Gobierno otorgaba becas para estudiar en Europa asignadas a determinadas profesiones necesaria para el país. Si eras pobre y la ganabas, la aceptabas porque te ofrecía la posibilidad de hacer tres comidas al día, una de ellas caliente. Entre comida y comida, don José se dedicaba a dibujar en lugar de diseccionar cadáveres, y reponía el sueño sobre un banco debajo de un Velázquez o cerca de varios Goyas, en El Prado. El dinero que recibía para alojamiento se lo gastaba en material de pintura.

Tres años durmiendo entre figuras reales y despliegues de escenas costumbristas lograron lo que una década de prácticas académicas no hubiera conseguido. Don José construyó su propio y elaborado estilo de escultura «rococó-sacro-primitivista», como lo proclamaba un crítico de arte de nuestra isla. Grandes ángeles morenos con aureolas de flores de cayena descendían del cielo, lastrados por sus enormes senos de higüero y sus nalgas de melón maduro. Cuando daba por finalizada una jornada en El Prado, don José descubrió a doña Charito, mientras ella copiaba los pliegues de la túnica de un mártir de Grünewald. A él le impresionó el cuerpo de aquella mujer, un bloque enorme y blanco como una escultura inconclusa, y a ella el rápido boceto que le dibujó en el que aparecía como una Madonna ascendiendo a los cielos entre discretos pliegues de tela. Se casaron y regresaron a la isla donde, como decía doña Charito con su voz gutural, no había otra cosa que hacer que el propio trabajo.

En las afueras de la capital construyeron una casita de cuento, con dos pisos, aleros, porches y jardineras en las ventanas, de una apariencia alpina completamente incongruente con el trópico. Allí vivieron más de veinte años, alejados de la vida social de la isla. Hubieran pasado completamente desapercibidos de no ser por su extraña casa, llamaba tanto la atención que, durante los paseos dominicales por el campo, los padres se la señalaban a sus hijos. «Esa es la casa de Hansel y Gretel.» Si las cortinas estaban abiertas y una figura se asomaba por una de las innumerables ventanitas, como un ojo tratando de encajar en su órbita, los niños chillaban: «¡La bruja, la bruja, ahí está!».

Se imaginarán mi sorpresa cuando un sábado por la mañana, cuando tenía ocho años, me dejaron en la puerta de aquella casa acompañada, afortunadamente, de trece de mis primas. En realidad, habíamos llegado a ese punto por mi culpa o la de mis dibujos. Hasta entonces, yo había sido una niña De la Torre anónima, la segunda hija de la segunda hija de mis abuelos, don Edmundo Antonio de la Torre y doña Yolanda Laura María Rochet de la Torre. Nací para convertirme en una de las innumerables y atractivas muchachas De la Torre, sólo se me diferenciaba del resto cuando alguna persona me cogía de la barbilla, me miraba atentamente la cara y decía que mis ojos eran los de mi tía abuela Graciela y mi boca exactamente igual a la de Mamita. Ya ven, hasta esas diferencias insignificantes se sentían como un robo menor. Así que yo, Sandra Isabel García de la Torre, no era más que una muñeca con ruedas que transportaba el ilustre apellido De la Torre de una reunión social a otra. Entonces, un día de Reyes, distribuyeron cajas de lápices de colores y libretas entre los niños y se descubrió que una manita anónima era capaz de plasmar semejanzas, de conferir la vista a los ojos y poner pelo en una cabeza de manera que uno sintiera el deseo de acariciarlo.

«¿Quién dibujó ese bebé? ¿Quién hizo ese gato?», se maravillaban. La artista fue descubierta en el fondo del jardín, pintando al niñito de Milagros, la niñera, con un crayón marrón, uno dorado y otro púrpura. «Tiene talento», fue la expresión que cayó como una capa multicolor sobre mis, hasta entonces, anodinos hombros.

Pocos días después de que mi talento fuera descubierto, Milagros me lanzó una mirada preocupada durante la cena. Inventó el pretexto de cortarme la carne y, mientras lo hacía, susurró en frases del tamaño de un bocado. «Por favor…, señorita Sandi…, necesito… que venga… a mi casa.»

Después de comer fui a hurtadillas hacia la zona prohibida de nuestra propiedad, donde las familias de la servidumbre tenían sus pequeñas casitas. Su niño estaba acostado en una cuna. Lloraba. Había velones que parpadeaban en un estante. Milagros había bañado al niño en agua bendita tras llevarlo a misa mayor en la Catedral, pero seguía con fiebre y lloraba, como si estuviera lamentando su propia muerte antes de que ocurriera.

—Por favor, por favor, señorita Sandi, libérelo —me suplicó Milagros, tomando mi dibujo de la pared donde lo había colgado junto a un crucifijo.

Contemplé la carita de crayón marrón que tenía en la mano, luego la arrugué y formé una bola. El bebé se agitó. Puse el desperdicio en la estufa que tenían y, acto seguido, Milagros y yo vimos cómo prendía con unas llamas amarillas que parecían virutas, producidas por los restos que quedan al sacarle punta a un lápiz Mamey.

—Polvo eres y en polvo te convertirás —murmuró, dándose un golpe en el pecho. El humo hizo que el bebé tosiera. Me miró con los ojos vidriosos, como un espíritu. Al día siguiente, durante el desayuno, Milagros me hizo una señal. El bebé se había curado.

Tuve menos suerte con mis gatos. Los pinté en la pared delantera de nuestra casa, que era blanca, me tocó pasar horas restregando el estuco, y recibí la cena de castigo: un minúsculo pan de agua, sin mantequilla, y un vaso grande de leche tibia, verdoso por las verduras machacadas que le habían mezclado. Después de eso, me enviaron a la cama temprano para que reflexionara sobre mi mal comportamiento. Esa noche, hubo una invasión de ratas que asolaron la despensa. Eso dejó las cosas claras. La familia decidió que debía recibir formación artística.

Se hicieron llamadas telefónicas. ¿Conocía alguien a alguna persona que impartiera clases de pintura? Surgió el nombre de doña Charito. La señora alemana que vivía en el chalet de dos pisos donde terminaba la ciudad. La esposa de don José, aquella pobre mujer. Desde hacía mucho tiempo, nadie había visto ni oído hablar de don José. Varios años antes, le encargaron las esculturas para la nueva Catedral nacional, pero cuando llegó el momento de la inauguración y la consagración, la iglesia no tenía ni una sola imagen. Corrieron los rumores. Don José había perdido la razón y no pudo terminar su colosal proyecto. Su esposa tenía que dar clases para poder pagar las facturas.

Tal y como yo lo entiendo, en un principio, doña Charito se sintió ofendida por la petición de los De la Torre:

ella era toda una artista, recibía aprendices, no a niños. Pero ante el ofrecimiento de un buen pago por adelantado en dólares, hizo una excepción con nosotras y, al decir nosotras, hago énfasis en el plural, porque esa gran democracia femenina de nuestra sangre azul dictaminaba que todas las niñas De la Torre recibirían las mismas destrezas artísticas. Así que todas las primas que pudieran controlar su vejiga durante varias horas y que no fueran a tratar de beberse la trementina quedaron inscritas en las clases de pintura de los sábados.

El primer sábado, éramos catorce en total, las que llegamos a la casa caminando nerviosas por la gravilla del sendero de entrada y luego intentamos arrancar el pomo de la puerta para ver si de verdad era una almendra cubierta con chocolate. Pero nos quedamos simplemente con el sabor de la realidad en la lengua. Un instante después, Milagros descubrió una cuerda que colgaba, tiró de ella, y un cencerro sonó por encima de nuestras cabezas. Todas quisimos hacer lo mismo.

La campana había sonado más de una docena de veces, y yo ya me empinaba para tocarla en mi segundo turno, cuando la puerta se abrió con tal fuerza que la campana sonó sola. Ante nosotras apareció una mujer del tamaño de una montaña, que parecía aún más imponente debido al estridente vestido hawaiano que llevaba puesto. Exóticas flores carmesíes y aves erguían sus pistilos, estambres y picos en todas las direcciones posibles por el torso de la mujer. Su cara era como una fracción de nube blanca coronada por una mata de pelo rojo incandescente. Parecía como pintada por un niño que jamás hubiera tomado clases de pintura.

—¡Qué horrrible mala educación! —dijo gruñendo las palabras—. ¡Tú! —Me señaló—. ¡Tú errres la culpable!

Asentí e hice una rápida reverencia. Todas hicimos una reverencia, pero ante ella parecía más prudente una genuflexión. Rápidamente, Milagros nos presentó, le entregó a doña Charito una nota y huyó hacia uno de los tres carros negros que aguardaban en el camino como enormes caballos piafantes e impacientes. Los tres desaparecieron camino abajo, dejando una estela de guijarros, y las niñas nos quedamos solas con doña Charito, para aprender los «rrrudimentos del dibujo».

Abrió la nota que tenía en la mano, suspirando con impaciencia al enfrentarse a cada doblez del papel. Esperamos en silencio a que leyera y cuando todas tomamos aire a la vez, en el momento en que ella al fin levantó la vista, estalló en carcajadas. Había ranuras amplias entre sus dientes; nada se atravesaba en el camino de esa mujer ni siquiera cuando sonreía.

—Ya, ya —dijo en tono consolador—. En el fondo tengo muy buen corrrazón para todo esto. —Movió la mano por encima de nuestras cabezas, y me pareció que quería dar a entender que se refería al mundo entero—. Y ahora, ¿cuál de ustedes es la del talento? —pronunció un nombre. Lo repitió varias veces antes de que yo levantara la mano cautelosa—. ¡Ja! Lo he debido suponer. —Sonrió, o más bien las comisuras de su boca parecieron engancharse hacia arriba. Era más como si estuviera tanteando para simular una sonrisa y no como si tuviera una en realidad.

»Entrrren, entrrren —dijo de repente, sin ningún preámbulo—, perrro antes se quitan los zapatos, porrr

292

supuesto. —Por supuesto, nos quitamos los zapatos y entramos. Tuve la esperanza de que fuera la costra de lodo en mis zapatos lo que hizo que me mirara con enojo cuando pasé junto a ella.

Nuestra visita comenzó con un recorrido por la casa, que era más un museo que una casa. Las obras completas de doña Charito poblaban todas las paredes: los temas que más se repetían eran jarras, fruteros y violines o guitarras, no lo sabía con seguridad, porque aún no habíamos recibido clases de música. En su habitación había dos o tres garañones en estampida, con las crines al viento, junto a playas sobre las que se cernían las tormentas. Y eso era todo, no vimos tarántulas, ni mangos ni lagartijas ni espíritus, ni personas de carne y hueso.

Cuando terminamos de recorrer la casa, las primas mayores, que tenían más experiencia en mentir, dijeron que les habían gustado mucho los cuadros. Las demás, asentimos.

—¡Bien! ¡Bien! —Rió nuevamente. Yo anhelaba que empezase la clase para poder pintar esos dientes de marfil y luego colorearlos, junto al músculo púrpura de la lengua que se asomaba entre ellos como una gruesa bestia enjaulada en su boca. En lugar de eso, nos condujo como un rebaño hacia un patio descubierto en el centro de la casa. Nos invitó a sentarnos, pero sólo había dos sillas y ninguna de nosotras se atrevió a considerarse la privilegiada para ocuparlas.

Una mujer muy vieja, cuya cara tenía tantas arrugas que parecía que la hubieran usado para trazar esbozos rápidos, se acercó a nosotros con una bandeja de vasos de limonada tibia y ácida, sin hielo, con todo el azúcar sedimentado en el fondo, y sin cucharas para removerla. Bebimos e hicimos gestos tratando de disimular lo desagradable de la bebida y aguardamos a que empezara la clase. Pero doña Charito había desaparecido en la cocina, donde la oíamos ladrándole órdenes a la vieja sobre la mejor manera de cocinarnos, creí yo. Nos miramos una a otra, conscientes de pronto de que sólo éramos carne tierna y perecedera, catorce bocados aglomerados en el patio de doña Charito, tomando su limonada.

Al fin, nos hizo entrar a su estudio. Era una habitación grande y luminosa en un ala de la casa, con todas las ventanas abiertas para despejar el olor persistente del óleo y la trementina. Habían dispuesto asientos de mimbre en filas, cada cual con su correspondiente tabla de dibujo, un cajón entre cada par de asientos con una enorme jarra de agua y varios retazos de toalla vieja encima. (A eso debía referirse la frase que figuraba en el acuerdo: «algunos materiales incluidos».)

—Ocupen un lugar —ordenó doña Charito. Hubo alboroto para apropiarse de los asientos de las filas de atrás, yo no fui una de las afortunadas que lo consiguió. Me había quedado rezagada, en la entrada, por cautela según pensé, esperando a ver qué les sucedía a las demás antes de avanzar. Terminé en un asiento de primera fila, justo debajo de las cavernosas fosas azul cobalto de la nariz de doña Charito.

La clase empezó con ejercicio físico. «*Mens sana in corpore sano*», proclamó doña Charito. «Amén», respondimos las niñas, porque el sonido del latín nos inspiró una respuesta litúrgica. Doña Charito frunció el ceño.

—Uno, dos. Uno, dos —ordenó. Saltamos en nuestro lugar, haciendo marineros. Nos tocamos la punta de los pies. Flexionamos los dedos «para la circulación» y quedamos en una especie de estado de calistenia frenética.

Al fin, la verdadera clase de pintura empezó. Doña Charito tomó su pincel para mostrarnos.

—El primer paso es revisar que las fibras del pincel estén alineadas. —Metió el pincel en la jarra de agua e hizo toda una serie de movimientos exagerados, dio golpecitos en el borde para poner todo en orden, como una niñera dándole de comer bocado a bocado a un bebé caprichoso.

La imitamos, obedientes.

Siguió en su español enredado que a duras penas lográbamos entender.

—El segundo paso es la manera correcta de tomar el implemento. Así no, ni tampoco así… —Nos inspeccionó, asiento por asiento, imitándonos a todas.

Me parecía un exceso de protocolo, así nunca llegaría a pintar el mundo indómito, luminoso y exuberante que estaba a punto de desbordarse de mi interior. Traté de concentrarme en la demostración que nos hacía, pero algo empezó a jugar con su zarpa dentro de mi brazo de pintar. Arañó las puertas de mi voluntad y tuve que dejarlo salir. Tomé mi pincel húmedo en la mano, toqué la pastilla de acuarela dorada, y un gato quedó plasmado en mi papel, de un solo trazo, con bigotes, cola y maullido incluido.

Respiré con más calma, tras haber recuperado un gato de espacio en mi interior. Doña Charito me daba la espalda. El colibrí de su vestido hawaiano hundía la espada de su pico entre las dos moles de su trasero. Tenía más tiempo.

Enjuagué el pincel en la jarra de agua. El líquido tomó el color de mi orina a primera hora de la mañana. Acaricié la pastilla de color morado y surgió como una flecha un gato del tono de un moretón y luego otro marrón.

Estaba tan absorta mientras pintaba que no oí el grito de advertencia de la señora, ni la resonancia de sus sandalias criollas de cuero en el piso de linóleo, cuando se abatió sobre mí. Sus uñas rojas arrancaron mi hoja de papel y la convirtieron en una bola.

—¡Te atrrreves a desafiarme! —gritó. Su cara se había puesto del mismo color rojo terroso que mi jarra de agua. Me levantó, tomándome por el antebrazo, me arrastró a través de la habitación hasta una puerta que conducía a una sala a oscuras y me dejó caer en una silla de palo tiesa.

Sus ojos verdes destellaban furiosos, como los de un gato. Estaban salpicados de café, como si algún ser vivo hubiera quedado atrapado en sus iris para fosilizarse allí.

—No puedes moverrrte de aquí hasta que te autorrrice. ¿Me entiendes bien? —Bajé la cabeza sumisa. Por el rabillo del ojo vi a mis asustadas primas empezando a practicar dócilmente sus primeros trazos con el pincel. Durante un momento, doña Charito llenó el umbral con su enorme cuerpo, luego cerró la puerta tras de sí con un fuerte golpe.

Me quedé tan quieta como cualquiera de las naturalezas muertas que colgaban en las paredes a mi alrededor. Sentía su presencia en esa habitación oscura, silenciosa y sofocada. Su pincel pendía sobre mi cabeza.

Podía pintarme el pelo, borrar los rasgos de mi cara, convertirla en nada menos que un platón con manzanas, uvas, ciruelas, peras, limones. No me atreví a moverme.

Pero al poco tiempo empecé a desesperarme. Me daba cuenta de que estas clases de pintura no iban a ser nada divertidas. Me parecía que todo aquello de lo que disfrutaba en el mundo resultaba ser malo. No hacía mucho había comenzado las clases de catecismo de preparación para la Primera Comunión. Las monjas del colegio de Nuestra Señora del Perpetuo Socorro me enseñaban a dividir entre buenas y malas las cosas de la vida, como si fueran ropa para lavar, a distinguir entre lo venial y lo que me llevaría directamente al infierno, si moría mientras lo disfrutaba. Antes de que pudiera tener mi propia vida, la conciencia ya la organizaba tan ordenada como una naturaleza muerta o un bodegón. Pero esa mañana, en casa de doña Charito, no me sentía preparada para posar como una de las niñas modelo de este mundo.

Me levanté de la incómoda silla y encontré el camino al vestíbulo, donde nuestros zapatos estaban alineados en una ordenada hilera, como si fueran a fusilarlos, condenados por tener lodo en las suelas. Justo cuando encontré mi par, oí la voz de un hombre que vociferaba y gritaba insultos desde la parte trasera de la casa. Normalmente hubiera huido en dirección opuesta, pero los insultos eran los mismos que yo murmuraba entre dientes contra doña Charito. No pude evitar y fui a investigar.

El patio estaba desierto. El cielo se veía encapotado, un lienzo de nubes con remolinos de púrpura oscuro y grises de tempestad. Crucé un cerco de cayenas a través de una puertecita sin pestillo y me encontré en un solar enfangado, en el que había troncos y maderos dispersos, como si fuera una carpintería. Al frente había un barracón sin pintar con una ventana alta y una puerta trancada por fuera con un enorme candado. Los gritos del hombre provenían de dentro, pero lo que me atraía en ese momento era otro sonido, un golpeteo como el que hacíamos nosotras al bailar. Quería averiguar algún secreto sobre doña Charito. A mi edad, ésa era la idea de una venganza. Lo que una persona guardaba en el cajón de su mesa de noche. El color de su ropa interior. Cómo se veía cuando estaba torpemente acuclillada sobre una bacinilla pequeña. Y luego, cuando esa persona ejerciera sobre mí una disciplina violenta, podía desquitarme con una mirada: te conozco, te conozco.

La única ventana quedaba bastante más alta que mi cabeza. Hice rodar un tronco no muy grande hasta quedar bajo el vidrio, trepé sobre él y me asomé al interior. Al principio sólo pude ver mi propia cara reflejada. Hice sombra con las manos alrededor de los ojos y sentí que el cristal vibraba con unos martillazos, como si estuviera vivo.

Lentamente empecé a distinguir los objetos dentro del barracón. De unos troncos semejantes a los que había dispersos en el solar detrás de mí, surgían criaturas gigantes a medio formar. Algunos de los maderos tenían pezuñas o garras, colas o cuernos; unos mostraban el esbozo de un rostro, una boca o un ojo, a otros se les veían manos con uñas. El vellón de una oveja se encrespaba en el lomo desnudo de un tocón claro, de color nuez, pero la pobre criatura no podía balar sin nariz ni boca.

Me llevé la mano a la cara, para asegurarme de que la mía sí estaba intacta.

En medio del piso, una figura de mujer estaba reclinada sobre dos caballetes, uno a la altura de los pies y otro en el cuello, como cuando tuvieron que colgar mi abuela de las vigas del techo para que se recuperase de una lesión de espalda. De la cabeza de la figura salían agudas puntas, los rayos de la aureola de la Virgen, aunque también hubieran podido ser los cuernos de una mujer demonio. Tenía el pelo tallado en ondas que caían sobre los hombros como serpientes. La cabeza estaba totalmente formada, pero la cara seguía lisa.

Tap-tap-tap, el golpeteo surgía de debajo de la figura. En el suelo, justo donde en ese instante le nacían los pies, se iban acumulando virutas de madera y aserrín. Ante mis ojos, la madera clara tomó la forma de talones y dedos, los arcos trazaron una S en la parte inferior de los pies. La figura se habría podido poner de pie sobre sus plantas y andar todo el camino a Belén.

Cuando la oscura cabeza del hombre emergió de entre las piernas de la figura, pensé que era una de sus propias creaciones. Tenía el mismo tono caoba brillante de sus criaturas a medio formar. Le rodeaba el cuello un collar del que se desprendía una cadena que remataba en un anillo de hierro clavado junto a la puerta. ¡Y eso era todo lo que llevaba puesto! Era un hombre menudito, de la misma altura que yo subida al tronco, perfectamente proporcionado, excepto una cosa. Había visto los toros sementales en la finca de mi abuelo durante la temporada de celo y también los espectáculos que hacían entre las vacas. Una vez, una niñera descarada me informó de que, entre sábanas bordadas, con las luces apagadas y el ventilador encendido, mi estirada madre De la Torre me concibió de un modo semejante. A medida que progresaba con los pies de la Virgen, el hombrecito se hacía grande como los toros en la finca. Cuando terminó esa parte, subió a ella, la montó, y su cadena cascabeleó detrás como una larga cola. Tocó la cara lisa, me pareció que con delicadeza, plantó el formón en la frente y estaba a punto de penetrar la madera cuando grité para alertar a la mujer que tenía debajo.

En respuesta, levantó su cara de elfo hacia mí. Miró el cuarto a su alrededor, descubrió mi rostro contra la ventana y trató de alcanzarme. La cadena se templó. Antes de que pudiera llegar a la ventana, abrirla y meterme dentro de un tirón, salté de mi pedestal y caí al suelo pesadamente. Estaba demasiado asustada para sentir el dolor, pero oí que uno de los huesitos de mi brazo crujía al golpear la tierra.

Su cara se asomó por la ventana. Me observó, y una sonrisa vacía se extendió por sus labios como una mancha. Tap-tap-tap, su mano golpeó el cristal como para llamar mi atención y así examinarme un poco más, tap-tap-tap. No era necesario que lo hiciera, porque yo no le podía quitar los ojos de encima, mi boca se abrió en un grito sin voz. Al fin, el sonido surgió de mi terror. Grité y grité, incluso después de que su cara desapareciese de la ventana.

Al instante, todas las alumnas de la clase de pintura, con doña Charito a la cabeza, llegaron corriendo desde la casa a la zona enlodada del patio trasero donde yo estaba, la vieja apareció la última, jamás pensé que me daría tanto gusto verla.

—¿Qué trrranscurrió aquí? —gritó. Su voz dejaba traslucir verdadera preocupación—. ¿Por qué no la estaba vigilando? —preguntó, acusando a la vieja, luego, volviéndose hacia mí, me increpó—. ¿Qué te hiciste? —Lanzó una mirada inquieta hacia el fondo del solar. En el taller continuaba el golpeteo, tap-tap-tap.

Levanté el brazo que me palpitaba de dolor, una ofrenda de hueso roto. Podía quedarse con mi cara bañada de lágrimas, con mi cuerpo sucio de barro como el de una criatura, con los sollozos húmedos que me salían de la boca.

—Me lo rompí —lloré. De inmediato supe que era mejor no confesar lo que había visto en el taller del patio.

Sería imposible decir que su cara se conmovió, porque la compasión no figuraba en su repertorio de expresiones. Se arrodilló a mi lado y me examinó el brazo, hasta el roce más ligero me hacía estremecer de dolor.

—¿Rrroto? —Me miró desde su altura. Entonces vi que las manchas de sus ojos eran astillas de huesos, fragmentos de cosas que ella había roto a lo largo de los años.

Mientras tanto, libres de cualquier vigilancia, mis primas habían empezado a balancearse sobre los troncos, a hacer tortas de lodo y a gozar de la dicha de ensuciarse los vestidos y embarrarse las medias. Un par de ellas, exploradoras, se encaminaron hacia el taller armadas con palos. Doña Charito se levantó e hizo sonar la voz de alarma:

—¡Atención! ¡Todas al estudio de inmediato! —Salieron disparadas de vuelta. Había empezado a llover, grandes gotas dispersas como si alguien estuviera sacudiendo el exceso de agua de un pincel.

301

Me cargó en sus brazos. Me aferré a ella como si fuera su propia hija. Apoyé la cabeza donde debería estar su corazón y pensé que alcanzaba a oír, como dentro de un caracol, el oscuro Atlántico, las olas que rompían bajo los fuertes vientos, las vastas llanuras de Europa Central. Ella sabía que el mundo era un lugar donde reinaba lo salvaje. Ella blandía un pincel. Podía hacer molinetes con las estrellas que giraban sin parar y que habían logrado que más de un hombre perdiera la razón. Podía salvarme del loco del taller. Me aferré.

Pero ésa fue la última vez que vi a doña Charito. Los carros hicieron chirriar los frenos al detenerse en el camino de entrada; mi madre se bajó apresurada hacia la casa; me eché a llorar para convencerla de la gravedad de mi accidente. A medida que pasó la conmoción, empecé a sentir un dolor intenso en el brazo, como si alguien me estuviera tallando el hueso con un formón. En la clínica se confirmaron las sospechas: mi brazo tenía tres fracturas.

Lo tuve escayolado durante meses y, cuando al fin me quitaron el yeso, descubrieron que el hueso no había soldado recto. Hubo que romperlo de nuevo y volverlo a alinear. Eso se consideró una intervención lo suficientemente delicada como para que me dieran regalos además de un pequeño neceser con cerradura de combinación, que se abría al marcar el mes, el día y el año de mi nacimiento. Se mandó decir una misa en la Catedral por mi pronta recuperación, y se me permitió devorar grandes porciones de helado entre comidas para ayudarme a soportar el sufrimiento y para darme «calcio en abundancia», según les explicaron a mis envidiosos primos. Todos se mostraban tan amables conmigo, que estaba segura de morir pronto.

No fue así. El hueso finalmente sanó, y quedó casi perfecto. Pero durante todo un año, y en según qué momentos, tuve que llevar el brazo en cabestrillo. El yeso tenía las firmas de varias de docenas de primos y tíos, de manera que parecía una creación colectiva de la familia De la Torre: Gisela de la Torre, Mundín de la Torre, Carmencita de la Torre, Lucinda María de la Torre. Había notas y versitos. Algunos de los mensajes eran comentarios sabihondos y calaveras con tibias que dibujaron mis primas, las que no me perdonaban el no ir a las clases de pintura, a las que ellas debían asistir obligatoriamente por mi culpa. Porque aunque mi carrera artística tuvo un temprano final accidentado, mis primas tuvieron que pasar las mañanas de los sábados dibujando primero círculos, luego óvalos, antes de que les permitieran madurar esas figuras para convertirlas en manzanas. Meses más tarde lograron pasar a utensilios: una jarra, una canasta, un cuchillo. La tarea final era una naturaleza muerta con todos esos objetos, además de un trozo de jamón de plástico. Se quejaron amargamente: detestaban la pintura, no querían asistir a las clases. La respuesta fue que los dólares no llovían del cielo. Tendrían clases de pintura el año siguiente también.

Con la llegada de la Navidad se dieron por finalizadas las clases y a mí me quitaron el yeso. Sin embargo, me había convertido en una persona distinta. Los meses de mimos y de las burlas de mis primos me habían vuelto introvertida. Ahora, cuando el mundo me llenaba por dentro, ya no podía pintarlo. Me mostraba hosca y dependiente de la atención de mi madre, susceptible y llorona: el clásico temperamento de artista, pero sin nada qué expresar para justificar mi mal carácter. Ya no podía pintar. Mi mano había perdido su arte.

No obstante, durante el primer año de clases de pintura, tuve un momento de triunfo. En Nochebuena, me llevaron a la Catedral junto con todos los niños De la Torre para ver la representación del nacimiento con un nuevo belén. Avanzamos por la nave hacia el altar, que estaba decorado con flores de pascua y velas, y enmarcado por colgaduras verdes y rojas.

Al dar la medianoche, las campanas tocaron a rebato. Las puertas laterales de la Catedral se abrieron y salió una procesión de sacerdotes, monjas y acólitos, meciendo los incensarios y esparciendo la fragancia de la mirra e incienso que los tres Reyes Magos le habían traído al Niño desde Oriente. Dos de los monaguillos abrieron las cortinas…

¡Ante mí estaban los gigantes que había visto en el taller de don José! Pero ahora eran las figuras sagradas vestidas con capas de rico terciopelo, túnicas resplandecientes y sayales de pastores hermosamente cosidos por las carmelitas, para dar la impresión de tener remiendos y parches. Reyes, ovejas, caballos relinchantes, siervos y niños pordioseros se reunieron en la helada noche imaginada. Dios se tomaba el trabajo de crearse a sí mismo para darnos una lección. El viento sopló. La lluvia rompió sobre el tejado de la Catedral. Un perro ladró a lo lejos.

Cuando se abrió la puerta del altar, los feligreses nos adelantamos a tocar al Niño Jesús para que nos trajera dicha y prosperidad en el año venidero. Sin embargo, mis ojos buscaron la cara de la Virgen. Me llevé la mano a mi cara para asegurarme de que era la mía.

Mi mejilla tenía la misma curva de la Virgen; mis cejas trazaban un arco igual a las de ella; mis ojos estaban tan abiertos como los suyos, mirando hacia arriba para ver al hombrecito que golpeaba en la ventana de su taller. Estiré mi brazo torcido y toqué el borde de su túnica azul real y las zapatillas de tela que hacían juego. Entonces, también empecé a cantar al mundo la feliz Buena Nueva, junto a la multitud de fieles que me rodeaba.

Una sorpresa americana, Carla

Mis hermanas y yo habíamos rondado por la casa toda la mañana, esperando, de manera que cuando al fin nuestro padre cruzó la puerta nos lanzamos hacia él gritando:

—¡Papi! ¡Papi!

Mami se llevó un dedo a los labios.

—El bebé —nos recordó, pero Papi no pudo contenerse, nos alzó a todas y cada una gritando y dando vueltas con nosotras en brazos. El chofer esperaba pacientemente en la puerta, con una maleta en cada mano.

—Déjelas en el estudio, Mario —le indicó. Luego se frotó las manos y dijo—: ¡Tengo una sorpresa maravillosa para mis niñas!

—¿Qué es? —gritamos a coro, yo, tratando de adivinar, nombré algo que, la noche anterior, mientras rezábamos, Mami nos prometió enseñarnos algún día—: ¿Nieve?

—Vamos, niñas, no lo olviden —dijo Mami, pensé que se refería a la pequeña Fifi, sin embargo, añadió—: primero dejen que Papi descanse. —Luego le susurró algo en inglés y él asintió con la cabeza.

—Entonces, los abriremos después de cenar —explicó—. Veamos quién deja el plato más limpio. —Y cuando notó nuestra expresión decepcionada, trató de animarnos—: ¡Ay, ay, ay. Vaya sorpresa!

Sandi y Yoyo cruzaron una mirada triunfante y salieron saltando, cogidas de la mano, para ir a contarles a los primos que Papi había vuelto de Nueva York con una sorpresa maravillosa, que allí era invierno y caía nieve del cielo como el maná de la Biblia.

Pero yo no quería alejarme de la casa por si acaso Papi terminaba la bebida y decidía abrir las maletas en ese momento. Si era la única que andaba por allí, podría escoger primera el regalo sorpresa. ¡Podría darme aunque sólo fuera una pista sobre qué era!

Pero mi padre no era bueno proporcionando indicios. Estaba tumbado en el sofá junto a mi madre, con los brazos extendidos en el respaldo como si quisiera abrazar todo lo que era suyo. Hablaba con ese tono de voz preocupado que usan los adultos cuando algo sale mal.

—Los precios han subido muchísimo —decía. Mi madre le pasaba la mano por el pelo una y otra vez.

—Pobrecito —respondió cariñosa mi madre, y, sin más, se levantaron para dormir una siesta antes de la cena.

La casa quedó vacía y en silencio. Merodeé alrededor de la mesita de café, dando sorbos a lo que habían dejado en los vasos, hasta que los cubitos de hielo chocaron contra mi boca, tintineando; el ardor del *highball* de Papi me hizo cerrar los ojos. Desde más allá del vestíbulo oí el sonido de los cubiertos entrechocando y el chirrido de una silla. Luego Gladys, la nueva sirvienta, empezó a cantar:

Yo tiro la cuchara,
Yo tiro el tenedor,
Yo tiro to'lo'plato
Y me voy pa'Nueva Yor'.

Me encantaba oír la dulce y aguda voz de Gladys imitando a sus cantantes preferidos de la radio. Algún día, decía, me convertiré en una actriz famosa, decía ella. Sin embargo, mi madre decía que Gladys no era más que una simple campesina que sólo sabía cantar canciones populares por casa y pasarse toda la semana con rolos en el pelo y luego peinarlo los domingos para ir a misa, copiando los modelos que veía en las viejas revistas americanas que ella ya no leía.

El canto de Gladys se interrumpió abruptamente cuando entré al comedor.

—¡Ay, Carla, qué susto me diste, niña! —Se rió. Estaba poniendo la mesa para la cena, mientras sacaba cucharas de un ramillete de cubiertos que tenía en la mano izquierda, daba elaborados pasos de baile y se detenía ante cada puesto de la mesa, repitiendo —: La cuchara a la derecha, acompañando al cuchillo. —Cuando no estaban mis hermanas ni mis primas, era divertido estar con Gladys.

Dio un paso atrás y ladeó la cabeza con mirada crítica. Luego acercó más una silla y le dio un ligero empujoncito a un cuchillo, como quien endereza un cuadro ya derecho en la pared. Me hizo un gesto para que la siguiera hacia la parte trasera de la casa. Fui tras ella, pasamos por delante del *pantry*, donde ya estaba todo listo para la cena: las bandejas vacías dispuestas, a la espera de ser llenadas; los cubiertos de servir en fila, como una familia, primero los más largos y luego los más pequeños y después los aún más pequeños.

En el pasillo que conectaba el cuarto del servicio con el resto de la casa, Gladys se detuvo y me abrió la puerta.

—¡Así que su papá ya volvió de Nueva York! —Bajé la cabeza con gusto y seguí tras ella.

El cuarto del servicio era oscuro y caliente. La mayor parte de las ventanas estaba cerrada para proteger la habitación del fiero sol de la tarde caribeña. Una luz brumosa y amortiguada entraba por una ventana alta, medio abierta. En un banquito de ratán había un ventilador que zumbaba mientras giraba de un lado a otro.

Poco a poco, mientras mis ojos se acostumbraban a la tenue luz del cuarto, distinguí las estatuillas de plástico y las estampitas de santos que atestaban su mesa de noche. Un viejo frasco de mayonesa con una ranura en la tapa brillaba con los rastros cobrizos de unos cuantos centavos. Cuando el ventilador soplaba hacia la vela, la llama oscilaba y temblaba. Dos de los catres estaban ocupados. En uno, Chucha, la vieja cocinera, yacía profundamente dormida, con su gorda cara negra expresando satisfacción cada vez que le llegaba el airecito fresco. En otra estaba sentada Nivea, en bata, con la cabeza baja, murmurando sobre un rosario como si encontrara fallas en las cuentas que colgaban entre sus rodillas.

La puerta hizo ruido al cerrarse, Chucha abrió un ojo y lo cerró de nuevo. Confiaba que hubiera vuelto a dormirse, pues le gustaba regañarnos. De hecho, Chucha se estaba volviendo tan difícil que Mami había decidido construirle un cuarto para ella sola.

—Ya sabes que a tu mamá no le gusta que andes por aquí —empezó a decir. Miré a Gladys esperando que me defendiera.

—No hay problema, cocinera —dijo Gladys alegremente. Me llevó hacia su catre, se sentó sobre él y dio una palmadita a su lado para indicarme que también me sentara—. A doña Laura hoy no le importara, don Carlos acaba de llegar.

—Ahora me vas a decir que la gallina no picotea cuando el gallo canta —dijo Chucha con sarcasmo deliberado. Dejó escapar un suspiro gruñón y se dio la vuelta para quedar de cara a la pared. El ventilador cosquilleó suavemente la planta rosada de sus pies—. ¡Yo le cambiaba los pañales a doña Laura antes de que tú nacieras! —añadió buscando pelea—. Sé por dónde va el agua al molino, sé en donde le pica el lomo al burro.

Gladys puso los ojos en blanco mirándome, como si quisiera decir «No se preocupe, cocinera». En lugar de eso, soltó con voz conciliadora:

—Claro, usted ya tiene la experiencia de los años.

—Treinta y dos años. —Chucha dejó salir una risa seca.

—Me pregunto dónde andaré yo dentro de treinta y dos años —dijo Gladys para sus adentros. Una mirada empañada le cruzó los ojos. Sonrió—: en Nueva York —nombró la ciudad con voz soñadora y empezó a cantar el estribillo del popular merengue que sonaba en la radio día y noche.

—Sigue soñando —contestó Chucha. Y ahora sí rió. Los pliegues de grasa bajo su uniforme se estremecieron. Su cuerpo se meció hacia delante y hacia atrás—.

Tienes la cabeza en las nubes, muchacha. ¡Más te vale tener cuidado con los truenos!

—¡Ay, cocinera! —Gladys estiró el brazo y le dio palmaditas amables en los pies a la vieja. Parecía tan indiferente a la alegría de Chucha como a su mal humor—. Todas las noches rezo —dijo, señalando su altar provisional con la cabeza.

Me mostró una postal que mi madre había tirado a la basura hacía unos días —un día me explicó que cada santo de los que había en su mesa de noche tenía una especialidad. Santa Clara era buena para la vista. San Martín, para el dinero. Nuestra Santa Madre Bendita era buena para todo—, era la foto de una mujer vestida con una túnica, sobre la cabeza mostraba una estrella de agudas puntas en lugar de aureola y mantenía una mano levantada sosteniendo una antorcha. Tras ella se veía una ciudad como de cuento de hadas, centelleando con luces de Navidad.

—Ésta es una poderosa virgen americana —Gladys me entregó la postal—. Ella me ayudará a ir a Nueva York, ya lo verán.

—Hablando de Nueva York —empezó Nivea. Se persignó rápidamente y besó el crucifijo de su rosario.

Nivea, la más reciente de las sirvientas, la que se ocupaba de lavar y planchar la ropa, era «negra retinta»: mi madre siempre le daba énfasis para proporcionarle al color la intensidad suficiente. Le habían puesto el apodo de Nivea por el nombre de la crema, su madre, cuando sólo era un bebé, solía untarle con ella, importada de Estados Unidos, para que su blancura lechosa le aclarara la piel. El blanco de los ojos, que ahora clavaba en mí, era

311

el único lugar donde la magia de la crema parecía haber funcionado.

—Enséñanos lo que tu papá te trajo. ¡Qué suerte! —siguió diciendo Nivea, antes de que pudiera explicarle que todavía no me lo había dado—. ¡Estas niñas tienen tanta suerte con ese papá que no vuelve de un viaje sin traerles un tesoro entero! —Y le contó a Gladys la lista de todos los «tesoros» que el doctor había traído a sus niñas, porque ésta apenas llevaba un mes trabajando con nosotros—. ¿Qué tal las muñecas bailarinas de la última vez?

Respondí que bien con la cabeza. No tenía sentido corregir a Nivea, porque entonces nos llamaba señoritas sabelotodo. Pero las muñecas bailarinas llegaron en el penúltimo viaje. El regalo del último fueron unos zapatos de cordones que no se nos adaptaron a los pies, por lo que no resultaron ser una buena idea como regalo, lo que siempre sucedía cuando mi madre se ocupaba de la sorpresa. Antes de salir de viaje, mi padre le preguntaba a mi madre: «Mami, ¿qué necesitan las niñas?». A veces, como había sucedido en este viaje del que acababa de llegar, le respondía que nada, que ya tenía todo preparado para la vuelta al cole. En esas ocasiones, las sorpresas podían ser maravillosas, porque, tal como Papi le explicaba a Mami, «No tenía ni la más remota idea de qué traerles, así que fui a la juguetería Schwarz, y la vendedora me sugirió...». Y entonces salían los envoltorios de las tres muñecas bailarinas o los tres pares de patines o, esta misma noche, ¡tres sorpresas maravillosas!

Gladys recuperó la postal y la miró sonriente.

—¿Qué te trajo tu papá? —preguntó.

312

—Todavía no lo sé. —Se me escapó un suspiro, decepcionada por no poder satisfacer su curiosidad, pues hasta la misma Chucha se había dado media vuelta para oír cuál era la sorpresa—. Tenemos que cenar primero.

—A propósito de la cena —dijo Nivea, dirigiéndose a sus dos compañeras—, nuestro trabajo es de los que nunca acaban, día y noche dale que te pego y ¿nos dan alguna sorpresa? —refunfuñó mientras se trenzaba el crespo pelo negro. Sus quejas eran diferentes a las de Chucha, porque eran amargas y se colaban hasta en las conversaciones más amenas. Las de Chucha eran una letanía cotidiana, que a veces le decía al perro, a veces le lanzaba a la olla del arroz que tenía que fregar, a veces la pronunciaba entre dientes frente a doña Laura, cuyos pañales había cambiado y, por tanto, tenía derecho a criticar sus actos.

Esa noche cenamos espaguetis con albóndigas, ¡gracias a Dios!, porque con eso era fácil dejar el plato limpio. Enrollé la pasta en mi tenedor e hice rodar las albóndigas de aquí para allá hasta que me aburrí y las comí, las dos. Mami estaba de buen humor y dejó que el bebé se fuera con Milagros, la niñera. Por lo general, insistía en que se quedara, berreando en su silla alta, para que la familia cenara toda reunida, como «gente civilizada». Pero esa noche libró a la familia del tormento de la civilización, y también del de los vegetales, pues Mami nos dejó servirnos la comida a nuestro gusto, como así hice yo. Los guisantes que me puse, si los hubiera ensartado uno tras otro, apenas habrían bastado para hacerme una gargantilla. Mis hermanas y yo comimos en silencio, atentas y maravilladas con los relatos de nuestro padre sobre taxis, terribles tormentas de nieve (¿acaso una tormenta de nieve podía ser terrible?) y las decoraciones navideñas de las calles. Sentíamos el carácter sagrado de las semanas por venir: esa misma noche, una sorpresa maravillosa, y en menos de veinte días, según el almanaque con puertecitas que abríamos todas las noches con Mami a la hora de rezar, sería Navidad. ¡Y vendrían más sorpresas! Teníamos suerte, como decía Nivea. Mucha suerte.

Finalmente, Papi se volvió hacia Gladys, que empujaba el carrito sobre el que ponía los platos para llevarlos a la cocina.

—Eh...

—Gladys —le recordó Mami. Al fin y al cabo, era nueva y Papi no había tenido mucha oportunidad de llamarla por su nombre.

—Gladys, por favor, ¿Podría traerme mi portafolios? —le pidió.

—Está en el estudio —le indicó Mami—. Sobre el escritorio, junto a la mesa de fumar.

Gladys salió a toda prisa, chancleteando velozmente, feliz de que le hicieran semejante encargo. Luego regresó con el portafolios de cuero acunado entre sus brazos, como un bebé.

—¡Buena niña! —Papi le lanzó a Gladys una mirada de aprobación y abrió las cerraduras. La tapa saltó como la de una caja de sorpresas. Dentro había tres paquetes envueltos en papel de seda blanco, y guardados con cuidado uno junto a otro, como los huevos en un nido. Papi nos entregó uno a cada una y luego sacó una caja diminuta del bolsillo lateral del maletín y le sonrió a mi madre.

—Para ti, querida —Mami le dio una palmadita en la mano. Abrió la caja y sacó un frasquito de perfume como

314

de muñecas, le quitó el tapón y aspiró—. ¡Es exactamente éste! ¿Sabes que nunca encontré el frasco viejo? ¡Pero tú te acordaste sin siquiera saber el nombre! —Se inclinó y le plantó un beso en la mejilla.

Se oía el papel desgarrándose y a Papi alentándonos:

—¡Ánimo, ánimo!

Gladys se quedó junto al carrito, organizando lentamente los platos sucios en pilas parejas, para luego llevarlos a la cocina, donde Nivea y Chucha los fregarían. Pero una vez que abrimos las cajas, mis hermanas y yo cruzamos miradas de desconcierto. Mami se inclinó sobre la mesa y tomó la pequeña estatua metálica de la caja de Yoyo: era un viejo sentado en un bote, que miraba a una ballena amenazante, con las fauces abiertas. Sandi puso la suya sobre la mesa y trató de mostrarse complacida: también era una figura de hierro, de una niña con su cuerda de saltar congelada en el aire. Yo ni siquiera me molesté en desembalar la mía. Sólo eché un vistazo a una joven con túnica azul y blanca, que miraba hacia una esponjosa capa de nubes. ¿Qué habría estado pensando la vendedora de Schwarz en esta ocasión?

—¿Qué son, Papi? —preguntó Mami, tomando la pequeña saltadora de Sandi y mirándola a los ojos.

—Adivinen —sonrió Papi misterioso y luego añadió—: Están haciendo furor. La muchacha de Schwarz me dijo que había vendido media docena ese día.

Mami volteó la figurilla y leyó en voz alta lo que estaba escrito debajo:

—*Made in the U.S.A.* —luego descubrió el agujero para una llave diminuta—. Ya veo… Es una alcancía, ¿cierto? —dijo mirando a Papi.

Mi padre la miró orgulloso. Tomó a la niña de la cuerda de saltar y la puso en la mesa frente a él. Ella se quedó en su pedestal, con el arco de alambre elevándose por encima de su cabeza y se enroscaba en dos diminutos agujeros perforados, con algo parecido a una aguja, en los puños. Los lunares del vestido y el amarillo del pelo estaban pintados directamente sobre el metal.

—Miren —dijo, y cogió una moneda de un centavo del montoncito de cambios que había vaciado de su bolsillo a la mesa. La moneda encajaba en una ranura que había en el poste de una cerca junto a la niña. Papi movió una palanca en la base del pedestal, la palanca volvió a su lugar, la moneda cayó con retintín, y luego todas nosotras, mis hermanas, Mami, Gladys y yo, quedamos perplejas, porque la niña brincó y la cuerda dio una vuelta.

Un suspiro maravillado se oyó en el cuarto.

—Alcancías mecánicas —dijo Papi con una sonrisa, tomando otra moneda del montón—. Para que mis niñas empiecen a ahorrar dinero con el que cuidarnos, ¿eh, Mami? —Le guiñó un ojo—. Cuando seamos viejos y canosos.

—Ahora la mía —suplicó Yoyo, y Papi puso la moneda en las manos del viejo, que tenían una ranura, de manera que parecía el timón de un barco. Luego tiró de la palanca, el marinero giró un poco y la moneda fue a dar a la boca de la ballena.

Mis hermanas y yo estallamos en risas.

—Alcancía de Jonás —dijo Mami después de leer el nombre escrito en el bote, y luego, con una mirada traviesa, comentó—: Ay, Lolo, ¿qué van a decir las monjas de esto?

Las cejas de Papi se arquearon.

—Espera a que veas ésta. —Se rió, sacando mi alcancía de la caja—. En realidad, se supone que estas alcancías de Jonás y de María sirven para que los niños aprendan a ahorrar para la limosna de misa. ¡Seguro que las monjas no se opondrán a eso! —Puso una moneda en una ranura de la capa de nubes y tiró de la palanca colocada en el pedestal. La moneda desapareció. La joven, con una aureola pintada sobre el pelo, se elevó hacia las nubes, con los brazos levantados a la altura de los hombros. Cuando la palanca volvió a su sitio, la joven descendió al pedestal.

—¡Madre bendita! —murmuró Gladys. Luego todos, incluida mi madre, nos reímos, porque habíamos olvidado que aún seguía en el comedor. Allí estaba, con el cuello estirado hacia delante, los ojos tan redondos y cobrizos como las mismas monedas que habían operado tales maravillas.

Papi le tendió una moneda.

—Ven, Gladys, prueba tú. —Pero Gladys retrocedió y clavó la vista en sus chancletas.

—Anda —la animó mi madre, esta vez se acercó, limpiándose las manos en el delantal, y tomó la moneda que le ofrecía mi padre, quien le indicó cómo ponerla en la nube. Nuevamente, la moneda tintineó dentro de la alcancía, y María ascendió un instante al cielo para luego bajar a la tierra hasta el próximo chele que se ahorrara. La cara de Gladys estaba radiante. Se persignó despacio, un poco aturdida.

—Son como niños —dijo mi padre enternecido cuando Gladys salió del comedor—. ¿Viste su cara? Era como si hubiera sucedido de verdad.

Después de la cena, mis padres charlaron mientras tomaban el café y fumaban un cigarrillo, mis hermanas y yo intercambiamos miradas decepcionadas. Traté de ver si al sacudir a mi María lograba sacarle las monedas para comprarme una caja de chicles.

—¡No, no, no Carlita! ¡Las monedas ahorradas se quedan ahí dentro! —Se dio una palmada en el bolsillo—. Papi guarda las llaves.

Las alcancías resultaron no ser una decepción tan grande. Eran mucho mejores que los zapatos de cordones, eso sí. En el colegio causaron sensación entre las demás niñas. Las más populares de mi curso se peleaban por estar a mi lado. Me ofrecían el salvavidas rojo, mi preferido, cuando era el siguiente del tubo, y si no era el siguiente, quitaban los anteriores hasta dar con él. Una monja leyó la nota de doña Laura, explicando que el ahorro de la alcancía era para limosna; todas pudieron echar un centavo en la nube y ver cómo ascendía la figura. Luego la hermana, que se empeñaba en sacar una lección de todo lo que pudiera resultar divertido, le contó al grupo que la Santísima Virgen no había muerto sino que había ascendido al cielo en cuerpo y alma, por ser tan bondadosa. La clase entera miraba ensoñada la alcancía, como esperando que se elevara hacia el techo en una nube de humo.

Llegué a casa con la alcancía repleta de monedas. Mi padre abrió la parte inferior y de allí salieron algo menos de cien centavos, él completó lo que faltaba y me dio a cambio un enorme dólar de plata que más parecía una joya que dinero. Más adelante, el negocio se fue poniendo más difícil. De vez en cuando, las amigas de mi madre que iban a jugar a la canasta a casa, como decían que detestaban llevar la cartera llena de cambios, ponían alguna moneda en la boca de la ballena o en la capa de nubes. Pero claro, para suerte de Sandi, la preferida era la niña que saltaba la cuerda. Sin embargo, Gladys insistía en que la mejor era la Virgen y gastó todos los cheles de su pote de mayonesa para ver el milagro. La lástima era que en la ranura no cabían las monedas de veinticinco centavos.

Más tarde o más temprano, las alcancías siguieron el camino hacia los estantes de los juguetes olvidados. ¡Llegaba la Navidad! Mi madre se quejaba de que moriría de cansancio por las tantas cosas que tenía que hacer. Había que coser nuestros disfraces para la representación del nacimiento. Tía Isa, que vivía al lado, necesitaba ayuda para preparar el jardín y la casa para la gran fiesta de Nochebuena, que ese año se celebraría allí, porque era la primera Navidad después de divorciarse y había que mantenerla ocupada. Luego había que conseguir el árbol de uva de playa, pintarlo de blanco, decorarlo con bolas doradas y plateadas y rociarlo con escarcha plateada. ¡Quedaba tan bonito! Especialmente por las noches, cuando Mami apagaba todas las lámparas y el árbol resplandecía con luces que se encendían y apagaban; tubitos como los goteros de las gotas para la nariz, que se llenaban con agua coloreada y luego se vaciaban.

A medida que el día se acercaba, y quedaban menos ventanitas para abrir en el almanaque de Adviento, mis hermanas y yo nos íbamos volviendo cada vez más indisciplinadas por la emoción, pero los adultos parecían demasiado ocupados para molestarse. La casa estaba arreglada como para una fiesta. Las gigantescas flores de pascua del patio parecían antorchas encendidas. Había bandejas de plata con nueces y frutas en el centro de las mesas. Un elegante soldado recibía las nueces en su boca y las abría para nosotras, y cada vez que lo hacía, mi madre suspiraba: «Lástima que ya no haya ballet nacional para las niñas». Gladys estaba más atareada que nunca, abrillantando la platería, preparando canapés, yendo de un lado a otro de la casa tras la señora con jarrones de calas y trinitarias. Ahora cantaba un repertorio interminable de villancicos, en lugar de los merengues de la radio:

¡Glo-o-o-o-o-o-
o-o-o-o-o-
ria!

Lo mejor era que a Mami no parecía molestarle que cantara, incluso ella misma empezó a cantar un par de veces con una voz finita y trémula de soprano:

A Santa Claus le gusta el vino,
A Santa Claus le gusta el ron...

Y por supuesto que en la representación del nacimiento todos los niños cantamos:

Adeste fideles,
Laeti triumphantes

Yo, disfrazada con una túnica y una corona de guirnaldas brillantes, debía anunciarles a los pastores que cuidaban sus rebaños en la noche: «No temáis, pues os anuncio una gran alegría, que lo será para todo el pueblo: os ha nacido hoy, en la ciudad de David, un salvador, que es el Cristo Señor».

Pero estaba tan aturdida por las luces que me cegaban y el mar de rostros en el auditorio atestado que me confundí y lo que dije fue «os ha llegado hoy, de la ciudad de David, una muñeca bebé, que es el Cristo Señor», en lugar de las palabras que debía pronunciar. Mami dijo que nadie más que ella, que sabía que quería que el Niño Jesús me trajera una muñeca bebé, se había dado cuenta del error.

Al día siguiente, la muñeca estaba bajo el árbol, con un lazo en el pelo dorado y un biberón atado a la mano. Decía «Mamá» cuando la acostaba y mojaba el pañal después de tomarse el biberón por un agujerito que tenía en la boca. ¡Y eso no era todo! La sala era una cueva del tesoro llena de cajas envueltas en papel de regalo. «Algo para todos», dijo Papi, riendo. ¡Y un montón de cosas para sus niñas! Cada una se sentó en medio de una montaña de papeles arrugados, cajas vacías y juguetes de muchos colores. Hasta el bebé tenía su propia montaña, pero prefería andar por ahí, gateando, desgarrando el papel y metiéndoselo a la boca mientras que la pobre Milagros corría tras ella, riñéndola, porque ningún niño a su cargo se iba a asfixiar y morir el día que había nacido nuestro Salvador. Allí estaba toda la servidumbre: Mario, Chucha, Nivea y Gladys abriendo sus regalos con cuidado, para no romper el papel de seda de colores. Sus rostros se iluminaron al encontrar una billetera asomando un billete por el pliegue.

Esa noche, aunque me acosté más tarde de lo habitual, no podía dormir. Incluso cuando cerraba con fuerza los ojos para tratar de conciliar el sueño, veía mi nueva muñeca o mi rompecabezas o el libro de colorear creciendo hasta parecer gigantes, entonces, tenía que encender la luz para mirar mis regalos y asegurarme de que eran de verdad. Mami vino un momento desde la ruidosa fiesta de la casa vecina, vestida con un traje largo y plateado que le dejaba los blancos brazos al descubierto. Acudió agarrada del brazo del tío Mundo. Me riñó con el dedo por tener la luz encendida, pero parecía que en realidad no le importaba, y rió mucho cuando el tío fingió matarse varias veces con el nuevo revolver de Yoyo. Mucho más tarde, Gladys pasó de camino a su cuarto tras volver de ayudar en la casa de al lado.

—¡Ya es más de media noche, señorita! —Pero en lugar de apagar la luz, se sentó en mi cama, se quitó las chancletas y empezó a masajearse los pies cansados. Alcanzábamos a oír a los tíos y a Mami y Papi cantando villancicos a lo lejos—. Al lado lo están pasando muy bien —dijo Gladys—. Doña Laura bailó un bolero con don Carlos, fue como ver una escena de película. Don Mundo se había quitado la camisa y se subió a la mesa del comedor para hacer su versión de un baile campesino. La loca de doña Isa se había tirado a la piscina o se cayó porque alguien la empujó, no lo sabía muy bien.

La mirada de Gladys vagó por el cuarto, registrando el montón de juguetes nuevos antes de detenerse con cariño en la repisa. Una expresión esperanzada apareció en su cara. Del bolsillo sacó su nueva billetera, la abrió y tomó los diez pesos que tenía.

—Le compro la alcancía —dijo con voz titubeante.

¡La alcancía! Pero si esa cosa vieja no valía ni los diez pesos nuevecitos que me ofrecía. Y menos desde que el mecanismo se había oxidado porque lo olvidé toda una noche en el patio. La mitad de las veces el resorte no funcionaba.

—No, Gladys, no —le aconsejé.

Su mirada vaciló. Metió el billete en la billetera y la sostuvo ante mis ojos.

—Los diez pesos, ¡y también la billetera!

Por un instante, no supe cómo funcionaba eso de ser bueno. La mayoría de las veces, Mami estaba por ahí imponiendo las reglas: se supone que uno no debe regalar lo que ha recibido como obsequio. Gladys debía conservar su billetera, pero yo también debía conservar la vieja alcancía, y sin embargo, regalársela a ella hubiera sido un acto de generosidad. Miré hacia la repisa confundida.

—Puedes llevártela sin darme nada a cambio —dije. Gladys quedó boquiabierta. La mirada de sorpresa en sus ojos confirmó mi sospecha de que acababa de hacer algo por lo que me castigarían si se descubría, así que añadí—: No se lo digas a nadie, ¿de acuerdo? —La muchacha asintió ansiosa y salió del cuarto, con la alcancía envuelta en su delantal y metida bajo el brazo.

Pero Mami siempre encontraba la mancha que uno había hecho en el mantel o el moretón accidental en el brazo de un primito, o el espacio vacío en la repisa de los juguetes.

—Eso me recuerda —dijo unas semanas después de Año Nuevo, cuando había movilizado a toda la casa para buscar sus gafas de leer—. ¿Dónde está tu alcancía de la Virgen, Carla? —Entonces, cuando Gladys y yo cruzamos una mirada culpable, Mami encontró sus lentes colocadas en cabeza. Se las bajó a la nariz y nos miró con curiosidad, primero a una, luego a otra.

—¿La alcancía? —pregunté, como si jamás hubiera oído hablar de tal cosa.

—Vamos, vamos —dijo, me miró nuevamente y luego a Gladys.

—¡Ah, *esa* alcancía! —respondí— debe estar por ahí.

Mami tenía una paciencia inagotable y, amablemente, sugirió:

—Bueno, vamos a buscarla, ¿sí? —Por supuesto, en mi cuarto no la encontramos, pese a que busqué cuidadosa y convincentemente, hasta dentro de los zapatos. Mami no insistió y olvidó el asunto.

Al domingo siguiente, cuando las muchachas del servicio fueron a misa temprano, mi madre inspeccionó sus cuartos mientras mi padre vigilaba desde una ventana. Más tarde oí las voces preocupadas de ambos, tras la puerta cerrada del estudio hasta que se abrió de par en par, y mi padre avanzó por el pasillo, seguido por mi madre que tenía cara de pocos amigos. Justo a tiempo, cuando pasaban frente a mí, me agaché tras una silla de mimbre. Luego volvieron en fila india, mi padre, tras él Chucha refunfuñando, y mi madre cerrando la retaguardia. La misma procesión fue y volvió, con Nivea, luego con Milagros y, por último, con Gladys, con sus ojos pequeños y redondos. La puerta se cerró. Las voces se levantaban en el estudio. Observé cómo una mota de polvo giraba al compás de un golpe de brisa. En un rincón, un trocito de guirnalda brillaba con los restos de la alegría de las fiestas. Por último, la puerta se abrió de par en par, Gladys sollozando y enjugándose las lágrimas con la falda que se había levantado, recorrió rápidamente el pasillo.

Sentí que el corazón me daba un vuelco. Los problemas estaban a punto de explotar en la gran casa. Ya habían tocado a Gladys, y de nada serviría esconderme porque tarde o temprano me alcanzarían a mí también. Me levanté y puse mi muñeca sobre el cojín de la silla, haciendo caso omiso de su llamada «Mamá».

En la puerta del estudio me detuve, sobrecogida como siempre frente a las enormes estanterías atestadas de libros, como una biblioteca, y la oscura madera que recubría paredes y celosías. Mi madre caminaba de un lado para otro del estudio, como si ninguna de esas direcciones le conviniera, y fumaba sin parar. Mi padre estaba sentado en el borde de su sillón reclinable, con las manos caídas sobre los brazos del sillón y la cabeza baja. En la mesita de fumar que había a su lado, junto al soporte de las pipas, vi la alcancía mecánica envuelta en un delantal. Di un paso dentro de la habitación, pero nadie se dio cuenta de mi presencia.

—Fue un regalo —me disculpé. Mi madre se detuvo en su ir y venir y me miró distraída.

—Yo se la di —confesé.

Mi padre me miró, luego dirigió la mirada hacia mi madre.

—La próxima vez que tu padre te traiga un regalo... —empezó a regañarme, pero Papi la interrumpió.

—Simplemente tendremos que conseguir regalos mejores, Mami —dijo, guiñándome un ojo—. No he visto que las muñecas bailarinas se hayan quedado olvidadas bajo la lluvia ¡ni que se las hayan regalado a la sirvienta!

Mi corazón se repuso ante la sola idea de una sorpresa mayor a las anteriores. ¿Qué podría ser? Miré a mi alrededor en busca de pistas, lo que fuera, lo que fuera. Mi mirada cayó sobre la alcancía.

Mi madre apagó su cigarrillo con golpecitos nerviosos.

—Supongo que es mejor que les explique a los demás. —Suspiró y pasó de prisa a mi lado. La puerta se cerró tras ella con un golpe. El soporte de pipas se remeció y tintineó. Las celosías de toda una pared se abrieron con el impacto.

Fuera, en el camino de entrada, Mario había llevado el carro hasta la puerta. Entró en la casa y poco después salió cargando una caja de cartón y varias bolsas que depositó en el asiento trasero. Gladys salió tras él, con una pañoleta en el pelo para mantener en su lugar el peinado de ir a misa, y secándose los ojos con un pañuelo. Se subió al vehículo, junto a sus paquetes, y con el resplandor cegador de los cromos que Mario se pasaba los días puliendo, el carro desapareció por el camino, cruzó frente al vigilante del portón y salió al mundo.

—Papi —grité dándome vuelta—. No dejes que Gladys se vaya, ¡por favor!

Mi padre estiró los brazos hacia mí y me acercó hasta sentarme en sus rodillas. Sus ojos se veían apagados, como si los hubieran coloreado de marrón pero el color se hubiera borroneado.

—No podemos confiar en ella... —empezó a decir, pero luego debió de pensar que había una mejor forma de explicarlo—. Fue Gladys la que pidió que la dejáramos irse, ¿sabes? Va a conseguir otro trabajo muy pronto. A lo mejor en Nueva York. —Pero la expresión apesadumbrada de su rostro no me convenció. Miró más allá, por la ventana. El sonido distante de un motor de carro se volvió sólo un zumbido.

Sus ojos cayeron en la alcancía. Sonrió y buscó en su bolsillo unos centavos.

—Prueba tú.

Yo no tenía el ánimo para juegos. Sin embargo, mi padre también parecía triste y mi deber era alegrarlo. Tomé un chele de su mano, lo puse en la ranura y tiré de la palanca hasta el máximo. La moneda cayó con un sonido metálico en el fondo de la alcancía. La palanca se trabó y no volvió a su posición original. La figurita ascendió, los brazos se elevaron. Luego se detuvo, atascada, a medio camino entre el cielo y la tierra.

El tambor, Yoyo

Era un tambor que Mamita había traído de un viaje a Nueva York, un tambor espléndido, con los lados de un rojo brillante y un alambre dorado entrecruzándose sobre el fondo rojo, sujeto con tachuelas doradas, el fondo y la tapa eran de color blanco. Tenía una banda azul ancha y acolchada para colgarlo del cuello, quedaba con la cara blanca hacia arriba, era un redoble. Mamita me lo entregó, poniéndome la banda por encima de la cabeza. Levantó la tapa. «Ah…», suspiré, porque descubrí que dentro, en el hueco que quedaba, estaban guardados los dos palillos. Mamita los sacó, puso nuevamente la tapa, y me los entregó. Aunque su palma había dado el primer golpe en la tapa, no quería privarme del estruendo del primer redoble atronador.

¡Barra-bam, barra-bam, barra-barra-barra-BAM!

—¡Uy! —dijo mi abuela mirando al cielo—. ¡Aquí tenemos a la nueva Beethoven!

—¿Qué le dices a tu abuela? —preguntó Mami orgullosa.

—Barrabarrabarrabarrabarrabarra. ¡BUM! ¡BUM! ¡BUM! ¡BUM!

—¡Yoyo! —gritó mi madre. Paré mi redoble tan de repente que ella siguió gritando en la habitación silenciosa—. YA ESTÁ BIEN.

—¡Laura! —dijo mi abuela, frunciéndole el ceño—. ¿Por qué le gritas a la niña?

—Mamita, gracias —dije con voz amable.

—Gracias es muy poquita cosa. Ponle mantequilla al pan —replicó mi madre.

—Muchas gracias —añadí. Y luego, empecé un redoble apocalíptico, estremecedor y gozoso que hizo que Mamita echara la cabeza hacia atrás y soltara su carcajada juvenil estruendosa. Mi madre se tapó los oídos con los dedos, como Hans, el niño que había tapado los diques de Holanda con un solo dedo, vi la inundación de regaños que estaba a punto de desbordarse por su boca. Los mantuve a raya con el redoble hasta que me arrebató los palillos y dijo que los guardaría mientras no fuera responsable y sensata y tocara el tambor como una adulta.

Olvidé todas las promesas respecto a mejorar mi carácter que había hecho antes de que la abuela me diera el tambor, y me eché a llorar. Quería que me devolviera los palillos. Quería los palillos. Mamita intervino, y los palillos volvieron a quedar en el hueco del tambor, después de que prometiese que no tocaría dentro de la casa, sólo en el jardín.

Mi abuela me atrajo hacia sí. Según decía Mami, había sido la mujer más bella del país. La llamábamos Mamita, porque era más baja que Mami, tenía el delicado rostro de una niña, ojos castaños de cervatillo y pelo blanco ondulado, peinado en un moño o a veces en una trenza que le caía por la espalda. Parecía una niña a la que se le había desteñido el pelo de un tremendo susto.

—Este tambor viene de una tienda mágica —dijo para consolarme.

—¿Ah, sí? —preguntó mi madre siguiéndole la corriente—. ¿Dónde lo conseguiste?

—En Schwarz —dijo Mamita—. En la juguetería F. A. O. Schwarz. —Y me prometió que un día no muy lejano, pronto, si me portaba bien, no enloquecía a mi madre con el tambor, me tomaba la leche hasta no dejar ni una gota en el vaso, me cepillaba los dientes de arriba hacia abajo, no hacia los lados, y si no jugaba con los pintalabios y los perfumes para luego andar pavoneándome por la casa apestando a París y con cara de yo no fui, pretendiendo no tener idea de qué le había sucedido al frasquito que tenía un corbatín, ese día ella, mi abuela preferida, me llevaría en avión de la isla a Estados Unidos a visitar Schwarz y a conocer la nieve.

Al oír eso no pude evitarlo, destapé el tambor, rapté los palillos y toqué un modesto redoble educado que hizo que Mamita me lanzara un guiño y que Mami sonriera. Ambas opinaron que en los últimos cinco minutos había madurado lo suficiente como para tocar de manera considerada.

Ba-bam, ba-bam, tocaba en el jardín todo el día. Era típico de mi madre permitirme tener un tambor para luego prohibirme tocarlo, ba-bam, ba-bam, de cualquier manera que pudiera resultar medianamente inspirada. ¿Y cómo podría juzgar cuál era el grado de inspiración adecuado para tocar un tambor si no tenía delante a ningún adulto tapándose las orejas con las manos? ¿Y cómo juzgaría la inspiración sin ruido, sin siquiera un tamborileo que me subiese desde los diez dedos de los pies doblados, desde las piernas flacas que algún día mejorarían de apariencia, un tamborileo procedente de las caderas, las que bamboleaba cuando me sentía muy femenina, y subía por las costillas, donde se alojaba el corazón, como un tambor carmesí entre palillos de marfil, y luego el tamborileo se elevaba como unas alas y hacía que mis hombros subieran, que mis brazos se levantaran, que mis muñecas vibraran, y los palillos descendían sobre la tapa, ¡BUM, BUM, barra-ba, BUM!?

—Yolanda Altagracia, ¡no te olvides de tu promesa! —escuché la voz de mi madre que me llegaba con ese tono de «haz una reverencia para saludar», su tono de «cómete el puré de coliflor»—. Tenemos un jardín lo suficientemente grande, montones de niños darían un brazo por poder jugar en él.

Así, durante el día entero desfilé frente a las cayenas, saludé marcialmente a las trinitarias y toqué mi tambor hasta que los sinsontes se prepararon para emigrar a Estados Unidos en pleno mes de diciembre. Toda esa semana y la siguiente y la siguiente y la siguiente toqué mi tambor de acá para allá en el jardín, de acá para allá, de acá para allá. Después, con esa mala suerte que siempre le toca a esos juguetes, se me perdió uno de los palillos. Y luego, tía Isa, nuestra tía loca, que estaba infelizmente casada con un americano y siempre vivía a punto de divorciarse, motivo por el cual no miraba por dónde pisaba, pisó el segundo palillo y lo partió en dos. Lo pegó con un pegamento que, según me prometió, serviría hasta para mantener una casa pegada. Pero nunca creí que el pegamento sirviera para pegar palillos de tambor, por muy bueno que resultara para las tazas de la vajilla y las pastoras de porcelana y tantas otras cosas de adultos que en mi presencia encontraban el camino para convertirse en pedazos por el suelo. De este modo, en menos de un mes, me quedé con un tambor y sin palillos. Mamita y Mami y tía Isa, que no entendían que los palillos eran el único tipo de herramienta que servía para tocar el tambor, sugirieron que usara lápices o los mangos de las cucharas de madera que se usaban para preparar la masa de los bizcochos. Ensayé con todo eso, pero el sonido no era el mismo; desapareció la dicha de tocar. Me acostumbré a andar por ahí con la banda cruzada en bandolera a través del pecho y el tambor en la cadera, como el revólver de un forajido.

En aquellos tiempos teníamos un jardín grande y muchos niños hubieran dado un brazo por jugar en él. Más allá del lavadero que quedaba detrás de la casa, el césped se extendía, tan liso y corto, que parecía que el suelo mismo fuera verde y no que estuviera sembrado de grama. En el fondo del terreno había un depósito donde se guardaba el carbón que alimentaba el fuego con el que se hervía la ropa blanca en la lavandería. Se suponía que la carbonera estaba embrujada. En esos tiempos era una aventura meterse ahí, asomarse a los barriles de briquetas de carbón y respirar el polvo de hollín, para luego armarse de valor, voltear un barril vacío, sacar de allí al diablo, salir corriendo hacia la casa, trepar como un rayo las escaleras que llevaban a la lavandería y encontrarse a la tuerta Pila que meneaba la cabeza diciendo: «¿Qué pasa? ¿Te persigue el diablo, niña?».

Esa vieja lavandera, Pila, fue la sirvienta más rara que tuvimos, parecía que todo lo que pudiera salir mal le había pasado a ella. Había perdido un ojo, el izquierdo. A ver…, ¿o era el derecho? Uno nunca sabía. Los dos ojos se turnaban para perderse en la contemplación fija del cielo. Pero, ¿qué es un ojo? Una pizca de gelatina con un duplicado al lado. ¿Quién notaría la ausencia de un ojo ante su piel increíble? Pila tenía una especie de salpicaduras de color blanco-rosado en los brazos y las piernas mulatos. La cara en sí se había librado, era de color café uniforme, tan lisa que parecía que la acabaran de planchar con una plancha caliente. Sólo alrededor de los ojos, donde la punta de la plancha no alcanzaba a llegar, había arrugas, de sonrisas. Era haitiana, aunque obviamente sólo a medias. Las sirvientas dominicanas, de piel más clara, la temían porque Haití es lo mismo que vudú. Pila era curiosidad, yo también era una niña curiosa. Con la promesa de la nieve en el corazón y el asombro ante el mundo que me atenazaba con tal furia que a veces no podía evitar tocar la porcelana prohibida o sacudir a un primito o acariciar la cabeza de un perro con tal energía que el pobre parecía como si estuviera asomándose de la matriz en el momento de nacer, sólo quería una licencia temporal para olvidar la buena educación y dedicarme a mirar largamente los brazos de Pila manchados.

Como decía, la carbonera estaba embrujada. Y Pila fue la culpable. Hubo un tiempo, antes de su llegada, en que la carbonera no era más que eso: una carbonera. Pero luego vino ella, con sus pertenencias cargadas en cinco bolsas de papel y, además, trajo consigo los demonios y fantasmas de sus cuentos, y los trances y los espíritus que la poseían y su «veo una nube sobre tu cabeza. ¡Aléjate del agua hoy!». Decía que todos esos espíritus vivían en la carbonera. Así que en la época de mi tambor, la carbonera ya estaba embrujada, aunque, para entonces, Pila ya se hubiera ido. Apenas vivió un par de meses en el residencial antes de desaparecer un domingo. La casa cayó en un remolino matemático. Se contaron las sábanas y manteles. Se hizo inventario de la ropa. Las demás sirvientas y Mami juntaron todas las piezas del rompecabezas ¡el resultado fue que durante casi dos meses habíamos cohabitado con una ladrona!

—¡Peor para ella! —dijo mi madre—. No llegará muy lejos con esa piel.

Y tenía razón. Al día siguiente la policía la capturó. Para entonces, tras sopesar la situación con su educación a la americana, mi madre consideró que era cruel denunciarla. La pobre mujer no tenía otra opción. Así que la dejaron libre, junto con sus diez fundas. Pila se fue dejando atrás una carbonera llena de demonios y duendes, así que, cuando perdí los palillos del tambor, aquel que se atreviese a entrar a la carbonera tentaba al demonio.

El día que me metí en la carbonera buscando líos llevaba el tambor en la cadera y dos pequeñas estacas a modo de palillos. Habían transcurrido varias semanas desde la partida de Pila. Entré, empujé la puerta de madera y sus goznes chirriaron como demonios a quienes la puerta les hubiera quebrado los dedos y retorcido las narices puntiagudas al abrirse. Me detuve un momento en el umbral, cegada por el rayo de luz que cortaba la oscuridad como una hoja de cuchillo. Lentamente fui distinguiendo los barriles, ocho o nueve en pie, y un par volteados. Aplasté unas briquetas con mis pisadas. Me atreví a ir más allá. Me quedé en el borde del rayo de luz, y luego uno de mis pies se adentró en la oscuridad. El corazón me latía con fuerza. Me asomé al primer barril en pie que encontré, casi esperando ver un hondo pozo desde donde me miraría el ojo del diablo. Pero sólo había carbón que llegaba hasta la mitad de la marca de nivel. En el siguiente barril había carbón hasta un cuarto de la marca y en los demás, restos de briquetas. La nueva lavandera, Nivea, no usaba el carbón de manera eficiente, no tenía un sistema.

El último barril estaba detrás de todos los demás. Al mirarlo, vi que estaba lleno. De repente, algo se movió en la negrura, se oyó un gimoteo, y una boquita rosada se abrió en un bostezo. Era tan rosada y tan húmeda que parecía imposible verlo en un barril de carbón. La boquita se cerró, y otra se abrió y de ella salió un grito, «miau». Dos o tres bocas chillaron en coro, «miau, miau». De inmediato me enamoré del que tenía las cuatro zarpas blancas y una manchita clara entre las orejas, parecía estar completamente vestido en comparación con sus hermanos, de los que podría haberse dicho que habían perdido los zapatos y la gorrita. Esa preciosidad era la que yo quería.

Pero no lo toqué ni lo acaricié ni a él ni a los otros gatitos. A esa edad, mi sabiduría natural me permitía comprender unas cuantas reglas, aunque las confundiese de tal manera que cuando se presentaba la ocasión, sabía que debía hacer algo pero no sabía qué era. Si veía rayos y escuchaba truenos, tenía que cobijarme debajo de un árbol o en medio de un descampado para que el árbol no me cayera encima. Si encontraba un nido con huevos o polluelos de ruiseñor, sabía que no debía tocarlo porque la madre podía abandonarlo y los pollitos morirían. ¿Pero eran pollitos o gatitos? No estaba segura. También recordaba vagamente una historia terrorífica de una mamá gata tan fiera que se había vengado de quien amenazó a su cría arañándole los ojos. Sin embargo, no quería averiguar de la peor manera qué era lo que debía y lo que no debía hacer respecto a los gatitos. Por lo tanto, necesitaba preguntarle a un adulto, que lo saben todo, entre rayos y polluelos podría deslizar la cuestión de los gatitos. Pero, ¿quién sabía de gatos? ¿Y quién podría explicarme lo que necesitaba saber sin que sospechara mi secreto? Mami, estaba en la casa, pero no me serviría ni para una cosa ni para la otra. Mamita no sabía nada sobre lo que sucedía fuera de la casa, porque era alérgica al aire libre, o al menos eso decía, y por eso que tenía que ir de compras a Nueva York, donde el aire libre no era realmente aire libre, según ella. Aquello me parecía una adivinanza que me prometí a mí misma resolver algún día. Tía Isa tampoco me serviría: se reiría a carcajadas, como siempre y daría vueltas piando y maullando, fingiendo ser polluelo, ruiseñor y gatito, todos a la vez, hasta que toda la familia se enterara de mis intenciones. Y Pila, que sabía todo lo de este mundo y el del más allá se había ido.

Sin saber bien qué hacer pero segura de que si me quedaba allí sopesando las alternativas la mamá gata podía volver y dejarme ciega, salí de la carbonera y me puse a deambular por el jardín. En mi desesperación, levanté la tapa del tambor, estaba a punto de sacar el par de estacas y tocar el redoble más potente de mi vida cuando vi a un hombre que jamás había visto cruzando nuestro jardín camino del naranjal que había más allá de nuestra cerca. Un perro lo acompañaba o, más bien, corría delante de él. Disminuyó el paso, olfateó el suelo, soltó un ladrido, persiguió una mariposa y de muchas formas hizo que el mundo fuera más seguro para el hombre. El señor era buen mozo y elegante, como sacado de un libro de cuentos, vestido con pantalones y botas de montar. Tenía barbita de chivo y bigote, cosa que me hizo pensar si no sería el mismo diablo, pero su forma de dirigirse al perro, con cariño y buen humor, me convenció de que no. Él no me había visto y caminaba a unos diez metros de donde yo me encontraba, cuando el perro dio un giro, levantó el hocico, y encogió una de las patas delanteras. El hombre se detuvo y miró al cielo. En ese momento me di cuenta de que llevaba una escopeta al hombro, con el cañón apuntando hacia arriba. El perro comenzó a ladrar.

—Quieto, quieto —dijo el hombre—. ¿Qué pasa con tus modales? —Luego se volvió hacia mí. Las puntas de sus bigotes se alzaron en una sonrisa—. Buen día, jovencita. Espero que *Kashtanka* no te haya asustado.

Miré al hombre, a su escopeta y al perro que me olisqueó donde los perros siempre olisquean a las personas. Con instinto de niña supe que el hombre no me iba a hacer nada malo, pues algunas veces sucedía que algún extranjero que mi abuelo había conocido en sus viajes iba de visita a la casa y andaba por los terrenos. Pero me inquietaba que el perro estuviera suelto, porque había gatitos, siete bocados, allí cerca en la carbonera.

El perro olfateó mi tambor.

—¡Caramba! —dijo el hombre—. ¿Qué tienes ahí?

—Un tambor —contesté, dándole la vuelta para que quedara al frente y no en la cadera—, pero se me perdieron los palillos. —Levanté la tapa e incliné el tambor para que pudiera ver las dos estacas—. Tengo que usar esto y no suena igual.

—Nunca suena igual —convino el hombre, con ese comentario se anotó unos puntos a su favor. Se agachó junto al perro. Las botas de montar crujieron.

—Hablando de palillos —dije. Estaba segura de que había dado con el hombre indicado, así que le lancé las preguntas—. ¿Se puede jugar con un gatito recién nacido, o si lo tocas la mamá lo abandona o te deja ciega; y cuándo se le puede quitar el gatito a la mamá para tenerlo de mascota?

—¡Vaya! —dijo el hombre, clavándome una mirada fija que no dejaba de ser amistosa—. Con que «hablando de palillos», ¿no? Bueno, igual que tus palillos deben estar dentro del tambor y las estacas no sirven, un gatito debe estar con su madre y con nadie más.

—Pero las mascotas… —protesté, mirando a *Kashtanka*.

La mano del hombre cayó sobre la cabeza del perro, llena de afecto.

—Las mascotas son una cosa completamente distinta. El animalito debe tener la edad suficiente como para sobrevivir sin necesidad de su madre —concluyó, enderezándose.

Mientras se levantaba, *Kashtanka* se lanzó hacia adelante. El hombre lo agarró por el collar y lo frenó de manera que quedó con las patas delanteras caminando en el aire.

—Conque palillos, ¿no? —El señor rió de algo que sucedía detrás de mí. Me di la vuelta y vi a una gata grande y negra con las tetas rosadas e hinchadas, entrando sigilosamente a la carbonera. *Kashtanka* ladró alborotado. La gata se escabulló—. ¡Qué modales, *Kashtanka*! —dijo, sacudiendo el collar. El perro se inclinó gimiendo bajo, para mostrar que sus sentimientos habían sido heridos—. Hablando de palillos —repitió, guiñando el ojo tanto rato que pensé que, como sucedía con Pila, su ojo era de mentiras—. Mientras el gatito se alimenta de la leche de su mamá no se lo puede alejar de ella y convertirlo en mascota, ¿no te parece?

Tuve que admitir que tenía razón.

—Llevárselo sería… —sopesó sus palabras—. Llevárselo sería violar su derecho natural a la vida. —Se dio cuenta de que no le entendía—. Se moriría —dijo con franqueza—. Debes esperar hasta que el gatito pueda sobrevivir solo, ¿no crees? —añadió, acariciándome el pelo, *Kashtanka* me miró celoso.

Miré por encima de mi hombro, hacia la carbonera.

El hombre continuó.

—Yo diría que dentro de una semana, o sea, uno, dos, en tres días llegamos al domingo, en siete al jueves. Creo que el jueves, un gatito que haya nacido incluso hoy puede estar preparado para pertenecerle a esta distinguida señorita del tambor.

Tamborileé mis dedos en el tambor… uno, tres, cinco, siete es hasta el jueves.

—Es un tambor muy bueno y la tira parece resistente —comentó el hombre.

En ese momento, una bandada de pájaros voló por encima de nosotros. El perro miró hacia lo alto y dejó escapar un ladrido de emoción.

—Nos vamos —anunció.

Y se fueron, antes de que pudiera contar hasta siete, por la grama hacia una puertecita de fibra natural que chirriaba, por la que entraron al naranjal y desaparecieron entre los árboles.

Uno, dos, ba-bam, tres será el domingo. La mamá gata había ido a la carbonera a alimentar a sus bebés. Babam. El mío era el mejor vestido. Le pondría *Schwarz* de nombre. Siete era menos que los dedos de las dos manos, pero implicaba esperar y, como si fuera para confirmar mis sumas, oí en la distancia el atronador estampido de la escopeta del hombre. Hubo un ruido en la carbonera y, poco después, la mamá gata salió corriendo por el jardín, asustada por el disparo.

Como no había moros en la costa, decidí volver a la carbonera y contarle a *Schwarz* los planes para el jueves siguiente. Entré, me asomé por encima del borde del barril de carbón. *Schwarz* maullaba de terror. «Tranquilo, tranquilo», lo consolé. Pero de nada sirvieron mis palabras. Lo levanté y murmuré en sus diminutas orejitas de concha marina «Shhhh, shhhh». Lo apoyé sobre el hombro como se pone a los bebés para que expulsen los aires, lo acuné entre mis brazos y le hice cosquillas en la pancita y bajo los brazos, maulló para decirme que eso era divertido y que debía hacerlo de nuevo. Y «shhhh, shhhh», lo volví a hacer.

Era viernes y faltaban otros siete días para el jueves. Tenía toda la intención de dejarlo de nuevo con sus hermanitos. Pero entonces, por coincidencia o por un complot, la escopeta del hombre soltó otro disparo en la distancia, y me di cuenta de que estaba en el naranjal cazando. ¡Cazando! Algunos de los pájaros a los que les apuntaba en ese momento eran mamás con gusanos para sus crías. En aquella época no sabía la palabra que se utilizaba para nombrar a quien dice algo y hace lo contrario, pero sí conocía a bastantes adultos que se comportaban así, ¡no iba a permitir que me birlaran un gatito bien vestido con un imperativo moral pronunciado por alguien que era una excepción a la regla!

Salí de la carbonera con *Schwarz* pegado a mi hombro. Maulló adioses a sus hermanos mientras cruzábamos el jardín. De repente, me detuve. Más adelante estaba la gorda mamá gata negra disfrutando del sol que le caía en su gordo lomo negro y lamiéndose una pata como si la hubiera metido en la mezcla de la masa de un bizcocho. No me había visto, pero supe que en cuestión de segundos oiría los maullidos de *Schwarz*. En ese instante, el recuerdo nebuloso se hizo más claro. Vi un gato que iba caminando. Lo vi encogiéndose para dar un salto. Lo vi brincar y aterrizar en la cara de una mujer. Lo vi sacar un ojo. Vi cómo se derramaba la gelatina que contenía, y recordé de repente con una claridad atroz a Pila contando la manera en que había perdido su ojo.

Lentamente, mientras con la mano izquierda acariciaba a *Schwarz* para ver si interrumpía sus maullidos, abrí la tapa del tambor con la mano derecha. La mamá de *Schwarz* bajó una pata, levantó la otra y empezó a lamerla. Alcé a *Schwarz* y, con un movimiento hábil, lo metí en el hueco del tambor al tiempo que sacaba las estacas, volví a poner la tapa y me pasé el tambor al frente. Luego, cuando la mamá gata volteó sobresaltada y me vio con mi tambor, que maullaba furiosamente, comencé un redoble fuerte para distraerla:

¡BARRA BARRA BARRA BUM BUM! (¡Miau!)
¡BARRA BUM! (¡Miau! ¡Miau!) BUM
BUM
BUM
(¡Miau!)

Marché directamente hacia la casa, levantando las rodillas muy alto, como una bastonera. La desconcertada mamá gata me miraba sin saber qué pensar y me siguió a distancia prudente, maullando. El tambor maullaba en respuesta. Continué tocando sin parar. Mi corazón redoblaba sus latidos. Y luego, cuando la gata me alcanzó, rompí a tocar frenéticamente, subí corriendo las escaleras y cerré con un golpe la puerta trasera que llevaba hacia la casa a través de la lavandería. Una tina honda llena de ropa blanca en remojo me indicó que la nueva lavandera había salido apenas hacía un momento y volvería. Pegada a la pared, espié por la ventana. La mamá gata merodeó frente a la puerta. Se detuvo. Olió el suelo.

—*Schwarz* —maulló la mama gata.

El gatito maulló febrilmente desde el interior del tambor. La madre examinó lo que la rodeaba, la puerta, el cielo, pero no logró averiguar de dónde venía el sonido.

—¡*Schwarz*! ¿Dónde estás? —maulló de nuevo.

¡TRUENO, TRUENO!, atronó la escopeta. La mamá gata salió corriendo.

Saqué al gatito maullante de mi tambor. Su carita humana se arrugaba al maullar. Odié el sonido acusador de sus maullidos. Quise hundirlo en la tina y hacer que dejara de maullar. En lugar de eso, levanté la tela metálica y dejé caer la bolita maullante por la ventana. La oí caer en el suelo con un ruido sordo, y la vi poco después, moviéndose tambaleante fuera de la sombra de la casa, maullando y tropezando. No había señales de la mamá gata.

Creo que volví a esa ventana al menos unas doce veces esa mañana y vi cómo el gatito herido avanzaba a tumbos por la grama. Me tentaba la idea de ir a dejarlo en la puerta de la carbonera, pero mi madre me había prohibido salir de la casa. Un loco andaba disparando tiros ilegalmente en el naranjal. Ya habían llamado a la policía. Poco antes del almuerzo, los disparos se dejaron de oír. Me asomé a la ventana de la lavandería. El gatito se había ido.

Esa noche me desperté de repente, sintiendo las pisadas de una pesadilla que no podía recordar. En esos días dormíamos con mosquiteros que colgaban de los cuatro postes en las esquinas de la cama. En la oscuridad todo adquiría una apariencia espectral a través de la malla blanca: una mesa de noche fantasmal, una caja de juguetes fantasmal, cortinas fantasmales. Esa noche, sentada a los pies de mi cama, asomando la cabeza de manera que el mosquitero moldeaba sus rasgos como una horrible máscara funeraria, estaba la negra mamá gata. Quedé helada de terror. Me miraba con ojos fosforescentes. Soltó maullidos suaves, quejumbrosos. Cerré los ojos y volví a abrirlos. Estuvo sentada ahí, gimiendo hasta el amanecer. Luego la vi levantarse, saltar, caer al suelo con un ruido sordo, salir por el pasillo y bajar las escaleras. A la mañana siguiente, bañada en lágrimas, le conté a mi madre que una gata había estado junto a mi cama toda la noche. «Imposible», dijo, y para demostrarlo recorrimos la casa inspeccionando seguros y ventanas. «Posible», cambió de opinión cuando encontramos una ventana que se había quedado abierta en la lavandería. Nivea, la nueva era casi tan inepta como la anterior, se quejó.

A pesar de que pareciera imposible, porque las ventanas se habían cerrado y la casa estaba tan segura como un arsenal, a la noche siguiente la gata se apareció de nuevo junto a mi cama. Y luego noche tras noche tras noche. A veces maullaba. A veces sólo me miraba. A veces yo gritaba y despertaba a toda la casa. «Es una etapa —dijo Mami preocupada—. Una etapa perfectamente normal de pesadillas.» Pero la etapa se prolongó. Le regalé el tambor a un primito, y esperé que la gata fantasma desapareciera también. Pero, durante años, volvió de vez en cuando.

Después nos fuimos a vivir a Estados Unidos. La gata también desapareció. Conocí la nieve. Resolví la adivinanza del aire libre, que en Nueva York estaba principalmente tapizado de concreto. Mi abuela se hizo tan vieja que no podía recordar quién era. Me fui al internado. Leí muchos libros. ¿Entienden que ahora vivo en un colapso permanente y que eso encaja a la perfección en lo que queda del hueco de mi historia? Empecé a escribir la historia de Pila, la de mi abuela. Jamás volví a ver a *Schwarz*. El hombre de la barbita de chivo desapareció junto con su *Kashtanka* de la faz de la tierra. Crecí, y me convertí en una mujer curiosa, una mujer de fantasmas y demonios de cuentos, una mujer predispuesta a las pesadillas de los sueños y a la pesadilla del insomnio. Todavía me sucede que me despierto a las tres de la mañana y trato de penetrar la oscuridad con mi vista. A esa hora, en esa soledad, la oigo, una cosa negra y peluda que merodea los rincones de mi vida, su boca rojo azulado se abre y gime debido a alguna violación que yace justo en el corazón de mi arte.

Agradecimientos

Quisiera expresar un especial agradecimiento a Judy Yarnall, Shannon Ravenel, Susan Bergholz y Judy Liskin-Gasparro y a las siguientes instituciones: Fondo Nacional para las Artes, Junta de Investigación de la Universidad de Illinois, Fundación Ingram Merrill y Altos de Chavón.

Índice

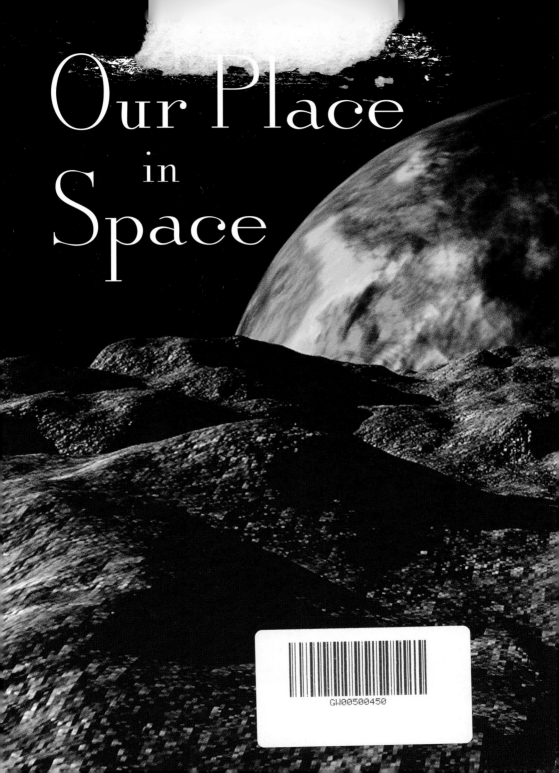

Our Place in Space

Contents

Features

How did the planets get their names?
What do the names mean?
Find out with **Word Builder**.

Who was the first person to look at the sky through a telescope? Find out on page 5.

Do you know how many space probes the United States has sent to Jupiter? The answer is on page 14.

Have you ever heard of pictures in the stars? Read about pictures people have seen in one group of stars on page 21.

What have scientists learned about Venus and Mars?

Visit **www.infosteps.co.uk**
for more about PLANETS.

Families in the Sky

Earth is not the only planet in the universe. It is part of a family of nine planets called the **solar system**. The sun is in the centre of the solar system. The planets of the solar system travel in **orbits** around the sun.

The solar system is only a small part of a huge family of stars called a **galaxy**. The galaxy we live in is called the Milky Way.

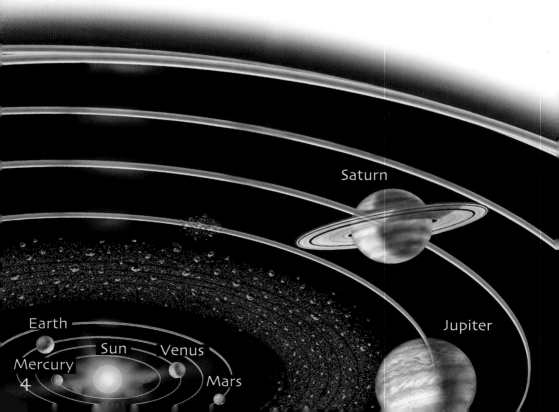

Saturn

Jupiter

Earth

Sun — Venus

Mercury

Mars

Sun

Mercury: 58 million
Venus: 108 million
Earth: 150 million
Mars: 228 million

Jupiter: 778 million

Saturn: 1,429 million

Uranus: 2,875 million

Neptune: 4,504 million

Pluto: 5,900 million

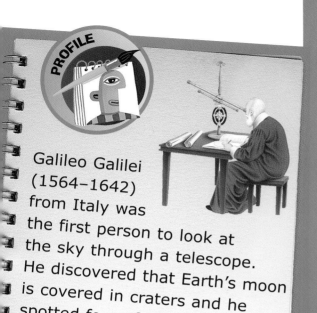

PROFILE

Galileo Galilei (1564–1642) from Italy was the first person to look at the sky through a telescope. He discovered that Earth's moon is covered in craters and he spotted four of Jupiter's moons. He also found Saturn's rings, although he didn't know what they were. In 1610 Galileo published the fact that Earth travels around the sun.

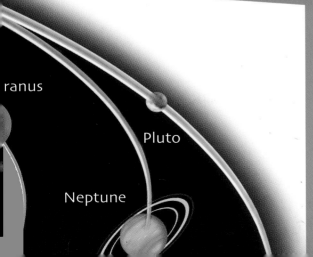

ranus

Pluto

Neptune

5

The Sun

The sun is an enormous star. Like other stars it is a huge ball of hot gas. The sun is very important to life on Earth. It gives us the light and heat we need to grow food and keep warm.

Scientists believe that planets close to the sun are too hot for living things. Those far from the sun are too cold. Earth is the third planet from the sun. This is one of the main reasons we have life on Earth.

Long ago many people thought the sun was a god.

Greek sun god

Japanese sun god

Egyptian sun god

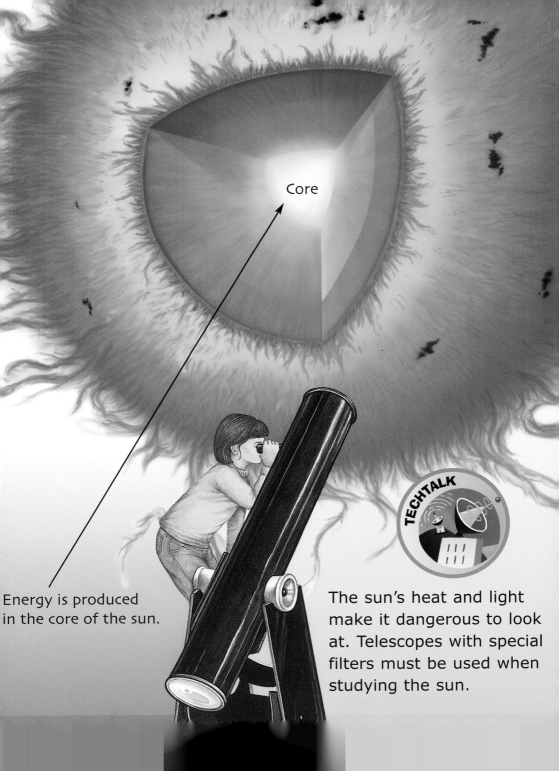

Core

Energy is produced
in the core of the sun.

TECHTALK

The sun's heat and light
make it dangerous to look
at. Telescopes with special
filters must be used when
studying the sun.

Our Planet Earth

Earth's **atmosphere** is high in oxygen which most animals need to breathe. Many **astronomers** believe that Earth is the only planet in the solar system that has life.

Earth's seasons are caused by the way Earth tilts as it orbits the sun. Throughout the year the part of Earth that is closest to the sun has summer and the part that is furthest away has winter.

Southern summer and northern winter

Northern summer and southern winter

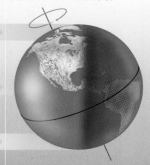

Sunlight

For half of the year, the southern part of Earth leans towards the sun. This is summer in the Southern Hemisphere.

For the other half of the year, the northern part of Earth leans towards the sun. This is summer in the Northern Hemisphere.

The word *Earth* comes from *eorthe*, the Old English word for "ground".

FAST FACTS

Earth spins around every 24 hours. This spinning causes night and day. The part of Earth where you live faces the sun during the daytime. As your place on Earth turns away from the sun it becomes night.

To see how this works, spin around on a sunny day. As you spin your face moves out of the light of the sun and into shadow.

Earth's Moon

People know more about Earth's moon than anything else in space. The moon is about one-quarter the size of Earth and has no atmosphere at all. There is no oxygen to breathe, no water, no plants and no life.

The moon does not give off any light of its own. "Moonlight" is actually light from the sun that is reflected off the moon. The moon takes about 28 days to orbit Earth.

Footprint on Earth's moon

In 1969 Neil Armstrong became the first person to walk on the moon. Since then twelve astronauts have walked on the moon. The footprints they made may still be there in millions of years because there is no wind or rain on the moon to wipe them away.

New Moon
The surface of the moon facing Earth is in shadow so we can't see the moon.

Full Moon
The surface of the moon facing Earth is lit by the sun so we can see a full moon.

Waning Crescent
Only a small area of the moon can be seen. Soon there will be a new moon and the cycle will begin again.

Mercury and Venus

Mercury is the closest planet to the sun so it is very hot. However, Mercury has very little atmosphere to trap the sun's heat, so the area furthest from the sun can be very cold.

Venus is the second closest planet to the sun. Because Venus has a thick atmosphere it traps the sun's heat. This makes Venus even hotter than Mercury.

Venus has many mountains and volcanoes.

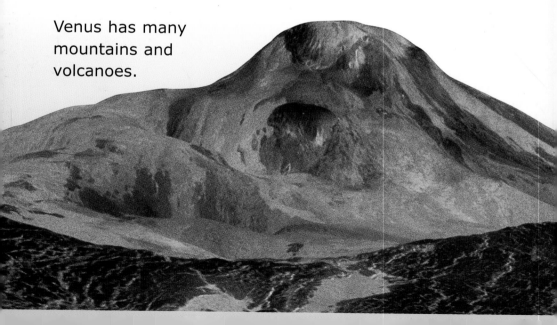

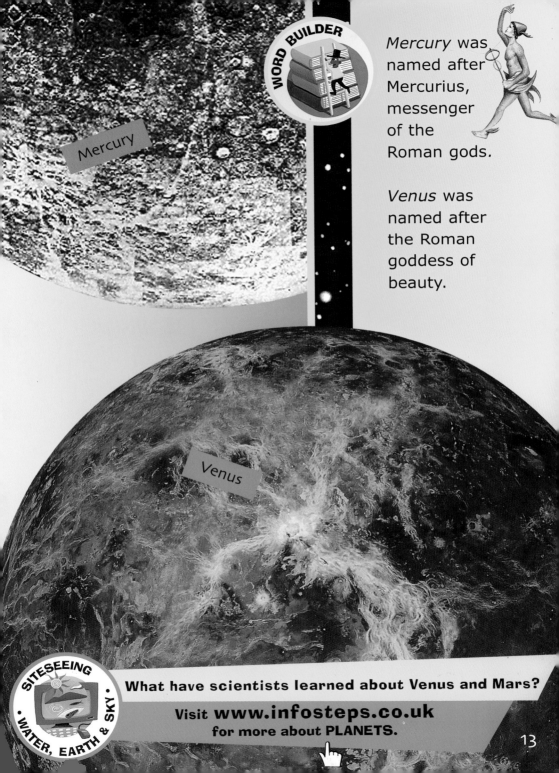

Mercury

Mercury was named after Mercurius, messenger of the Roman gods.

Venus was named after the Roman goddess of beauty.

Venus

SITESEEING
• WATER, EARTH & SKY •

What have scientists learned about Venus and Mars?

Visit **www.infosteps.co.uk**
for more about PLANETS.

13

Mars and Jupiter

Of all the planets Mars is the most like Earth. A day on Mars is only forty minutes longer than a day on Earth. Mars also has summer and winter seasons. However, people could not live on Mars because there is no oxygen in the atmosphere.

Jupiter is the largest planet in the solar system. It is a huge ball of gas with no solid land. Not only is Jupiter the biggest planet, it also spins the fastest. Jupiter's speed whips up strong winds and thunderstorms.

Mars

The United States has sent six space probes to Jupiter:

- **Pioneer 10** (1972)
- **Pioneer-Saturn** (1974)
- **Voyager 1** and **Voyager 2** (1979)
- **Ulysses** (1990–1992)
- **Galileo** (1989–present)

TECHTALK

Mars has two small moons. They are not like Earth's round moon. They are shaped more like potatoes!

WORD BUILDER

Mars is sometimes called the red planet because it is covered in red rock. The Romans named the planet Mars after their god of war.

Jupiter was named after the king of the Roman gods. Before Jupiter became king he was the god of the sky, thunder and lightning.

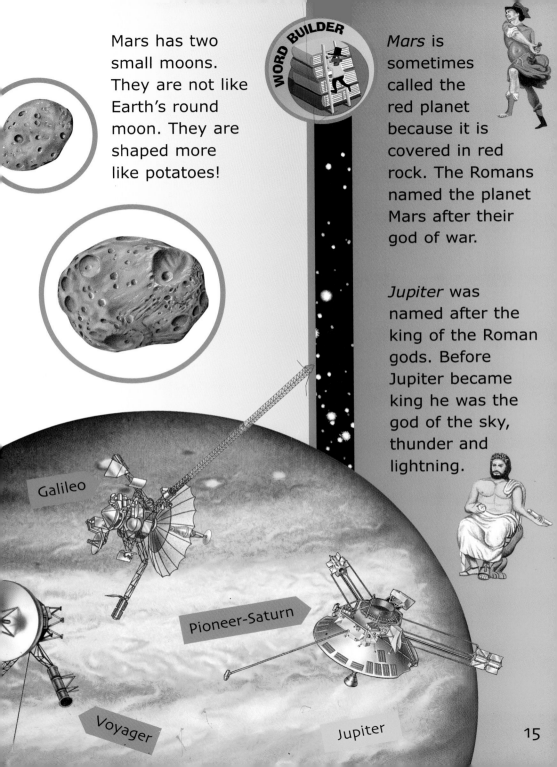

Galileo

Pioneer-Saturn

Voyager

Jupiter

15

Saturn and Uranus

Saturn is the second largest planet in the solar system. Millions of tiny pieces of ice form rings that surround the planet. These rings stretch for thousands of kilometres into space.

For many years astronomers believed that Saturn was the last planet in the solar system. Then in 1781 Uranus was discovered. Uranus is tilted on its side. Scientists believe that millions of years ago a giant **asteroid** hit Uranus very hard and knocked it over.

Some pieces of ice that make up Saturn's rings are as small as dust specks. Others are more than 3 metres around.

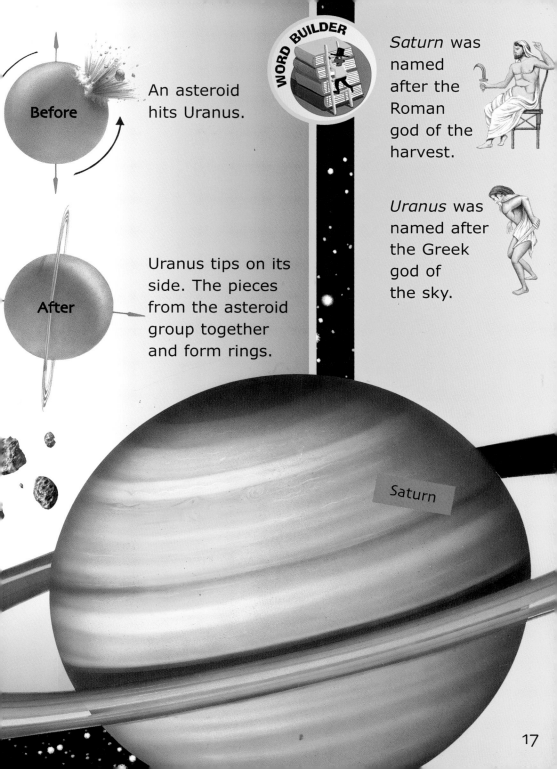

Before An asteroid hits Uranus.

After Uranus tips on its side. The pieces from the asteroid group together and form rings.

Saturn was named after the Roman god of the harvest.

Uranus was named after the Greek god of the sky.

Saturn

Neptune and Pluto

Neptune's atmosphere is filled with poisonous gas. This is also true of Uranus. The gas gives the planets their blue-green colour. Neptune is so far away from the sun that it takes 165 Earth years to complete its orbit.

Pluto is the ninth planet and wasn't discovered until 1930. Pluto's surface is one of the coldest places in the solar system.

Neptune

Pluto is so far away that it has not yet been reached by a spacecraft. However, if all goes according to plan a spacecraft will reach Pluto before 2020.

Neptune was named after the Roman god of the sea.

Neptune's largest moon, Triton, has active volcanoes. However, Triton's volcanoes erupt cold liquid nitrogen, not hot lava.

Pluto was named after the Roman god of the dead.

Pluto

Pluto's moon, Charon

Starry, Starry Night

The sun is only one of about 100,000 million stars in the Milky Way. If you're out in the countryside, where there are no street lights, it is possible to see about 2,000 of these stars.

Since ancient times people have seen star pictures, or **constellations**, in the night sky. The constellations you can see depend on where you live, what time of night it is and where Earth is in its orbit around the sun.

Leo, the lion

Scorpius, the scorpion

The Big Dipper is well-known in the Northern Hemisphere.

The Southern Cross is well-known in the Southern Hemisphere.

Constellation of Orion

Orion, the hunter

Osiris, Egyptian god of light

Tsan, Chinese warrior

Amazon tribe's giant crocodile

People have seen different pictures in the same group of stars. Take the constellation of Orion, for example.

• The ancient Greeks saw these stars as Orion, the hunter.

• The Egyptians saw them as Osiris, their god of light.

• The Chinese imagined the stars as the warrior Tsan.

• An Amazon tribe saw the same stars as a giant crocodile.

Glossary

asteroid – an object in the solar system that orbits the sun. A large number of asteroids circle the sun between Mars and Jupiter.

astronomer – a scientist who studies stars, planets and other objects found in space

atmosphere – the gas around a planet. Earth's atmosphere is high in oxygen.

constellation – a group of stars that look like the outline of a person, animal or object

galaxy – a very large group of stars. The galaxy we live in is called the Milky Way. Our galaxy got this name because the night sky can often look cloudy or milky.

orbit – the path followed by a planet as it travels through space. Each planet follows its own orbit around the sun. Moons also travel in orbits around planets.

solar system – the sun and the nine planets that travel around the sun. Also included in the solar system are the moons that travel around seven of the nine planets.

Index

Milky Way

Discussion Starters

1 Scientists believe that Earth is the only planet in our solar system that has life. However, the solar system is only a small part of the galaxy. Do you think there may be forms of life in other galaxies? Why or why not? If you think there may be some, what might they be?

2 If you could travel on a spacecraft to one of the planets in our solar system, which planet would you visit? What discoveries are you likely to make?

3 Most of the planets in the solar system were named after Roman gods. If you could name a new planet, what name would you choose? Why?